· 本书由安徽师范大学教育基金会宝文基金资助出版 ·

梦落沧海

MENGLUO
CANGHAI

王 卿 ◎ 著

安徽师范大学出版社

芜湖

责任编辑:胡志恒　李克非
装帧设计:丁奕奕
责任印制:郭行洲

图书在版编目(CIP)数据

梦落沧海 / 王卿著. —芜湖 :安徽师范大学出版社, 2015.6(2024.6重印)
ISBN 978-7-5676-1992-0

Ⅰ.①梦… Ⅱ.①王… Ⅲ.①散文集 – 中国 – 当代 Ⅳ.①I267

中国版本图书馆 CIP 数据核字(2015)第 115978 号

梦落沧海

王卿　著

出版发行:安徽师范大学出版社
　　　　　芜湖市九华南路 189 号安徽师范大学花津校区　　邮政编码:241002
网　　　址:http://www.ahnupress.com/
发 行 部:0553 – 3883578　5910327　5910310(传真)　　E-mail:asdcbsfxb@126.com
印　　　刷:阳谷毕升印务有限公司
版　　　次:2015 年 6 月第 1 版
印　　　次:2024 年 6 月第 2 次印刷
规　　　格:700×1000　1/16
印　　　张:13.75
字　　　数:200 千
书　　　号:ISBN 978-7-5676-1992-0
定　　　价:55.00 元

秋 色 赋（代序）

　　眺葱郁远山，观碧蓝沧海，是以僻山临波之风于仙境，赐余绰约红颜。书卷魅力盛焉，凭海临风姿焉。珠玑累累，玉盘相托，盛满词章以邀为序。趋余汗颜者，酌饮间点拨光阴之有幸之无序之荏苒，恍恍惚惚思绪飘飘，忽闻红裙横笛咏章，其韵袅袅然。斗胆者，倚歌而和之。

　　耳旁吟絮，柔风细雨之妙语，若潺潺清流，吐中外经卷似诵，吟古今词章如歌。举目依稀，惊叹年轮之攀缘；才上心头，往昔情窦芳华，却又回眸，飘零之落叶，霏染之秋雨，映硕实顾我，衬游刃自由。四季经纬，光阴暗渡。春，生发蓬勃；夏，芬芳吐艳；秋，惠泽丰满；冬，雪霁银光。然论及四季，每每更钟秋色，盖因红裙盈盈之才情，婉若岁岁秋日于收获！

　　余欢喜遍野秋色，恰季节而得佳文，岂不堪谓倚天相偕乎？一如撷取果实，一如手捻红叶，一如相随梅兰，一如啄吻果实之香爽。红叶、秋菊、稻黍、芳草，天地赐收获丰腴于秋，乾坤赐朗朗欢声于秋，万籁赐温情缠绵于秋。幻得忘情，幻得妩媚，千般的卿卿呢喃，汇成秋的多姿与静谧。自然清纯以文，张弛婉约如叙，泼洒之于飘逸，挥毫之于浪漫。秋色红颜，红颜秋色，施大象之秋乃天赐焉！

　　秋，乃伊人，伊人乃秋；一张妩媚的颜，一方积聚浓墨重彩的砚！

郭良诚

2014 年孟秋

　　将属于自己的馨香，插上岁月的枝头，在寻寻觅觅中集腋成裘。终有一天一切都会归于尘土，只愿这些许文字，可以在尘土中抽枝长叶，并在未来的某一个春天里开出花来。

目 录

秋色赋(代序)

读书 发呆 填空

读书　发呆　填空/001

小说的困惑/003

上海的暗淡与奢华/006

避席/010

喝出一份草木心情/013

低俗横行　时代堕落/016

何处曲水？今谁流觞/018

一生襟抱未曾开/021

去布拉格跳舞/024

到佛罗伦萨恋爱/025

好梦难再/027

《男人帮》　纠结帮/029

灵魂的访问/032

灵魂的讨论/034

透明思考/036

做自己的上帝

做自己的上帝/041

文化垃圾何时休 /043

保健不能成为神话/046

《感动中国》能感动那些
　　　被救助的人多久？/048

被《弟子规》了/051

感谢高考/053

爱在离别时，且行且珍惜/056

错失的初恋该不该见/059

再说门当户对/061

故乡的思考/063

那天　我希望自己是个男人 /067

败在才貌双全 /068

汉语怎么说了？/069

爱在举手之间/070

也说放下/071

狗比娘亲/072

给十八岁儿子的成人信/073

高考的前一天儿子对我说/076

倚窗看斜阳

倚窗看斜阳/078

生命的轻与重/079

兰心剑气是诗人/082

借得沧海三千水/083

谁饮美酒/085

美人隔岸/087

路过你的春天/088

人生最美的风景在你的心里 /089

看夕阳入海/091

如果可以,醉到天明/092

做一只被你放飞的纸鸢/093

纯粹的爱 /094

剑气长存/096

诗意的存在 /098

寂寞披着晨雾在海边起舞/099

搬家,生命中流动的诗篇 /101

最幸福的女人 /105

最美丽的女人 /110

女性美的最高境界/113

横笛岁月

横笛岁月
　　——给 49 岁的自己/115

千帆过尽皆不是,斜阳脉脉
　　水悠悠　　　　　　/116

再回母校等烟雨/118

天堂里没有冬天/121

哲学沉入大海/124

我的系主任我的校园/127

未来只有 9000 天/130

夏去淡墨痕,秋来远红尘 /131

丢在春天里的旅行/134

《同桌的你》我今生的爱恨江湖/137

残风更是思旧故 /138

告别夏季/147

医院——意识流 /148

幸福应该何时来敲门/150

生命的尽头是轻烟/151

已到荼蘼花事了
　　——给 50 岁的自己/156

写给 30 年后的自己/158

寻梦　踏一路芳尘

寻梦　踏一路芳尘/164

日本归来的闲话/166

巴厘岛的美丽与哀愁/172

婺源　和谐的美丽/179

腾格里的黄沙刺陵客栈的雨 /183

暑假　身心出鞘/185

朝圣西安/187

月光下　失约西安古城墙/189

飘到彩云之南/191

动乱的泰国依然美丽/197

在黄昏起立
　　——为《梦落沧海》跋 /205

读书　发呆　填空

读书　发呆　填空

　　繁忙地工作着的时候，一直期盼着假期的来临，以为放假了就可以有时间放纵自己的思维，可以随心所欲率性涂鸦了，可是真的放假了。才知道自己能做的，也只是捏碎时间罢了，事实上是无力真正驾驭心绪清煮汉字的，煮字不成就净手烹茶展卷读书，但假期转眼过了十几天，细想起来其实最多的还是在发呆，读书也不过是发呆之余的填空罢了。

　　今天依然是发呆，看着静静地躺在沙发侧面摞着的几十本书，忽然特别羡慕起古人来。网上说古人说的"学富五车"，到了今天不过是一本32 开本的109 页厚的书，甚是寥寥，听起来几乎是笑谈。从汉代到宋代，读书人基本上就读五本书：《诗》、《书》、《礼》、《易》、《春秋》，也就是人们说的"五经"。到了南宋，儒学典籍增至十三部，就是《十三经》，但朱熹还是嫌太多了，于是又抽出精华的精华《大学》、《中庸》、《论语》、《孟子》，后人合称"四书"。这就是历代学子必读的四书五经，加起来也不过只有九本书，这其中《大学》只有1753 个字，《孟子》也只有35373 个字。当然集大成的经典读起来不易，如我辈也许终身不能参透其精髓，尤其是《易》，读起来是绝对的不易，《易

经》对于凡人就是高深莫测的天书。但无论内容如何的高深，字面如何的晦涩难懂，在数量上还是让人信心百倍的。所以秦始皇焚书并没有消灭儒学，因为儒学太精悍了，读书人可以过目成诵，都写在脑子里了，只要不把读书人坑光，五大经典就一定源远流长。

现如今，各种文化的交融，各种学科的相互渗透，科学知识呈几何级数般的聚合裂变，使得读书成了一件无所适从的事。今天世界文化浩如烟海，打开电脑眼花缭乱，走进书店琳琅满目，在这样一个信息过于丰腴的时代，读书，读什么书成了很艰难的选择，筛选和甄别得是否合理恰当，竟成了辨别智者的标识，不然会因读书累死呢。

好在我是中国人，深入了解中国文化应该是明智的理所应当的选择。中国文化是古今绵延的最优秀的文化，不像古希腊、古埃及、古巴比伦、古印度、古罗马，都已经断代的断代，灭亡的灭亡。"四书"就是中国文化的连续性和承继性的代表，因为这四部书都和孔子一脉相承。《论语》记录的是孔子及弟子的言行；《大学》是孔子的弟子曾子所著；《中庸》是孔子的孙子子思所书；《孟子》的作者孟子又是子思的弟子，如此的一脉相承，读将起来就如同徜徉于一条母亲为你疏就的清爽而磅礴的河流，感受着恬适、滋润、舒缓……

发呆时会胡思乱想，会上下五千年。当我们因中华文化的源远流长而庆幸而自豪的时候，我们是否会想到远古读书人的孤寂与苍凉。在文字创造之初，能够接受并运用文字的人一定少之又少吧？在仓颉造字之初，肯定没有想过在未来会因为文字而诞生一个知识分子阶层吧？当孔子将有教无类，多闻阙疑贯穿在教育的伊始时，也并未想到"至圣先师"的名号吧？今天绚丽多彩的文化脱胎于远古那个大多数人不知道文字的时代,而文字能够产生并留存下来,应该是人类发展的必然。今天我们仍然可以在某一个崖壁上,山洞里,乌龟壳上,陶片上看到远古人类思维的痕迹,这是多么美妙的事情啊。今天的知识分子学海行舟,几十年寒窗,完全陷入了劳心的境地,想想文化的幸福时光或摩登时代,应该是属于人类的原始时期和蒙昧状态吧?人类文化之初也许娱乐是它唯一的使命,那时候没有呕心沥血,没有悬梁刺股,有的只是劳作之后的愉悦。只有在原始人从心所欲的吟唱,少男少女林间河畔野趣相欢中,人类才能不著功力的创造,而这样的创造一定是悦人悦己的。当口口相传的歌谣被刻在岩石上,竹简上的时候,士子诞生了,那时候士子只是"书记"吧,而这个书记一定既是劳心者,也是劳力者。所以知识分子的诞生,其本真的状态是既劳力又劳心的。原始知识分子是工匠,是伟大的工匠!他们的劳作,甚至就是"生造"。生造,记录着历史,也启迪着未来。那时候,他们是快乐的,更是自由的。劳作之余把文字刻在竹简上,谁说不是一种快乐的休闲?能抱着竹简休闲便成了文化人。当"士子"只是庶民中的一个阶层,他们只从事着一种单纯的分工,而并未曾参政从政,还未曾被"坑"过的时候,他们不是已经生活在自由的王国里了吗?

掩卷冥思:一玄罗衫,一声吟诵,一篮竹简在古代的时空中穿梭;一袭罗裙,一指莲花,一本书卷在现代的时光中轮回。卷勿赘,字勿多,填空觅珠玑,发呆既神游。读书,在远古,亦在今朝……那就神游吧,别是一番情致……

小说的困惑

有人问:看不懂的小说还是小说吗?回答应该是肯定的。

和朋友聊天聊到了现代主义小说和现代小说的创作,忽然发现当今社会创作群体里充满困惑,我们这些读者也时刻被困惑着,最为大众化的创作形式——小说,今天很多都成了看不懂的哲学,尤其是国外那些现代派作家的作品更是云遮雾绕。疑问、迷茫、困惑、荒诞成了很多小说的主流。放眼当代中国,铺天盖地的韩寒、郭敬明、安妮宝贝等新生代作家作品充满了书店的大小柜台,因为隔着代沟,我们很难靠近这些时髦,但我们也不能总在《红楼梦》、《十日谈》、《堂吉诃德》中打转,掐头去尾之后我们发现,其实我们是纠结在近百年的作家作品中。

情雅成诗,爱淡成词,惑多成说。小说重在一个说,说出来并且在说的背后蕴含更深刻的哲学意义应该是小说的最高境界。小说必须包罗万象,也必须涵盖古今,丰富和厚重是艺术作品的灵魂,而小说是承载这个灵魂的最好的载体,而那些驾驭这个载体的人通常是看得更多、活得更累,有更多的爱恨怨痛的人,这就是作家。作家拿起笔,说别人想说却说不明白的话。

他们提出问题,但不一定解决问题,看到别人看不到的迷茫和困惑,体会别人体会不到的纠结和沉闷,然后形成文字,倾吐出来。作家就是八爪鱼之类的生物,有更多的触角,有更敏锐的思维,也有更加矫情的痛苦和欲说还休的苦闷。在小说的创作形式和作家的思维方式纷呈复杂的今天,现代主义作家想要表述的几乎都是昆德拉借助萨宾娜之口说的那些:"表面的东西都是明白无误的,下面却是神秘莫测的真理"。

吴晓东说:"现代小说是以叙事的方式对小说外的片段化、零星化、复杂化的经验世界的缝合。以文字和书卷的排列组合方式营造的一种内在时空的幻觉。"小说家就是以最自觉的心态,最形象的方式表达这个世界的最曲折的精神面貌。

"经典是一个民族或几个民族长期以来决定阅读的书籍,是世世代代的人出于不同的理由,以先期的热情和神秘的忠诚阅读的书"。但现在这个定理几乎要被颠覆,因为很多人对现代主义小说的阅读热情只是一种表面现象,真正认真阅读的人并不多。最大的原因是现代主义小说形式和内容上的复杂、晦涩,使得很多小说很难读下去,现代主义小说使阅读不再是一种消遣和享受,阅读已经成为严肃的甚至是痛苦的仪式,是一件费劲而吃力的活,远不如读金庸、古龙、王朔、韩寒、郭敬明等那么轻松,这样的阅读让许多人包括专业研究者都望而生畏。所以有人说:什么是世界名著(尤其是诺贝尔文学奖的作品)? 就是那些大家都说好,但却只有少数人去读的作品。

现代主义的小说让小说走上了一条艰涩、困难的道路,阅读和讲述这些小说也同样成为了一个苦难的事情,但这也恰恰说明从 20 世纪开始人类生存和境遇本身更困难、更复杂、更难以索解和把握。小说的复杂是和世界的复杂相一致的,也正是日渐复杂的现代小说才真正传达了现代人的困境:弗洛伊德的潜意识,荣格的集体无意识,存在主义的荒诞性和非理性等等,所有这一切构成了现在复杂的文明现状。

传统的小说应该是属于自然主义和现实主义的,其最大的特点是如实地反映生活的真实和本质的真实,读者看到的是现实世界本身的波澜壮阔,如巴尔扎克的百部人间喜剧,曹雪芹的《红楼梦》等都是当时社会的百科全书。现实主义的小说追求的是生活的真实,把来源于生活高于生活当做真理,而现代主义小说则是作家把小说看成一种虚构,一种人工制作,是人为的想象和叙述,但却是具有预见性的超前意识的叙述,或是对集体无意识的归纳和总结。在现代小说家的心中生活是无序的,没有本质的或者没有我们可以看到的本质,人们的活动不再有中心思想,现代社会的多元化和荒诞性充斥着人们的生活和大脑,而到了后现代主义这里又将虚构、荒诞和困惑推到了极致,到了这时候,作家的叙事风格和表现手法都极大地彰显着独特的个性,失去共性的小说越来越多的表现着作家个人精神的漫游。

现代主义小说的困惑在昆德拉的《不能承受的生命之轻》中得到了集中的反应,生活的虚与实,道德的轻与重,生命在两难中进退和取舍;现代主义小说的困境在卡夫卡的《城堡》中展现,那个需要测量的城堡本身就是一个迷宫,那个永远也无法走进城堡的测绘员的困境就是所有现代人的困境。"目的是有的,道路却无;我们谓之路者,乃踌躇也。"这是卡夫卡的名言,也是他创作的宗旨,因为现实是荒诞的,小说就是用逻辑表现荒诞。

小说写到今天,情节的曲折离奇在淡化,催人泪下的真善美也不再是主流。现代主义书写的是人类共同情绪的躁动和不安、迷茫和困惑。好看已经不是标准,寻求和探索才是内核。其实,好的作品是一定要耐住寂寞的,商业化市场化的作品诞生的时候很是热闹,很多叫座的电影、畅销的小说也许只是文化的尘埃,尘埃落定之后沉淀的才是经典。有时候有一种戏剧性的想法,觉得这个世界上最大的推销商要算上诺贝尔文学奖,因为是他们通过评奖让世界感知到了那些被忽略的有价值的作品。

纵观所有诺贝尔文学奖的作品,无论是浪漫主义的现实主义的还是现代主义的后现代主义的,都有一个共性:就是极少的读者群和极陌生的作品,那些代表着文学巅峰的里程碑都是寂寞的,它们永远不会有武侠小说的喧嚣,不会有言情小说的追捧,更不会有动辄百万的粉丝。真正的文学是落寞的、寂静的、是绝对的少数人的,它们躺在高高的金字塔的顶端,俯视着《双城生活》式的琐碎,也俯视着金庸、古龙、温瑞安等的仗剑行侠,快意恩仇。但我们还是会自觉或不自觉地放下《爱的荒原》、《风暴眼》等去拿起笑傲江湖的《天龙八部》和浪迹天涯的《神雕侠侣》,毕竟大众的文学是更加愉悦的,因为没有人愿意让经典累死自己。

上海的暗淡与奢华

上海一直是让我纠结的城市,30 年的往来穿梭,30 年的进进出出,大多时候我无法读懂它，在这里暗淡与奢华，高雅与世俗是那么的泾渭分明，又那么的相依相偎。我不知道它的主流到底是什么？它到底代表着怎样的生活理念，这样的困惑恰恰因为对这个城市了解得越多而越迷惑。有人说：如果你迷恋一个城市，一定是迷恋这个城市中的人；如果你厌恶一个城市，一定也是厌恶这个城市中的人！我不迷恋它，也不厌恶它，我只是路过它，在它的芳香中走过，在它的雾霭中穿过，在它的欲望中滚过，在它的恶俗中恼过……

因为超级的现代，相对而言上海就缺少了一些古意，缺少了一点儿历史的厚重，至今在上海的空气中可以嗅到的历史就是民国的缠绵和悱恻了，这种缠绵和悱恻借着大洋彼岸的西风更是催开了一朵朵耀眼的奇葩，在这里有钱人过得繁花似锦，没钱人却很难有滋有味。

上海的城市性格是海纳百川，所以会混杂很多互不相容的东西：除了经济的繁荣，文化的多样之外，更多的是浪漫、实际、柔软、霸气、自私、聪明、琐碎等等。这个城市因为包容所以庞杂，因为自恋所以芬芳。对于这个城市的心理和行为特征，余秋雨在《上海人》一文中进行了客观而详细的论述，很多语言非常的犀利也非常的实事求是，说出了上海在国人心中最有典型性的暗淡和尴尬。

喜欢上海的时候，是可以嗅到它奶油味道的时候，这样的味道是可以粘住很多叫做情调的东西的。一杯酒、一束花、一扇门、一杯咖啡，缓步轻移间就可以将城市的韵味盈满衣袖。在上海有故事的地方太多：马勒别墅，思南会馆，淮海路，陕西路，衡山路，桃江路，新天地，田子坊，多伦路，滨江大道等都是飘着咖啡芳香的地方，但在那些"白骨精"的眼里这些已经成了古董。他们光顾的是白悦酒店91楼的世纪100这样的既能观光又可以美味的下午茶场所。虽然说下午茶起源于英国，但在今天的上海也将其纳入自己的怀中。世纪100餐厅，除了传统精致的沪粤点心外，还有茶道师傅沏上的各种精品茶叶。"Flair"被称为是上海最美最高的露天餐厅,秋高气爽的时节,坐在空中享受温馨的午后时光。华尔道夫酒店的红丝绒蛋糕,是红丝绒下午茶的主角,还有慧公馆、外滩18号、夏朵西餐、香溢培客、秘密花园、小茉莉等等林林总总的下午茶场所,给了这个城市更多的情致和腔调。真的是西洋之花遍地,风景这边独好。

看不懂上海就如同看不懂那些现代艺术一样,我只能坐在那些喧嚣的艺术品下面体会自己的无知和渺小。上海不但是中国也是亚洲乃至世界的经济、金融、时尚中心,和许多经济发达的超级城市一样,上海也是无与伦比的欲望之都,当年的纸醉金迷中许多光脚的硬汉在上海滩杀出了属于自己的财富和地盘,造就了黄金荣、杜月笙、张啸林之类的流氓大亨,于是上海成了冒险家的乐园。直到今天那些赤手空拳拼搏在上海的人做的依然是淘金梦。

奢华是上海的名片,小资是上海的情调。但这里的奢华和情调是一定要建立在强大的经济基础上的,那些普普通通的市民和这个城市的奢华与情调几乎是不沾边的。大多时候浮光掠影地走进上海的游客看到的都是奢靡的浮华,其实那些生活在弄堂里的普通居民和任何一个城市的居民一样,不同的是他们每时每刻都被灯红酒绿诱惑着,被高昂的生活成本裹挟着,被污浊的尾气污染着,被狭小而逼仄的房间困苦着。在上海的古老弄堂里每一声咳嗽都不会是私人的,都是要和大家分享的。在这个摩肩接踵的城市每天都有不得不进行的"袭击"和被"袭击",公交车上、地铁里也不得不分享着各种气味和嘈杂。一个妖娆的女人说,每次花枝招展的下楼,路过一个菜市场后就浑身的鸡粪味了。所以在很多时候小市民的生活常态和凡俗琐碎和斤斤计较和爱占便宜更接近。当然那些琐碎和计较存在于每一个城市,但在繁华映照下的上海就会显得更加的突兀和遗憾。一个学生毕业后去了煤气公司就业,能孝敬老师的就是给老师安装一个大大的煤气表,大表在用气量很少的时候基本不走字,他的老师也欣然接受。去101层的环球金融中心参观,上海的亲戚执意不进去,在外面等我们,我们以为他上去过了,后来才知道是觉得150元的门票太贵。一个做生意的人,年收入几十万,可羊毛衫坏了执意不买新的,不是因为节俭,是因为怕别人赚了自己的钱。一个说自己在非典的时候卖药材数钞票数得手都酸了的女人,在寒冷的冬天却是不开空调的。可见这些骨子里节俭的弄堂百姓和奢华是多么的不沾边。在上海,冬天的冷和夏天的热都是极致,所有的写字楼和大商场里空调也是开到极致,因为不是自家的电费。呆在家里的人就只能挨着了。在西藏南路和大林路那里,还有很多很早的石库门的房子,石库门房子在艺术家的眼里是情调,但对于生活在里面的居民来讲,却不是一个温馨所在,没有厕所,没有厨房,高高的窗子,夏天闷热冬天阴冷,老人在家里也要穿着羽绒服带着线帽子,于是近几年冬天有了上海是否该有暖气的争论,80后和父辈分成了两个阵营,这样的争论不但体现了这个城市也体现了整个社会互不相容的生活理念。

在解决了温饱的今天,生活得有情有趣应该不再是奢谈,而是生活的必

需了,但上海的情趣在很多时候是昂贵的,不说那上千元的芭蕾和音乐会的门票,就是寻得僻静的一隅也不是易事,在那个喧嚣的城市要安静都是奢侈,不知道什么样的大隐才能不被那些动荡的奢华所打扰,不知道怎样的定力才能在那样眼花缭乱的华灯之夜不心生躁动,那些光怪陆离的色彩在每一个夜晚如同一个狡黠的少妇带着诱惑的坏笑,让人拒之不忍,近之无力。那些可以代表高雅的芭蕾舞,音乐会,画展等更是上海能够提供给市民的文化奢侈品,而这样的文化奢侈品却很少被弄堂里的市民青睐,当然欣赏这些除了金钱更多的还是修养。

如果你不是月薪几万的高收入者,如果你还想在它的情调中润染,那最好是做它的近邻。爱它,需要本钱;恨它,需要理由,如果没有爱的能力也没有恨的理由,也无缘成为它的近邻,那最好就是做它的过客了,远远地欣赏,近近地感受。所以和上海最合适的距离应该是——若即若离。

避 席

近来发现自己总是推托很多聚会,找理由不去的时候谎话说得很顺溜,脸都不会红,不知道这样是不是很罪过,但真的是知道自己不喜欢那些无聊的聚会了,于是一次次的以谎言逃避宴席。

今天看到一个博友说:"休息的时候很喜欢一个人独处,不喜欢凑热闹,就像平时写诗玩一样,以前玩过几个论坛,天南地北的一大伙人,互相拽,互相夸,也有时候互相掐。那些日子下班就泡论坛,上班有时也玩,只要有空就玩,休息日还和几个住得近的坛友聚聚,喝喝酒吹吹牛什么的。后来兴趣淡了,就把这些坛都退了,弄个博客自己写自己的,写些只有自己能看得懂的东西。玩的孤独，却也享受。享受就好，就像现在自己一个人在西堤上溜达。"心中暗喜，原来矫情的人不止我一个，逃避热闹的大有人在。

很小的时候读《红楼梦》，读到六十回就放下了，因为看不懂，什么也看不懂，也就什么都没记住，唯一铭记的就是三十七回"秋爽斋偶结海棠社 蘅芜苑夜拟菊花题"，那个吐字不清行文却是一流的枕霞旧友史湘云写的"别圃移来贵比金，一丛浅淡一丛深。萧疏篱畔科头坐，清冷香中抱膝吟。数去更无君傲世，看来惟有我知音。秋光荏苒休辜负，相对原宜惜寸阴"的诗句，觉得那些大观园里的美人能在秋光灿烂的菊花下平平仄仄地吟诵，当真是天下第一幸事，于是憧憬着有朝一日也能集合一些识字的人，在百花盛开或是荷塘月色时咿咿呀呀地哼出些叫作文采的东西来，暖上一壶酒，行一个险怪生僻的酒令那才是推杯换盏的乐趣。想当然的觉得举杯邀明月就该是文人雅士的专长，就连吃个螃蟹都能吃出"桂霭桐阴坐举觞，长安涎口盼重阳。眼前道路无经纬，皮里春秋空黑黄"（宝钗）这样的诗句，于是就琢磨那些巾帼不让须眉的可人儿的脑袋是怎么长的。那叫一个羡慕嫉妒恨呀，恨自己为何不长在大观园里。长大后真的坐在酒桌旁才知道酒令早已销声匿迹，坐在酒桌旁的也不再是文人雅士，取而代之的酒桌文化是千差万别的，对酒当歌的雅致已是凤毛麟角，风靡全国的是薛蟠式的"女儿喜……女儿悲……"的不堪入耳的浑话。许多盛行的黄段子还不及那个混世魔王薛蟠，起码薛蟠还有个合辙押韵。今天时代进步了，酒桌上说人话的反而不多了。究其原因也许是人话没人愿意听了，人们化腐朽为神奇的把酒令改成了黄段子，当然黄段子也有深黄浅黄和暗黄之分，但无论怎样听起来都不能耳顺。

有时很庆幸自己可以在象牙塔里度日，但这样环境的基本特点是：各自为政、讲礼貌、多客气、少往来。于是把触角伸出了象牙塔，但热热闹闹熙熙攘攘之后发现生活中每个人的生活半径有限，在你力所能及的半径内，雅俗总是定数，贪不了多也减不了少。从来都是清风明月常有，戒俗得趣之人寡

淡。于是明白为何有寄情山水这个词汇了。

庄子说："且君子之交淡若水，小人之交甘若醴。君子淡以亲，小人甘以绝，彼无故以合者，则无故以离。"唐代的薛平贵尚未得志之前，与妻子王宝钏住在一个破窑洞中，衣食无着落，全靠王茂生夫妇经常接济。后来，薛仁贵参军，在跟随唐太宗李世民御驾东征时，因薛仁贵平辽功劳特别大，被封为"平辽王"。一登龙门，身价百倍，前来王府送礼祝贺的文武大臣络绎不绝，可都被薛仁贵婉言谢绝了。他唯一收下的是普通老百姓王茂生送来的"美酒两坛"。一打开酒坛，负责启封的执事官吓得面如土色，因为坛中装的不是美酒而是清水！"启禀王爷，此人如此大胆戏弄王爷，请王爷重重地惩罚他！"岂料薛仁贵听了，不但没有生气，而且命令执事官取来大碗，当

众饮下三大碗王茂生送来的清水。在场的文武官员不解其意，薛仁贵喝完三大碗清水之后说："我过去落难时，全靠王兄弟夫妇经常资助，没有他们就没有我今天的荣华富贵。如今我美酒不沾，厚礼不收，却偏偏要收下王兄弟送来的清水，因为我知道王兄弟贫寒，送清水也是王兄的一番美意，这就叫君子之交淡如水。"钱锺书和沈从文同住一个小区，但却很少往来，钱锺书得新茶送与沈从文，只是把茶叶放到门口，打电话让沈从文开门拿取。这是现代的君子之交。少交往，多清寂不是他们多么的孤僻，而是他们的内心足够强大，强大到可以独与天地之往来。周旋在圈子里和游离在圈子外都是一种生活状态。有人一生乐此不疲，有人一生没有踏进半步，更多的是渐行渐

远。退步抽身不是一种无奈，只是一种态度而已。

很多时候不是社会让我们失望，是我们知道自己要的越来越少。昨天我们觉得三个少了，今天我们两个就够了，也许明天一个都多了。林语堂说："中国人最崇高的理想，就是做一个不必逃避人类社会和人生，而本性仍能保持原有快乐的人。"所以社会不能逃避，人生更无法逃避，也许避席是唯一可避之事。

人，真的是生而孤独的，无论怎样的繁花似锦最后都会归于沉寂。

喝出一份草木心情

有人说：红酒是倨傲自大的，咖啡是顾影自怜的，可可是故作天真的，而茶是淡定从容的。我不懂香水不懂酒，更不懂茶。香水太贵属于奢侈品，不是我能信手拈来的，酒性太烈豪气冲天，不是我能驾驭得了的，茶香迷人氤氲而曼妙，因为有提神醒脑之功效也不是我这个睡眠极差的人能够享用的，可在每一个清明之后，新茶上市的时节，都忍不住假模假样地泡上几杯新茶，当然喝的时候少，闻的时候多，所以朋友戏谑说：我只要一个闻香杯就可以了。我倒是觉得自己虽不是喝茶的却是个爱茶的人。我爱碧绿的清茶，如同爱一个春日里婀娜的少女。爱她在岩石上的伫立，爱她在春风中的孕育，爱她在水汽中翻转的蕊色青碧，更爱她献身于沸腾中的从容不迫。

茶：上面是草，下面是木，中间是人。所以，茶字的本意是人在草木间。古人喝茶，会背着瓦罐带上茶具，到山峰之上，田野之外，伴着清风，沐着阳光，在大自然中畅饮。如今喝茶的人大多窝在茶馆，在烟雾缭绕中，在功利的交换中进行，谈起茶道，首先是这个茶是如何的昂贵，没有千元一斤就不

能入口。觉得他们喝的不是清茶,他们喝的是钞票。总觉得那些一掷千金买豪华买奢侈的人是不该喝茶的,怕的是他们用大钞裹了嫩芽,使得茶香里有了异味。喝茶应该是低眉敛目之人,在茶香的浸润中,身心丰沛。而今那种流淌在茶香中的中华文化的清逸和近乎愉快的老庄精神几乎荡然无存了,岁月更替,沧海桑田,不知从何时起茶香换成了铜臭。

非常欣赏《菜根谭》中说的"茶不求精而壶亦不燥,酒不求洌而樽亦不空",喝茶,喝的是日月沐浴之下,山泉滋养之中,一年四季流动的自然之气。喝茶,就是让我们跟随这种草木之性,真正将自己还原到自然中去。所以,茶的本意不是价格的多少,不是等级的高低。那清澈的碧绿出自皇家的贡品也罢,来自寻常百姓的茶园也好,都是经冬历春,吸纳天地之精华,润染自然之灵气的阳光雨露之子,都是禀赋着茶香的精灵,只要用心去感悟,都能给予我们心灵的静慰。因此卢仝的《七碗茶》:"一碗喉吻润,二碗破孤闷,三碗搜枯肠,惟有文字五千卷。四碗发轻汗,平生不平事,尽向毛孔散。五碗肌骨清,六碗通仙灵。七碗吃不得也,唯觉两腋习习清风生。"也只是壶之不燥的注解,绝没有茶叶高低贵贱之分别。

茶,是上天赐给人类的安魂汤,只要一份安逸的心情,一刻清闲的时光,在清新淡雅中享受一份安静,在安静的思绪中翻阅十年过往的尘梦就是茶的境界。喝茶忌讳喧嚣的场所,忌讳逼仄的目光,忌讳耀眼的色彩。喝茶的人一定爱茶,爱茶的人一定懂茶,懂得是最高境界,而这个懂得,不该只是察型、辨色、品味、估价,这个懂得应该是一种感悟,是一种物我之间的交流,是在火烹水煎里,看到那片片盈绿的青春,妩媚的笑靥;嗅出那万般柔肠,一身春色;品出那无忧无怨,娥眉舒展,含笑春风中的淡定。虽说世上有百媚千红,最爱还是碧绿一种。总觉得那碧绿的叶片上各个都凝聚着早春的魂魄,看片片绿茶在温润的水汽中慢慢地舒展着自己,如同看到早春的阳关洒在嫩绿的叶片上,总有道不尽的怜爱。

总想弄明白一片嫩芽的过往情踪,总想喝出一盏茶的前世今生。喜欢在一个风和日丽的午后,听那首《相逢是首歌》,相遇一盏淡淡的清茶,如同遇见一座山岚的风情,一朵云霞的美丽;喜欢在一个细雨清风的夜晚,听那首《高山流水》,相遇一杯幽幽的淡绿,在缘定缘起中吟咏苏东坡的:"仙山灵雨行云湿,洗遍香肌粉未匀。明日来投玉川子,清风吹破武陵春。要知玉雪心肠好,不是膏油首面新。戏作小诗君莫笑,从来佳茗似佳人。"此时那如可人儿女子的青碧绿叶,就会在春光明媚的花前月下献身,那个踏碧波携馨香深情款款、落花盈盈的女子,她来自哪座山?她生在哪棵树?她是不是有在佛前修了三世的前生?

好生羡慕古人能把茶写得那样的灵动,那样的清新自然,那样的唯美而谦恭,看元稹的宝塔诗《茶》亦如一杯馨香扑鼻的嫩芽。

茶

香叶,嫩芽。

慕诗客,爱僧家。

碾雕白玉,罗织红纱。

铫前黄蕊色,婉转曲尘花。

醉后邀陪明月,晨前命对朝霞。

洗尽古今人不倦,将至醉后岂堪夸。

沐春风而思飞扬,临秋水而怀浩荡。喜欢和有悟性的人一起喝茶,心闲意淡,享受时光,享受涣散。此时,会有不必言传的感悟,会有意外的生动和收获,会在茶香的缭绕中徘徊,会在瞬间触摸到岁月的痕迹。在暖暖的午后，让我们俯下身来，谦卑地等待，等待一个美丽的邂逅，等待那个茶香中的草木精灵，给我们一份草木心情。

凭海临风，只一缕入怀便好；品茗闻香，仅一丝醉人也罢。

低俗横行　时代堕落

网络时代五花八门，网络时代应有尽有，从芙蓉姐姐到凤姐，从"贾君鹏你妈喊你回家吃饭"到江南 style，网络层出不穷的无聊和无味被追随和热捧，现在又冒出来了什么"屌丝"，这个时代怎么了？这不是李宇春式的不男不女，不是周杰伦式的哼哼唧唧，这是一个时代的堕落！绝对是一个群体的自轻自贱。面对这样的污言秽语冯小刚拍案而起："（使用这个词的人群）属于脑残群体，不要以为这词不寒碜跟镀了金似的。"为此，真想和冯小刚握握手。

现如今，群体性的文化人格日趋黯淡，文化成了一种无目的、无意识的散漫和放纵。全社会的道德得不到完善，把消极、玩丑、散漫、无知、浮躁当做生活的主旋律。那个丑态百出的鸟叔和他的《江南 style》怎么看都是无聊透顶的反胃，票房第一的《泰囧》到底有什么好看？周星驰的《大话西游》《西游　降魔篇》真的是有深刻内涵的喜剧吗？好笑吗？那个火了很久的《武林外传》真的是文化盛宴吗？这些无厘头的搞笑真的是艺术吗？这个社会从何时开始不清扫垃圾转而欣赏垃圾了呢？

孔子说："君子道者三：所谓仁者不忧，智者不惑，勇者不惧。"迷惑、困惑、诱惑确实是无时不在，无处不在的，所以我们要让自己有文化的根基，要了解自己的血脉源头，更要有一种内心的定力和修养去面对这个世界。人有了内心的定力和修养,才有能力对这个世界对自己生活的社会进行思维和判断,才会在自己的生命里生出一份属于自己的自信和坦然,才不会自轻自贱,把无聊当生活。年轻人有理由对世界做出一些逆向的思维,也应该有能力进行逆向的选择,但逆向不是混乱,更不是跟风,不是放任自己,不是一副吊儿郎当的作风。

曾经的梅妻鹤子式的文化人格即使有偏颇之气,也是文化的奇葩。虽然凋零了,总还会看到花瓣,总还会有余香。可是《江南 style》和"屌丝"之流只能是文化的泡沫,到底能给这个时代留下什么?恐怕只有沉渣吧。我们民族的史册上真的要夹上这样的沉渣吗?如果说"贾君鹏你妈叫你回家吃饭"只是一时的无聊和调皮,是可以接受的,但用"屌丝"这样的字眼来给自己贴标签就是彻底的堕落,中华文字那么多,为何一定以这样的词汇标榜自己?这难道是文明的进步?重庆市孔子儒学研究会会长鲜于煌接受媒体采访时表示"网络语言本身具有丰富性,应用宽容态度看待"。真该问问这个教授:这样的污言秽语都成了语言的丰富性,那我们的中华字典是不是该彻底修改了?这是对恶俗的无底线媚从!

我们羡慕古人的生活"我醉欲眠卿且去,明朝有意抱琴来";"五花马、千金裘,呼儿将去换美酒,与尔同销万古愁"。这样的豪迈不是建立在物质生活上的,他们的生活大都是贫瘠的,但却是有大欢乐的。那是一种整体社会积淀出来的洒脱和旷达,是超越了物质社会的至清至纯的文化精神。余秋雨说:"在南北各式的古代造像中,唐人的造像一看便可认识,形体那么的健美,目光那么的平静,神采那么的自信。在欧洲看蒙娜丽莎的微笑,你立即就能感受这种恬然的自信只属于那些真正从中世纪的梦魇中甦醒,对前路挺有把握的艺术家们。"如果多年以后,我们的艺术家给今天的人们造像,会用什么样的方式来体现今天的精神风貌?难道就是凤姐、江南 style 以及屌丝?那时候我们不会汗颜吗?

陶渊明"采菊东篱下,悠然见南山"的家是破败的,但他活的却是那样的雅致:抱着素琴,享受着属于自己的大音无声大象无形,中华民族的文化精英们永远都是心存感动的人,因为对声音的感动,他们弹出音符;因为对色彩的感动,他们绘出图画;因为对山河大地对物我对情感的感动,他们写出诗篇,没有一种感动是用自贱来表达的,自贱只能是一种宣泄式的堕落。今天我们的社会提供的物质基础远远好于古代,但我们的精神世界怎么就成了 diao 丝世界?那个跳着《江南 style》的鸟叔,吼着《忐忑》的音乐女生,以及芙蓉姐姐之类五花八门的卖丑,真的有必要横行在我们的街头和媒体上吗?

健全的人生是不断地立美逐丑,绝不是立丑逐美!我们完全有理由远离阳春白雪,但绝对不能找理由下里巴人!今天我们容忍这样的自轻自贱,是不是明天也能容忍强奸犯!草根文化不能沦为流氓文化,中华文字那么多,用什么不能表达自己的情感,一定要使用这样不堪入目的字眼吗?我们都知道人与兽的区别是人有精神追求,有精神修养,既然是修养就不是炫丑,宣丑,崇拜丑,把下里巴人当精神领袖,那是民族的堕落,是文化的悲哀。文化是有优劣之分的,群魔乱舞不是文化,污言秽语不是文明,如果这样的无聊只是一场闹剧也就可以视而不见了,但堂而皇之的喧嚣在媒体上,并且像瘟疫一样的社会上蔓延,就真的是社会的大悲哀,时代的大倒退了。

何处曲水? 今谁流觞

春天终于蹒跚地来到了北方的海滨,推开窗子的那一瞬间忽然想起孔子的门生曾皙的:"莫春者,春服既成,冠者五六人,童子六七人,浴乎沂,风

乎舞雩,咏而归。"于是自己也雀跃着去那桃花盛开的山间吹吹风,去那碧绿
的溪水边洗洗足。

躺在里口山的树荫下,望着脚下那一池春水,思绪忽然飞越千年,依稀
中恍如走进魏晋的时空:"清流激湍,映带左右,引以为流觞曲水,列坐其
次。"所谓流觞曲水(后人多称之为曲水流觞):是选择一处风雅静僻所在,文
人墨客按秩序安坐于潺潺流波之曲水边,一人置盛满酒的杯子于上流使其
顺流而下,酒杯止于某人面前即取而饮之,再乘微醉或啸吟或援翰,作出诗
来。魏晋时,文人雅士喜袭古风之尚,整日饮酒作乐,纵情山水,清淡老庄,
游心翰墨,作流觞曲水之举。这种有如"阳春白雪"的高雅酒令,不仅是一种
罚酒手段,还因被罚作诗这种高逸雅致的精神活动的参与,使之不同凡响。
最著名的一次当数晋穆帝永和九年三月三日的兰亭修禊大会,大书法家王
羲之与当朝名士41人于会稽山阴兰亭排遣感伤,抒展襟抱,诗篇荟萃成集,
由王羲之醉笔走龙蛇,写下了名传千古的《兰亭集序》。

在那个人格思想行为极为自信,风流萧散、不滞于物、不拘于礼,文人志
士多特立独行的时代,在那个会稽山阴兰亭旁的临河水面和着片片花瓣一
起流下的岂止是插着羽毛的酒杯,那里分明流淌着文人雅士的情趣和智
慧,还有生活的甜美,心态的淡雅,社会的安定和衣食的富足。那是一幅怎
样唯美的画卷啊!水光山色,春风和煦,百鸟争鸣,诗人们信步走来,玉树
临风,把酒问盏,直抒胸臆,四方唱和,佳句天成。那份挥洒在春风中的雅
趣,即使是隔了千年的时光,也可以复现在心灵相通的今朝;那份带着风流
的韵致,就是隔了千年的岁月,也可以穿透光阴的年轮,让我们嗅到它的
芳香!

遥想当年,那些遗世独立的男子、才子、公子、君子,在酒浓诗成之后,定
会有"相逢意气为君饮"的豪兴,也会有"我醉欲眠卿且去"的豪放,迷离恍惚
中应手挥弦,万般潇洒;高山流水,阳春白雪……那样一个多姿多彩的时代,

那样一群风流儒雅的志士,那样一本才华横溢的诗集,那样一幅美轮美奂的书法都化成了天边的云霞,今天已无处拾起,也无法找寻了。那个时代逝去了,那群雅士隐没了,那本诗集失传了,那幅王羲之的《兰亭集序》真迹也因了太美好而被唐太宗带入坟墓做了陪葬了,留给我们的,只有说不尽的美丽与哀愁!

张潮在《幽梦影》里说:"方外不必戒酒,但须戒俗;红裙不必通文,但须得趣",今天的社会物欲横流,丢掉了诗词歌赋和琴棋书画之雅趣的何止是闺中的红裙,那些以儒雅自诩的士大夫又有几分雅趣可言了呢?雅趣是一个民族经济和文化发展的缩影,是可以体现一个民族的精神面貌的标志。而今一年一度的春风中,我们还能给这个世界留下一种叫作文化的雅致之花吗?我们还能在渐行渐远的唯美文明中恣意地盛开吗?

如果可以穿越千年,活在魏晋,我不会吟出鱼玄机的"翠色连荒岸,烟姿入远楼。影铺秋水面,花落钓人头。根老藏鱼窟,枝低系客舟。萧萧风雨夜,惊梦复添愁"的诗句,我只会做一只暮春的蝶儿,轻轻的舞动自己的翅膀,不知疲倦的在他们身边漂移飞舞。偶尔也会庆幸自己生在千年后的今天,因为有了千年的沉淀,才有今天这浩瀚的文化沧海,我才可以在时光的沧海中拾贝,才可以在时光的彼岸指点归帆。

喜欢那个已经转过身去,只留下一个背影的华丽时代。那里有"曲水流觞"的兰亭集会,有名垂青史的"建安七子",还有风流倜傥的"竹林七贤"……今天我们仍能在"花开千树、满世芬芳的"魏晋文学中寻到那独特的缓歌曼舞的风雅,这何尝不是我们今天的幸运呢?

一生襟抱未曾开

　　小时候看到漫天飞雪就会想起一个叫纳兰的人，和他吟咏雪花的"冷处偏佳，别有根芽，不是人间富贵花"的词句，这是外公教我的众多诗词中的一首，那时候心思不在作者身上，忙乎着背完一首诗或词可以得到一串冰糖葫芦，哪里管什么诗人呀意境呀韵律呀什么的，糊弄完外公拿到冰糖葫芦是第一要事。在儿时的心中，什么花呀兰呀的都是女孩的名字，所以一直以为那个叫纳兰什么的也肯定是个女孩。直到长大后才知道，那个自己心中的纳兰是清代的一个玉树临风的才子，全名纳兰性德，人家姓纳兰，字容若，不但不是女儿身，还是通经史、工书法、擅丹青、精骑射的伟岸大丈夫。

　　喜欢纳兰真的没有什么缘由，就是喜欢。也许骨子里就有悲剧情节，所以一直对婉约的东西有着一份执着，对于豪放和大气一般也就是欣赏一下，欣赏过了就不留痕迹了，只有那些结着愁怨的诗行，会一直在眼前徘徊，历久弥新，永远不会隐去。而纳兰天生一个情种，用情真挚，写情浓烈，字字传神，句句留香。

　　清词三大家：陈维崧、朱彝尊、纳兰性德。只有纳兰的声望在后来的岁月里与日俱增，以至独占"清朝第一词人"和"第一学人"之雅号，王国维说他"以自然之眼观物，以自然之舌言情，北宋以来，一人而已"。纳兰以词见长，其婉约缱绻不在易安之下，易安遣词多白描，而容若则更是皎洁如月，直抒胸臆如醉后泼墨，不事雕琢却满纸桃花，那些桃花朵朵盛开在中国文坛的深处，它不似秦汉的飘摇，也不似盛唐的明艳，但有大宋的清丽，更集明清的激沧，最后以孤独和凄美寂寞走到300多年后的今天。因为自容若以后再无词人可以心甘情愿地沉浸在寂寞温柔里。也只有容若做到了心似繁华艳照，身如古树不惊。

生在豪门，贵为相子，在他 31 年的短暂生命中，他有太多可以喧嚣的理由，他也有太多可以自豪的称谓，他何止是衣食无忧，他是名副其实的荣华富贵，他有身为相国的明珠阿玛，有和皇帝同进同出的一等侍卫的宫廷俸禄，有大清第一才子的美誉。他为何在心灰意冷中自我深陷？为何在短暂的一生中如杜鹃啼血一样的悲戚不辍？是什么让这个才子心花零落，落地成灰？"青衫泪尽声声叹"，纳兰叹的到底是什么？真的就是一个意中人被迫入宫的失恋吗？不，一定不是！那个想不玉树临风都难的才子叹的应该是不可言明的大悲戚，是生命本身的缺失，是"空负凌云万丈志，一生襟抱未曾开"的失意，是高处不胜寒的炎凉。谁说锦衣玉食就没有惨惨？谁说才高八斗就没有凄凄？在物质和精神的金字塔上依然滋长着离愁别恨，而且是更加厚重的离恨！

《南乡子·何处淬吴钩》里，是通篇的哀凉凄怆，一望无际的旷野，曾经刀光剑影的旧地，多少豪杰征杀的战场现在已是荒丘。那个松花江畔的古时征战之地，曾经血流成河，多少英雄就是在这里试剑扬名。英雄梦、百姓血，功名与苍生，是他一生的矛盾与叹息，不能化解，也无力化解，其实古往今来真能化解的又有几人？

人醉了，心事却醒着。冷雨敲窗，烛光摇曳，残香袅袅，伊人已去。凄冷的清秋，孤独的身影在《菩萨蛮·新寒中酒敲窗雨》中苦吟，青衫沾满泪痕，天地永隔的别离，使得纳兰的凄苦吟诵刀刃一样，割破那些平庸淡薄的日子，不但可以裂锦，还可以令锦成灰。

走进纳兰的词，莫要寻找什么光明的尾巴，最好就是和他一起心有千千结，结结是离愁，真的剪不断，理还乱。仔细地读纳兰词，你会读出芳香来，在那泛黄的纸页上，你的思绪不能一路狂奔，在你凝思伫立的时候，你的舌前也会开满桃花,久而久之你也会口舌生香。在你凝视一个时代的背影时,你会在一个夜深人静的夜晚顿悟:解读芸芸众生的笑语易,品味一个文人的哀愁难,那些缠绵悱恻的韵律中,深深的藏着亘古绵延的密码——美到极致,即见苍凉。

其实,相信纳兰是知道人生不如意十之八九的,但他就是一定要在不如意中徘徊。以他的聪悟他完全可以浅笑轻吟的,潇洒的书写激扬澎湃的文字,但他还是选择了怅然,因为他知道那种无忧无虑的浅笑代替不了生命本质的美丽与哀愁,还是让自己的心说话吧。纳兰的词里总是浸透着蚀骨的离愁别绪,那哀怨里更有绵延千古的沉重。经常会在纳兰词里迷宫一样的走不出来,于是会从头到脚地锁在容若的情绪里,明明知道浸了一身的哀愁和悲戚,但放下《饮水》,眼眸还在《侧帽》中流转。"一生襟抱未曾开"确实是纳兰个人人生的悲剧,但也许正是因为这一点,中国的文坛上才有幸开出了一朵耀眼的奇葩。

容若是开在清朝的花,是那朵最孤傲也最寂寞的昙花。如果在魏晋争奇,他会风流倜傥;如果在大唐盛开,他会气贯长虹;如果在北宋斗艳,他会一泻千里。但他却偏偏在"人间四月芳菲尽"的清朝的黛色上开出耀眼的白,那个王朝是澎湃的,那个康熙是睿智的,但明清文学在中国的文坛上却很诡异,也许因为小说的繁荣掩盖了诗词歌赋的华彩,于是纳兰没有成为大众的阅读对象,三百年后的今天,他依然远离喧嚣,他只在部分人心中清晰明艳。"愁心浸溢,恨不胜收"的纳兰"以诡异得近乎心碎的惊艳出现在清朝的上空,一照就是三百多年"。

珍爱纳兰,其实就是珍爱一份不可复制的至情至爱至清至纯的情怀!一份不可多得亦不能复制的愁绪。

去布拉格跳舞

布拉格是美丽的，布拉格是神奇的，布拉格是灵动的，布拉格是多元的，布拉格更是一个悖谬的符号。因为写字台上放着卡夫卡的全集，也放着昆德拉的《无知》，每天有意无意地翻着，捷克首都布拉格以其特有的神秘色彩与美丽充塞了我的大脑，于是就冒出了一个强烈的愿望——去布拉格跳舞！

布拉格是一个让精神贵族流连忘返的城市。向往那个文化艺术氛围浓郁，拥有数以百计的音乐厅、画廊、电影院和各种俱乐部的城市，向往那个给予众多作家和艺术家无数灵感和创作激情的文化环境。在这样秋日的暖阳下，希望自己能像卡夫卡一样坐在咖啡馆里，能在一个临街的窗子边，看落叶飘零，看儿童戏耍，然后用笔写下（不是用键盘敲出）翻滚在脑海中的情结，累了倦了的时候就信步走进那些走过无数作家和艺术家走过的街道，去聆听德沃夏克的《自新大陆》，去聆听斯美塔那的《沃尔塔瓦河》，去感知另一种文化的意蕴。希望这样的场景不只是梦幻，而是现实中的真实展现。

布拉格无与伦比的魅力早在波希米亚学者、意大利人安吉洛里佩利诺的游记《魔幻布拉格》中得到彰显。布拉格又是《魔偶人》（Golem）的城市，是鲁道夫二世时期文艺复兴炼金术士们的城市，是捷克文学、德语文学和犹太文学共融的城市。把这些糅合到一起的布拉格是多元的，更是自由的，一定是一个可以让灵魂舞蹈的地方。

能让灵魂舞蹈的地方是一定要有文化的包容性和宽容性的，是可以把"有家者无家可归"和"无知逐渐成为我们唯一的庇护"这样的基调作为探讨的主题的，更可以选举一个诗人、剧作家出任他们的总统。有过三次牢狱经历的哈维尔,在布拉格做了12年的总统,赋予了布拉格文化更加浓郁的艺术色彩。这个诗人总统始终如一的作家特质和知识分子式的怀疑性格和时刻保持警觉的自我反省意识,不仅使他得到了国际政坛的高度尊崇,并且为跨世纪的政治领袖树立了新的典范。

米兰.昆德拉,在巴黎接受采访时的对话,也更好地诠释了文学艺术在布拉格人心中的地位:"您是不同政见者吗? 昆德拉先生。""不是,我是小说家。""您是左翼还是右翼?""哪个都不是,我是小说家。"小说家,在昆德拉的心目中,占据了至高无上的位置。今天我们依然能够感知到这个位置在布拉格的分量,如果说在昆德拉的作品中铺满了睿智的文字与所向披靡的勇气,那么在卡夫卡的灵魂里就演绎着整个人类的窘困和未来。因为作家就是在本质上挖掘人类灵魂的人。非常欣赏卡夫卡的那句:"宗教是思想的拐杖,一个有独立思考能力的人是不需要这样的拐杖的。"当然,卡夫卡的一生思索得很累,但他给予了现代文学前所未有的厚重。

在布拉格的文化中逡巡,总能看到那些诗意的生命、悲情的人物、不羁的思想在布拉格的大街上行走。布拉格是敞开的、四射的、无羁的和敏锐的。在那里,所有的灵魂都可以自由地舞蹈!

到佛罗伦萨恋爱

很久很久以前看过一部电影《泪洒佛罗伦萨》,是一部浪漫的爱情片,很唯美,从那时起佛罗伦萨这个意大利的名城就刻在了我的脑海中,多年以后对佛罗伦萨的向往不但没有随着岁月淡化,反而如同春天的树苗一样在记忆的土壤中抽枝发芽,现在已经是枝繁叶茂了。一直觉得那个遥远国度中的陌生城市有一个唯美的宿命——恋爱,那里一定是爱的天堂,在意大利散发着艺术芳香的文化长廊中,佛罗伦萨是一只最诡异的奇葩,能在那里情深意长的爱一次,一定是浪漫爱恋的极致。

喜欢佛罗伦萨其实也没什么理由,也许就是直觉,就是一部电影的一见钟情。当然她的文化艺术魅力是不胜枚举的,就连徐志摩给她的译音——翡冷翠,都是那么的美丽,因为他给这个城市涂上了颜色,使她多了一种翡翠一样晶莹的美。

佛罗伦萨有40多个博物馆和美术馆,每天去一个就需要一个多月,那里的人口却只有40多万,想想他们多奢侈呀,人均拥有的文化资源是那么的丰厚,丰厚得让我们那么的自惭形秽,那么的望尘莫及。想到波提切利、拉斐尔、提香等人的绘画,睡梦中都会有女神降临。活在佛罗伦萨是幸运的,"生活在别处"是名言,也是真理。

从未遇见的美丽是致幻剂,遥远到难以企及的美丽是风景画,可以臆想,可以描摹,可以添加,也可以删除。一路走来不知道生命中哪一段时光可以称为最美,只知道有一段美的发烫的岁月被自己丢掉了。很多时候光阴无法磨灭人类最初的痴想,甚至会让痴想在岁月里疯长,更多的时候身体疲惫了,思绪却开始撒野,尤其是在人生的午后,朦胧的夕阳中,那个还不安分的情怀依然会编织美丽的故事,而那个故事一定要有一个美丽的结局,思绪就等在佛罗伦萨的街头,为那个结局写下最柔美的文字,那文字一定是最古老的象形文,只让那些饱经沧桑的人看明白……

向着佛罗伦萨出发之前,把思绪在烈日下晒干,弹去裙裾上的最后一粒浮尘,然后启程,为的是让自己的行囊空空,可以在回来的时候装进满满的眷恋。走进佛罗伦萨的大街,着一袭蜡染的长裙,让地中海的海风飘起泛黄的长发,在散发着馨香的空气中穿行,我会回眸,然后低头,把仅有的温柔留在佛罗伦萨的街头。在佛罗伦萨一定不用怀念春天,因为在那里,所有的大街小巷都有达·芬奇、拉斐尔、米开朗基罗、提香用画笔留下的春天。在那里我的思绪也一定不会打结,我会无比流畅地向爱人表达我的情愫,我会把他真诚的目光锁进我的心扉,永远不让它逃逸。

其实在所有的白天我们都理性地明白世界是圆的,我们丈量的脚步总会回到起点,但有梦的夜晚来临时,思绪总会被夜幕浸润,柔软的如同毛毛虫,带着无数的细脚到处游走,浪漫很多时候就是一种冲动,人不能总是冲动,也不能没有冲动。在所有有梦的夜晚,我看见自己的期待丰沛饱满,衍生出一个又一个烂漫。

为了"生活在别处"的烂漫,从今天起素面朝天,不买化妆品不买名牌服装,衣服没了自己做,不去饭店不喝酒,使劲地攒钱,为了到佛罗伦萨的大街上摇曳一回,为了在地中海的海岸上喝杯咖啡,为了一睹佛罗伦萨在文艺复兴时期的妩媚,为了那个可能或许等在佛罗伦萨大街上的那个人,也许,世间永远有一个地方,有一件事,有一个人,需要我们徒步迁徙的去找寻……

爱,在远方,在彼岸,在用文字酿成的诗情画意中,在这个宁静的下午,在办公桌前的键盘上,我为自己敲出浓浓的温暖,此刻,相信在世界的一隅会有一个和我一样的人,也在做同样的梦,梦里有你有我……

佛罗伦萨,诗意的家园,浪漫的城市。无论几多轮回,无论多少世纪,我都愿意在那个花之圣母大教堂里等你,等到你为我降生,为我老去。

好梦难再

李少红导演花费3年时间、耗资2亿元打造的豪华巨制新版《红楼梦》一经播出,就遭遇潮水般的恶评和质疑。自认为是最爱红楼的自己在听说要再拍红楼的时候就很不以为然，因为在我的心中 87 版的《红楼梦》已经非常完美了（主要指演员方面），几乎是不可超越的，因为那个陈晓旭就是为黛玉而生的人，她一生只演了两个角色——林黛玉和梅表姐，两个都是悲剧人物，她自己也是"卿本佳人，奈何薄命"，她为了奈何天上那棵绛珠草的使命来红尘一走，在 20 世纪的荧屏留下一部红楼后，香消玉殒。而那个看一眼就认定了他就是贾宝玉的欧阳奋强在拍完《红楼梦》后改行当了导演，没有再饰演任何角色，所以他也是为贾宝玉这个角色而生的人。不说对登峰造极的文学巨著《红楼梦》的理解，只说演员的选择，王扶林导演真的是独具慧眼，每个人物都是那么的贴切、那么的到位，只要一出场就可以马上对号入座，当然也有化妆师和服装师的杰出贡献。不说金陵十二钗的美轮美奂，就是贾琏、贾蓉等也是玉树一样的临风，才子佳人一样的富贵。而新版红楼梦首先就输在演员上，无论宝黛还是凤姐，无论贾母还是刘姥姥都无法和 87 版《红楼梦》一较高低，所以李少红在视觉艺术的起点上就已经输了，那个长着一张幼儿园面孔稚气有余富贵不足的于小彤让人看了无法和那个珠光宝气的大家贵族的贾宝玉对上号，那个五官饱满，毫无病态的蒋梦婕也无法让人联想到林黛玉，再加上没有美感的服饰，不伦不类的头饰造型，如地狱一般的古怪音乐让我在硬着头皮看了八集之后，实在是无法坚持下去了。看电视是愉悦身心、博闻天下的乐事，可是看新版电视剧《红楼梦》却成了一个梦魇，这真的是对《红楼梦》的一种糟蹋。

一部好的作品是不能拆开来示人的，李少红导演新版《红楼梦》的目的说是为 80、90 后的，如此定义的《红楼梦》就难免变了味，因为曹雪芹当年肯定没有想过为不同的人群写《石头记》。人们对作品的理解是需要过程的，80、90 们总会长大，总有一天他们会走进"满纸荒唐言，一把辛酸泪"的世界，而这个世界不是用一群毛孩子的面孔就可以诠释的。为新版红楼扼腕，为李少红悲哀，她实在是做了一件费力不讨好的事。

时下荧屏上时髦炒冷饭,四大名著两部都被重拍了,但《三国演义》重拍的还是很有新意的,得到了大家的肯定。原来只有两个小时的《手机》电影也拍成了三十多集的电视剧,这个改编也是比较成功的。很多时候文学名著在搬上银幕之后都会带来很多遗憾,国外也是一样,《廊桥遗梦》拍成电影少了原著的韵味,《生命中不能承受之轻》到了电影《布拉格之恋》里也失去了浓厚的哲学意境。所以说改拍也好,翻拍也罢,都不是一件易事,因为有了前面的标杆,有了参照系也就有了先入为主,超越只是主观的愿望,实际上的超越是难上加难。但也有例外,在我个人的眼里,张爱玲的作品搬上银幕后,却比原著更丰满,更到位,张爱玲在作品里是点到为止的,在屏幕上完善了。如《红玫瑰和白玫瑰》、《色戒》、《倾城之恋》等,在那些大腕级演员的演绎下更深刻,也更完整了。一部叹为观止的《红楼梦》被翻拍成了噩梦,这是所有的红迷们不愿看到也不愿接受的结果,真的是红楼一梦,好梦难再!

《男人帮》 纠结帮

其实现在真的很少看电视剧,也许是因为自己的神经老化了,很难和那些剧情中的人物同欢喜共悲戚了,重要的是由于自己的不知天高地厚,有点儿狂妄地觉得现在能入眼的影视作品越来越少,怎么看都觉得是那些低级的导演在挑战观众的耐受力,很难把那些蹩脚的悲欢离合当回事了。但每年还是会有一两部电视剧让自己乖乖地从头看到尾的,今年看的两部是《家,N次方》和刚刚播完的《男人帮》,两部作品的导演都是赵宝刚。

有人说《家,N次方》是现代主义和后现代主义的,其实它是绝对的存在主义的,它是用近乎童话的视角,在尽可能的轻松诙谐但又无比端庄的风格中再现当今社会家庭的裂变和重组,它的成功在于,家庭的题材少了琐碎,在现代和时髦的场景中诠释了现代家庭伦理的新概念,一贯俯首父母的孩子不但有了家庭的民主,更有了承担的能力。在这里我们感知到:无论80后90后如何的背离传统文化,未来都是他们的,那个未来虽然曲折,但不会太沉重,因为他们可以举重若轻。

《男人帮》中没有感动,只有感慨;《男人帮》中没有喜剧,只有冷笑话;《男人帮》是诙谐的,是讽刺的,但更多的是纠结。赵宝刚说:在这里你会看到男人如何不是东西,女人如何更不是东西。但真的不是东西了就不在三界内了,在我们还没有修成正果之前,我们一定还会被很多东西纠结,首当其冲的就是情感。情感在《男人帮》里不是背负不起的沉重,有时候情感就是理性掌控的生活调味品,但有时情感是变异的病菌,不是目光犀利就能一眼看穿的。都市男女都在高喊孤独渴望热吻中逡巡,但却又不经意地把应该珍惜的情感调成了鸡尾酒,在末日情调中一饮而尽。

一段段的情感来了又去,去了又来,得到了不一定珍惜,失去了不一定放手。人海飘过,网海泡过,情海浸过,饮食男女在无限度地提高自己的情商,无休止地积累自己的爱商。但生命在自然的时空中只是一瞬,在不断的交替更迭后,总有一天你会发现一地的碎片无法拾起,此时你最该留恋的正是那地上的某一块碎片,但你已无从拾起了。当初我们是紧紧地攥着拳头来到这个世界的,撒手西去的时候却真的是两手空空,我们什么也没有抓住,那本该坚守的都放弃了,以为美好永远在远方,美好总在下一个路口向我们招手,于是走过了大街小巷,最后走出了那个《围城》,走出围城才知道城外是一片荒凉。美好没有经营和坚守就只能是从你身边吹过的风,远去后就不再拥有。

大多时候我们都太相信自己的重生能力,以为无论发生什么,只要明天还有朝阳升起,一切都会自动焕然一新:花谢了明年还会开,音乐听腻了明天换一首,电脑死机了可以重启,垃圾堆满了有环卫工人……一天又一天,一年又一年,现代城市宠坏了住在城里的现代人,人们生活并依赖这个汰旧换新的环境,被好恶分明的舒适生活豢养得稍不合意就冲下马桶,把应该坚守的情感也可以随手丢进下水道。都市男女在现代化的消费中也在消费自己的情感,并且是一次性消费,那个见了美女就两眼发直的顾小白,丢下莫小闵之后能不再删除珊莉吗?而那个艾米在下一段感情中能不再次说出她其实还是爱着罗书全的吗?

如果一个人什么都能看得上,那他一定是节约用脑;如果一个人什么都不能入他的眼,那他一定是不知道自己姓什么了。所以人活在世上,必须有一些人和事被自己肯定,也必须有一些人和事要摒弃。因为只有这样才能证明自己是一个用大脑思考用鼻子喘气的人。你不纠结不是人生,但人生不能一味地纠结,走过青春的芳草地,就步入了成年的茂密森林,还是不停地纠结那些风花雪月,就将错过森林的铿锵和坚定。

其实我们谁都不喜欢说教,但谁都明白这个社会确实存在一些规律是我们必须遵守的,静下心来听听那些说教,也许是明智的,有时候真理就在我们不以为然的简单中,只是被我们忽视了或是被我们蔑视了,而我们真的不像自己认为的那样聪明或者愚蠢。

看完三十集《男人帮》,像烙印一样被自己铭记的是另一种结局中的珊莉的那段话:

"我们都曾经那么的在乎过一个人,跟老天发誓要一辈子爱他、疼他、理解他、支持他。可不知道从什么时候开始,我们把这些都忘了。我们总是会渐渐地忘掉自己的承诺,更在乎新的感觉,新的刺激,新的喜欢。可是这种感觉是没底的。如果我们只在乎自己的感受,那我们永远都会爱上不同的人。但爱不应该是这样,爱是经营,是坚守,是持久忍耐。这个世界上有太多的人,你怎么能保证他就是你最后爱上的那个人?你又拿什么保证你一定是他最后爱上的那个人,能守住自己最初的那份爱,并且一直守下去? 爱护他不离不弃,那才是最难的 也是最应该做的。"

如果我们都能理解并实践了这段话,那么我们还会纠结吗?

灵魂的访问

夜色阑珊时,谁还在灯下阅读? 月满西楼时,谁还在案前飞书? 在物欲横流的今天,还有多少人固守那份寻寻觅觅的探求? 还有多少人笔墨耕耘在书写心路的夜晚? 打开博客,许多熟悉的身影渐行渐远,因为忙碌,因为浮躁,因为厌倦……激情剥茧抽丝般的退去之后越来越多的人选择了微信,选择了明了也选择了简单。平凡如我之人,无力思考时代深处的那些重大的社会问题,只能让些许情绪化的文字代替自己形而上的表情,在只属于自己的寂静角落里游弋徘徊,但夜深人静时还是经常会生出对凡夫俗子和平庸生活的恐惧。

其实生活本身是一件十分复杂的艺术品,因为太过复杂,大多数人本能地选择简单的方式,如在博客里以图代文(这里的图片仅仅是生活照片,不是摄影作品,摄影人的作品是让人叹为观止的创作),或是大量的转发别人的成果,也是选择了简单。自己也一度赖于动笔,也发照片滥竽充数,还戏言:"做个图片女",挺好,省事! 但忽然有一天发现什么也不写,只是发几张照片而导致访问量几千时,悲哀之情终于不可抑制地爆发出来,于是写下:"舞文弄墨时无人问津,激扬文字时无人品味,几张照片却人如潮涌。喜剧? 悲剧?"然后,闭博思过。

细细想来,这种偷桃代李的简单也许能吸引眼球,但却无法进行灵魂的对话。而那些热衷于看图片(照片),寻求感官享受的真的是对美好的追求吗?如果这种始于感官的肯定算是一种美好,但却清楚地知道这样的美好不是自己想要的,反而生出一种潜藏在美好背后的纠结,翻看几张照片就成了好友,岂能不是对"好友"二字的亵渎。好友沦落至此,如同女子沦落风尘。

徐志摩说:访我灵魂者,林徽因也。那样才华横溢的诗歌王子,能进行灵魂访问的只林徽因一人,可见灵魂的访问是弥足珍贵的。大多凡夫鼠辈如我之人,不是因为进入灵魂有多难,而是愿意花时间走进灵魂的人太少。在博客的屏幕上耕耘,不求虚假的繁华,只求走进一个个真实而才华横溢的灵魂。相逢是缘,惜缘就走进他(她)的灵魂深处,寻求那心底的碰撞和沟通。其实,能走近一座座开满文字鲜花的小院,和主人在智慧的树下聊天,在不同于自己的思维里穿行,感受他的豪放,体味她的纤巧,欣赏他情动五洲的情怀,聆听她丝丝缕缕的呢喃,是一件多么充实又惬意的事呀。

时常幻想着能进行一场盛大的倾诉,然后忘却所有的记忆,不留下任何的痕迹。就如同去钱塘江看潮:潮水涌上来的瞬间,彼此互相抚摸,感受各自灵魂深处的呼吸;而当潮水退去的时候,这场倾诉也就完成。如果是两个人之间面对面的倾诉,有时候无须任何的言语。只要一个眼神,抑或是一个动作,在这些细微的倾诉之中,却可以隐藏巨大的空间和力量,往往能置人于死地,而灵魂也许被羁绊。但这样的倾诉是可遇不可求的,也许一生都遇不到,但却会一生都憧憬着。网络中的拜访其实是一次次的倾听,如同倾听润物的春雨,如同倾听花开的声音。

如果您想加我为好友,请您在我的轻声叹息中先放慢你的脚步;如果我有幸成为你的佳朋,我一定一字不漏地读过你的全部。真正的读过才是大千世界难能可贵的一次相遇。因为用心书写的人都有一只灿若桃花的笔,都有一腔深如大海的情,而那些翩翩飞舞的汉字都是挥着翅膀的女孩,飞翔在每一个热爱文字的家园!

灵魂的讨论

网友:

你写得真直白! 人以类聚,物以群分。

舞文弄墨,无人问津;激扬文字,鲜见品味。发几张照片却人如潮涌、加友横流。岂止喜剧、"杯具",既"餐具"、闹剧又何不可! 然而,这是事实,这个事实里也必定有我。

因我相信人之初、性向善,习相远、情相近,先看图、后学文。这样才踏实,才心甘意愿。其貌不扬的人,我没兴趣,何言欣赏?

以貌取人,是闹剧也是开心喜剧;以才气取人,是正剧亦会酿成悲剧。林微因能够成为徐志摩的"灵魂访者",因为她是西施捧心而非东施效颦。我想,以徐志摩的才气和地位,十里商场想造访他灵魂的女士不在少数,他之所以首肯林微因,这与他风流倜傥的秉性更不无关系,甚及唯一之所系。

或许谈偏了,有点跑题,但物质决定意识,精神源于肉体当是不争的事实!

南楼横笛(王卿):

"物质决定意识，精神源于肉体当是不争的事实！"这个事实当适合于大多数，你应该是那个少数才对。不然，对不起你已经知天命的年华！

要说风流美貌，陆小曼不在林徽因之下，大上海十里洋场美到极致的女人没有三千也有三百，但林徽因能被肯定，其原因是不必讨论的。

网友：

据我所知，徐志摩曾是陆小曼的第二任丈夫，而且为了这个女人，他每月都要花费500大洋供其挥霍。由此可见，女人于男人貌美如花、气质若虹是至关重要的。这也充分证明了男人花心是本性，是其审美取向之根本所在，无所谓正邪。其外芸芸，纯属忽悠。

南楼横笛（王卿）：

对呀，他娶了一个不能（其实是不想）访问他灵魂的人，所以是一个悲剧啊。

其实陆小曼也是一个受过极好教育的人，她出身名门贵族，精通英法两国语言，能弹钢琴能画画，聪颖过人而又才华横溢，貌若桃花，能歌能演，还写得一手好字。胡适说："陆小曼是北京城一道不可不看的风景（陆小曼7—24岁生活在北京）。"不管徐志摩是一个怎样风流倜傥的诗人，他都不会仅仅因为外貌而娶回陆小曼，他的审美取向是以林徽因、陆小曼丰富的内涵和受教育程度为根本的。陆小曼是一个一生以自己的真性情而生存的女子，她太任性，这个任性消耗了一个优秀女人的一生。相比之下，她缺少的是生存的智慧，她的悲剧是到了上海之后把自己定位在男人世界中的花瓶的位置。徐志摩每月为她花费的500大洋有多少是因为爱呢？那时候徐志摩花钱买下的

只是无奈。鸦片度日，自甘堕落的生活在诗人飞机罹难的那一刻戛然而止，陆小曼终于回到了才女的位置，独守青灯，用其剩余的生命整理出版了诗人的遗作，由此说，陆小曼也是一个有深度的女人。

徐志摩一生的三个女人，都是美丽的、立体的、夺目的，更是才智的。她们是让很多男人都要望其项背的女人，绝对不是只能养眼的花瓶。张幼仪以守旧、娴静、文弱出现在诗人的第一次婚姻中，但离婚几年后她就成了女子商业储蓄银行副总裁，云裳时装公司总经理。以"其人线条甚美，雅爱淡妆，沉默寡言，举止端庄，秀外慧中"被世人称赞，所以说，张幼仪也是有宽度的女人。

而林徽因的优秀和她纵横交错的才貌双绝更是无需赘言的，否则她也不能创办清华大学建筑设计系，更不能被现代史上三个举足轻重的男人（徐志摩、梁思成、金岳霖）爱慕一生。一个才华横溢的诗人，不会以外貌来简单地权衡女人，所以诗人生命中的三个女人都是有着丰富内涵和良好修养的极品女人，绝不是一张照片的简单和苍白。

有些人不是一本书，只是一张纸，并且是一张没有文字的、一览无余的纸，他（她）们的封面就是尾页，不是你不能打开，也不是你该不该打开，而是确实没有翻阅的厚度。如果一个人（当然应该是自身有厚度的人）每天在网络中猎取简单的美丽，就如同陆小曼把自己混在大烟鬼中一样，是自己糟蹋了自己的灵魂！

透明思考

离开上海很久了，虽然每年还是会踏进这个既熟悉又陌生的城市，但总是有恍如隔世之感。往来上海 30 多年,喜欢的场所不多:多伦路的风情,衡山路的安静,泰康路的画廊,田子坊的小巷,避风塘的茶点,滨江大道的咖啡……但光顾最多的是新天地里的一个叫 tmsk(透明思考)的咖啡厅。

飘着细雨的午后,一个人静静地坐在这里上网,看到自己离开的这些年冒出了很多备受青年人青睐的地方,很多名字都没有听说过,于是知道自己 OUT 了。浏览到一则大学生男女比例的文章,心里一沉,想起了年终大会上教务处的统计数据,忽然有了杞人忧天式的担忧。

一组数据说,我国担任高管职位的女性人数近来翻了一番,51% 的高管职位由女性占据,令中国在整个亚洲鹤立鸡群。中国近 550 家上市公司有女性董事。而总部在深圳的西拓控股集团,以及中国电信科技控股有限公司,董事会全部由女性组成。全世界仅有四家这样的企业。全世界白手起家的女富豪中,中国女性占了一半。

放假前教务会议上提到 2014 年我们招收的本科生女生占 61%,男生只有 39%,而我们真的不是文科高校,我们是真正的文理兼收的高校,是国家的 985 院校,所以我们的数字是有代表性的。同样在 2014 年的研究生保送名额中,符合保研条件的也是女生占到了绝对优势,有些专业几乎全部是女生,但原来男生称霸的专业,现在却被女生平分了秋色。

社会无论在财富的占有上还是智慧和能力的分配上,都早已体现出枣仁型的结构——两头尖中间大。极端的两头都是男性,但庞大的中间部分却是绝对的女主天下,在这个庞大的中间层面优秀的女人远远多于男人,于是圣女太多剩女也太多,那些剩下的女人真的不是糟糠,她们很优秀,只是因为她们不迁就。

目前我们社会男女的总人口比例是 105.20:100,在数量男性明明高于女性的大前提下,优秀的女性却远远的多于男性。当然目前社会金字塔尖上的高端人才都是男性,但二三十年之后也许真的会有改变。男人多于女人,但优秀的女人多于男人,这样的悖论是如何产生的呢?根源肯定是多方面的,独生子女是不是最大的祸端呢?

浙江在线网站公布的 2012 年教育统计数据,在各级各类学校女生人数统计中,全国女大学生人数,已连续 4 年超过男生,女硕士人数连续 3 年超过男生,女博士的比例也每年在递增。2012 年,全国大学普通本专科生一共有 2391 万余人,其中女生人数超男生 64.78 万人,占 51.35%;全国硕士研究生人数 143 万余人,女硕士比男生多了 4 万人。

全国女大学生人数第一次超过男生,是在 2009 年。这一年,全国在校的普通本专科人数达到 2144 万余人,女生占到 50.48%,总人数上,女生比男生多 20 余万人。而之前一年,2008 年,男大学生还比女生多 5.7 万余人。全国女硕士研究生第一次超过男生,是在 2010 年。这一年,全国有 12 万余硕士研究生,女硕士占到 50.36%,女生比男生多了近万人。女博士研究生所占比例也逐渐上升:2008 年,女博士只占总人数的 34.7%,2012 年已经达到 36.45%。但在 15 年前,1998 年,全国大学普通本专科生在校人数,还是男生占优势,女生人数比男生少 79.7 万人。

美国大学男女生的比例,在 20 世纪 80 年代已达到各占 50%,到 2010 年,美国大学生中,女生占了 57% 左右。当时,美国教育部曾调查,无论大型或小型,公立或私立,四年制或五年制,各类大学阴盛阳衰现象都越来越严重。

女大学生越来越多,在各个国家都是趋势。为什么经济发展了,男女平等了的国家都开始阴盛阳衰了?原因真的是应试教育使得女性更加容易胜出吗?真的是男孩被宠得失去了本性吗?如果说中国的阴盛阳衰是独生子女惹的祸,可美国没有独生子女政策啊,为什么也是如此?

不用查看大数据,看看我们的身边吧,那些出入网吧沉迷游戏的几乎都是男孩子,那些酗酒赌博的也是男生,监狱里在押的男性更是远远高于女性。很多时候,阳刚的天性不用在拼搏和担当上,就用在了野蛮和低级趣味上了,而男人的自制力在独生子女身上几乎丧失殆尽。

女人好强,女孩自尊,于是女强人多了,女学霸多了;女人恶习较少,不吸烟不酗酒,于是差错也少。在有人大谈社会尽失女德,呼吁妇女回归家庭的声音中,我们看到的是更多的女强人在奋斗。

我不是女强人,更不是女权主义者,我从骨子里需要一个伟岸的男人保护我、供养我、安慰我,但男人的这种能力在丧失,于是社会开始失衡,于是开始担忧和恐怖未来。未来的社会中坚力量都是女人的时候也许是一道亮丽的风景,但真的不一定是人类的福音。很多时候不是女人太能,而是男人太无能。如果李治不是那么的懦弱,武媚娘就不用那么辛苦;而武则天如果不是那么强大,她的儿子就可以指点江山了。

很多用人单位招男生,不要女生,但女生源源不断的走出校门,拿着优异的成绩单,总有一天你必须改变用人的性别歧视,因为这是现实,只能接受的现实。

改变这个现实的第一步已经开始了,那就是独生子女可以生二胎了,只有男孩不是唯一了,男孩才能成为男人,这是最根本的男性之道。稀缺就是宝贝,宝贝就不能保护别人而只能被别人保护,被保护久了就废了,男人毕竟不是大熊猫,男儿本色一定是在群狼里练就的。不是书本中教育出来的。看看万达的公子王思聪吧,一个完全在国外完成从小学到研究生的系统教育的人,回到他将继承大业的祖国,表现出来的却是惊人的公子哥气,没有半点儿天降大任的气质和担当,几乎除了绯闻和吐槽他什么都不会。

男生退步的恶果会是教育的更大灾难的来临,放眼全国从幼儿园到小学几乎是清一色的女老师,再过几年大学的教师队伍也势必是阴盛阳衰,如此的后果更加雪上加霜、在心理学上,女汉子教育出来的男孩会更加的懦弱,而女汉子培养的女孩将更加的铿锵!长此以往,也许真的要回到女主天下的母系社会了……

老话说:思虑太多防肠断,还是喝咖啡吧,还是感受透明思考的诗意和别致吧。看到这个名字就会想到那本科幻小说《三体》,在《三体》里有一个星球的人的思维就是通明的,无论想什么大家都能看到,思维是一目了然的。多神奇的构思呀!要是思维可以看见,那就一定没有秘密,没有秘密也就没有谎言,没有谎言也许就没有罪恶了。

透明思考的别致是环境和色彩,里面的装饰都是彩色琉璃,地方不大却有潺潺流水,水面上有摇曳着的彩色蜡烛,在不算大却流动着的水面漂浮着。寒假的时候再去,发现水没有了。楼下是酒吧,楼上是用餐的,一楼的酒吧幽雅宁静,琉璃摆设件件精美,置身其中,品一杯椰林飘香,酒不醉人人自醉;二楼的餐厅选用黑色骨瓷餐具,背景是袅袅的中国民乐,非常适合情侣约会。晚上有很精致的小型剧场表演,都是有中国特色的民族乐表演。

做自己的上帝

做自己的上帝

　　很多时候听大家说：女孩要富养，男孩要穷养。理由是：女孩富养就不会被一块蛋糕哄走；男孩穷养，才会养出拼搏的壮志。对此，一直疑虑，因为知道，没有被蛋糕哄走的女孩，长大后被别墅哄走了，没有被别墅哄走的女孩后来被美元哄走了，因为欲望是无止境的。欲望本身无罪，关键是实现欲望的途径是千差万别的，更不是穷养或富养能够解决的。穷养的男孩一直被压抑着，在极度贫乏的物质环境下成长起来的男人，有些极度的自卑，有些一有机遇就变本加厉地滋生出无尽的贪婪。所以在对子女的教育过程中，还是应尽可能地在自己的经济能力范围内给他们蔑视金钱的机会，为的是有一天，他们在面对金钱时不会太贪婪。当然诱惑足够大的时候，很难说每个男人或是女人都能坚持到底，但好在不是每个人都有机会面对巨大的诱惑的。所以，无论男女，要养的是心性，不是贫富。

　　很多时候大家又说：女人做得好不如嫁得好。却不说哪一个更好，只是疑问做不好的女人，如何能嫁得好？女人自己做不好，就不能到达嫁得好的平台，到不了那个平台如何把自己嫁给做得好的男人？"养在深闺人未识……一朝选在君王侧"的时代已经过去千年了。当今社会还有几个男人能对一个只知相夫教子的女人一生不弃不离的,别说单纯善良是美丽,别说与世无争是美德,那些曾经的美丽和美德在油盐酱醋中泡上十年几乎都会发霉变味,多少叱咤职场的女人,在做了全职太太之后被扫地出门。其实做不好没关系,嫁不好也不可怕,关键是在面对结果时,抱怨自己就可以了,别抱怨男人。非常欣赏范冰冰的一句话:我不嫁豪门,我就是豪门!

穷养也好,富养也罢,嫁得好或是长得好都不是法宝,因为这个世界没有救世主,只能自己救自己,自己做自己的上帝才是最最靠谱的事。一个人可以不烧香不拜佛,可以不信鬼不敬神,但必须相信自己!听到女人抱怨老公不给自己买名牌,不能住大房子,不能让自己享受荣华富贵,就觉得没道理。谁规定女人需要的东西就一定要男人给予,完全可以自己去赚啊,自己无力办到的何必勉强男人,自己做到了自己就去享受,自己没有做到就认输,不要怨天尤人。干吗把自己的幸与不幸都和别人纠缠在一起呢?就算是自己的老公,也是独立的个体,生活得是否如意要看是否双方付出了共同的努力,得不到自己想要的生活,就承认自己的失败,就承认自己的无能,然后安安静静地过自己平淡的日子就可以了。任何时候,女人都不能太不把自己当外人,在自强自立中守望自己的天空,坚守自己的职场,永不放弃个人奋斗的目标,目标达不到也只抱怨自己,不抱怨别人,才是明智的,也才能是幸福的。

性格决定命运是真理。小鸟依人是性格,百折不挠也是性格。小鸟依人的能依上富贵,也能依上贫穷,既然做了依人的小鸟就必须要有逆来顺受的性格。个性张扬的女人能拼出自己的王国,就做自己的女王;拼不出来就坦然接受自己的失败,接受由自己的失败带来的一切平淡和渺小。自己拼不出来的男人也没有义务一定给你拼出来。很多时候个人的成败就是个人心里能够承受的范围,无论好坏自己接受了确认了,就是幸福的美满的。谁能说在通往仕途的道路上没有奴颜婢膝？谁能说在积累财富的过程中没有不择手段？真的做到了狼性十足，也就完成了个人性格的塑造，走过来了就是百折不挠，走不过来就是个性柔弱，只要面对结果时，能够心安理得就是性格的完美定型。读万卷书没能得万贯财，不能说就是失败，如果读书成了一种习惯，成了生活的惯性，难道不是最大的收益？赚钱赚到99万，没有成为百万富翁，生活起来也是一样游刃有余的。人可以贪婪，可以索取，但必须是在自己力所能及的范围内，否则真的是苦海无边，回头无岸。

感谢父母在物质贫乏的年代，给了我只靠自己的性格和信念去生活的能力，使得自己能在个人的生命中实践——做自己的上帝！无论贫穷还是富贵，只要求自己，不要求别人，包括老公和儿子。

文化垃圾何时休

暑假的闲暇中，和朋友们一起去看了"传说"中的龙口市南山大佛，仔细地游览之后得出：南山大佛就像一列庞大的货车，轰隆隆地开过来了，定睛一瞧，车上空空如也，什么东西也没有，一列空载的列车。

纵观天下风景：所谓佛教圣地也好，旅游胜地也罢，之所以能称其为圣地，究其原因不过两个字："内涵"。人说：上有天堂，下有苏杭。我们都知道苏杭的一切水榭楼台，按照今天的科学技术照葫芦画瓢地再造一两个是不成问题的，但事实上却是任谁都做不到。就说杭州吧，杭州的灵隐寺论庙宇之众，实在算不上天下第一，但香火的旺盛却是无以比肩的。为何？因为它有济公的传奇故事，有千年的历史文化，有无数的美丽传说。灵隐寺位于杭州西湖灵隐山麓，处于西湖西部的飞来峰旁，离西湖不远。始建于东晋（公元 326 年），到现在已有一千六百多年历史，是我国佛教禅宗十刹之一。当时印度僧人慧理来杭，看到这里山峰奇秀，以为是"仙灵所隐"，就在这里建寺，取名灵隐。后来济公在此出家，由于他游戏人间的故事家喻户晓，灵隐寺因此名闻遐迩。五代吴越国时，灵隐寺曾两次扩建，大兴土木，建成为九楼、十八阁、七十二殿堂的大寺，房屋达 1300 余间，僧众达 3000 人。灵隐寺是中国江苏、浙江、福建等省佛教徒参加佛事活动的主要场所。香火最盛时，每天朝香者达 18 万人。康熙皇帝曾款题"云林禅寺"四字，所以它又名"云林禅寺"。

灵隐寺的每棵树、每块石头都有色彩斑斓的典故，它曾经有数不清的高僧入住，有历代君王的朝拜，它前有飞来峰，后有虎跑泉。离寺院几公里导游就开始绘声绘色地给你讲那若有若无的传说了，那里的故事几天几夜都说不完，说了济公，说弘一，说辅良，说木鱼……那神秘的佛家偈语刻在了灵隐寺的每一棵参天大树上，生长在树下的每一株小草上，这是千年的岁月沉淀出的文化内涵，任你天神下凡，也是无法仿造出来的。

要说水的清秀俊美，西湖并不是最好的。要讲清澈蔚蓝，有天下第一秀水——千岛湖；要说烟波浩渺，同西湖比邻的太湖就是一个；要说五彩斑斓，那是非九寨沟莫属了。但西湖的美融进了中国百姓的血液中，你说西湖的水不够秀丽，杭州的人民和你急。是啊，西湖的碧波上有那让人一步三回头的断桥呢，断桥的美又何止是冬日里的残雪，它那上面分明站着许仙和白娘子呢；雷峰夕照的雷峰塔虽然倒掉了，但人们仍然用探寻的目光在问：在夕阳的余晖中，挣脱了法海的白娘子去了哪里？柳浪闻莺的小鸟，有着的不止是夜莺的歌喉，它唱出的声声都是和着古乐的诗词歌赋呢，那湖中的碧水点点滴滴荡漾的都是唐诗宋词啊；花港观鱼的鱼群是见过浣纱的西施的美貌的，那苏堤、白堤的堤坝上是留着苏东坡和白居易的脚印的。走出湖水的西岸，在岳王墓前你是可以听到岳飞的叹息的。换一个地方你就是挖上比西湖大十倍的人工湖来,也不会有半点西湖的韵味,因为沉淀在湖水中的历史是无法拷贝的,弥散在空气中的文化是无法复制的。所以不但是南山集团无法用巨资造出圣地来,就是任何一个类似的造景工程,最后都只能沦为文化的垃圾,因为在人为堆砌的庞大空壳中,是堆不进灵魂、塞不进灵气、融不进内涵的。所以名胜之地必是日月的精华来孕育,风雨的捶打来洗涤的。

西湖,是一首诗;西湖,是一幅画;西湖,是无数美丽动人的故事。不论是多年居住在这里的居民还是匆匆而过的旅人,无不为这天下无双的美景所倾倒。阳春三月,莺飞草长。苏白两堤,桃柳夹岸。湖面是水波潋滟,游船点点;远处是山色空蒙,青黛含翠。此时走在堤上,你会被眼前的景色所惊叹,甚至心醉神驰,怀疑自己是否进入了世外仙境。

宋郑清之有诗云六和塔:"径行塔下几春秋,每恨无因到上头。"苏东坡亦有"溪山处处皆可庐,最爱灵隐飞来峰","水光潋滟晴方好,山色空蒙雨亦奇。欲把西湖比西子,浓妆淡抹总相宜"。"山外青山楼外楼,西湖歌舞几时休。暖风熏得游人醉,直把杭州作汴州。"杭州楼外楼菜馆"西湖醋鱼何时美,独数杭州楼外楼"。有诗人留下:"西湖西畔天外天,野味珍馐里鲜,他日腰缠三万贯,看舞越姬学醉仙。"苏东坡曾以"人言山佳水亦佳,下有万古蛟龙潭"的诗句称道龙井的山泉。唐代大诗人白居易诗句"未能抛得杭州去,一半勾留是西湖",宋代杨万里的那首"毕竟西湖六月中,风光不与四时同。接天莲叶无穷碧,映日荷花别样红"。这些浩如烟海的诗词,都是杭州和西湖无可替代的灵魂所在。

西湖的水是文化的海洋,那林林总总的描写和歌颂西湖的诗篇是我无法穷尽的,我和许多人一样是怀着一颗朝拜的心去感受灵隐寺的空灵和西湖的充盈的。但南山能给予我的却只是盛大下的空虚了,走近南山,没有感动,没有激情,没有收获。究其原因是它的空空如也,它的泛泛堆积,它的阿庾风雅,它的言过其实。看看如今生搬硬造的文化垃圾何止一个南山大佛,荣成市好好的一个"天尽头",一个得天独厚的融合着美丽传说的自然景观,在一通胡编乱造各路大神之后也已经面目全非了。真的希望那些发了财的企业老板们别再制造文化垃圾了,更希望职能部门严格审批制度,把好社会审美的第一关。

保健不能成为神话

人类在解决了温饱之后,一部分人思淫欲,更多一部分的人就想着健康长寿了。于是关于健康,关于养生,关于保健的食品、药品、书籍、光碟等充斥全国的大街小巷,在这样的大潮中涌出几个指点健康的名人和大师是必然的,于是有了张悟本、马锐凌、中里巴人、萧言生等人,也就有了销量惊人的《把吃出来的病吃回去》、《不生病的智慧》、《求医不如求己》、《人体经络使用手册》等名著。一时间全民保健运动风起云涌,大家见面就谈养生之道,很是蔚为壮观。

在这样的大环境下,张悟本和马锐凌等在不知不觉和半推半就中被有着经济头脑的公司包装成了神,他们不再是普通的健康导师,而是可以起死回生、延年益寿的神。其实,这不一定就是张悟本等人的初衷,他们最初的动机也不过是把自己认为有益健康的方法告诉世人而已,但在这个过程中,简单的跟风和盲目的夸大其词,导致了许多人的盲从和极端的崇拜,他们身不由己地被绝对化了。但"木秀于林,风必摧之",在他们登峰造极的时刻异样的声音响起,查出身,挖背景,寻门派,问学历……于是马锐凌的泥鳅被讨伐(多少人吃了生泥鳅,生病,因为寄生虫。但马锐凌没有让你吃有寄生虫的泥鳅啊),张悟本的茄子被质疑,竟然绿豆的涨价也算在了张悟本的头上,这是他们受到的冤枉,也是他们的在劫难逃。当包装公司把"健康教母"的光环冠在马锐凌的头上,把数不清的头衔贴在张悟本脸上时,他们的麻烦来了,也就是他们的末日到了。现在网上的一片声讨声,是他们突兀的横空出世导致的?还是他们张狂的本性导致的?还是社会从来就不能容忍这样的"草民之王"?在他们这样冰火两重天的境遇中,应该反思的不只是风口浪尖上的"大师"吧,也应该包括我们。

其实五豆粉、八豆粥古已有之,只是被现在的大鱼大肉取代了,温饱过了头,健康反而告急。人们对健康生活的追求,是对长生不老的渴望,是向生命本身寻求不灭的永恒!因为活着才能感知美好,追求长寿是对美好的眷恋。要达到这个目标就要有一个神灵,他们不过是被造成了神灵的载体。我们的问题是,不要把任何一个人当成神灵去膜拜,也不要因为一点偏颇就摒弃相关的一切,健康之道也是条条大路通罗马,我们找不到最近的那条,绕一下又何妨?

西医是救命的,中医是治病的,养生是长寿的。把养生做好了,就不用西医来救命,也不用中医来治病了。但养生被重视大都在得病之后,而病了的人更渴望神医的出现。而传说中的扁鹊、华佗无法再现了,治病的中医都远去了吗?在发现西医治标不治本,治症不治病之后,人们开始寻找中华文化的瑰宝——中医。

但是一个真正的中医是无法靠一所大学来培养的,一个名副其实的中医何止是十年寒窗啊!一个优秀的中医大夫必须是生长在中医世家,闻着草药的芳香长大的人。在他的孩提时代,他就每天耳濡目染在所有的药典中,在他能够区分巧克力和咖啡豆的同时,他也应该能够区分当归和川芎。他应该是把给病人号脉看作比牵着情人的手更重要的事情,在他从医的道路上不依赖西医的设备,只凭三个手指把脉就能确定病症的才是真正的中医。中医是悟性,是天赋,是本能,更是废寝忘食的执着!

而今博大精深的中医的失传,是西医的急功近利的取代,也是中医世家的消失所致。因为那些号脉的手都拿起了手术刀,因为手术的红包太诱人。中医的失传和倒退除了社会的、人文的原因,还有草药自身的退化,如今的很多植物都严重地变异了,尤其是塑料大棚中种植的草药,没有了自然的阳光雨露,缺少了足够的生长期,于是今天20克的天麻、甘草,已经失去了18克的功效,而药典上还是20克的用量,于是中药的药力失去了大半。所以中药的失效是现代文明所致,中医的倒退是现代医疗设备的包办。

中医的萎缩是我们无力拯救的,那我们就不要让自己成为病人,我们把养生保健当成生活的一种习惯,从饮食开始,从起居开始,从运动开始。健康的第一步是坚持一两个好习惯,比如慢跑,按摩,敲打经络,粗茶淡饭等等,能做什么就做什么,坚持下去,总会受益,不为长命百岁,只为活得精彩!

《感动中国》能感动那些被救助的人多久?

因为千丝万缕的牵绊,每年都必须到上海停留几次,今年也不例外,我把春节一半给威海的父母,一半给上海的亲人。在上海时常会去"大班"做做足疗,但通常是闭目养神,不和按摩的小师傅聊天的,但那天碰到了一个山东临沂的小伙子,于是我们攀谈了起来,小伙子说了他自己的故事,感动了我。

七年前,小伙子17岁,从老家跟随一个去当地买蝈蝈的上海人来到上海,临走父母因为担心他年龄小弄丢了仅有的几百元钱,就把那钱让那个年长的上海男人帮着管理。可是到了上海后,那个上海男人消失了,拐走了小伙子可怜的几百元钱,身无分文的他在上海的大街上去敲一家家店面的门,问人家要不要打工的,他说自己不要工资,有吃有住就行。人家看他长得瘦小,没有人敢用他。在他饿得快晕了的时候,他遇见了一个在上海打工的山东老乡,那个人听了他的遭遇后给了他两百元钱,然后留下联系方式给他,让他有事再找他。后来终于一家贵州人开的足疗店的老板娘可怜他并收留了他,让他负责打扫卫生,就这样他在上海有了立足之地,渐渐地学会了按摩,现在也是一个大师傅了。

当他有了收入之后他找到了那个山东老乡归还了当年的两百元钱,同时也认下了那个哥哥,两个人成了好朋友,每次小伙子回临沂都要去那个哥哥家看看,给哥哥的孩子买点东西。但前年那个哥哥因为车祸忽然离开了人世,小伙子万分悲痛,他来到哥哥的家里对嫂子说:从今以后侄子的生活费我来负担,直到他可以自立! 为了七年前两百元的施与之恩,小伙子用自己瘦弱的双肩担当起抚养恩人孩子的义务! 我问他:你也到了恋爱的年龄,你还要结婚生子你能负担下去吗? 他义无反顾地说:哥哥的孩子没有自立之前我是不会恋爱结婚的! 那一刻我被他感动! 真的感动! 我认真地打量着他:还是那么瘦弱的身材,还是看上去比同龄人稚气的面孔,没有什么高收入,没有任何社会保障,只是凭力气和认真的态度踏踏实实地干自己的那一点活儿,靠那点儿工资,在生活成本极高的上海,他要养活自己还要养活他人的孩子,还要赡养父母,他是多么的难能可贵呀! 但我相信他是一诺千金的人,因为没有任何人要求他这样的报答那

个曾经帮助过他的人,这是他发自内心的,是他无怨无悔的誓言,所以我坚信他能做到!

不知有恩是愚人,知恩不报是小人;施恩图报非君子,知恩能报是贤人。知恩是良心,报恩是行道,崇高的人格从知恩报恩开始。感恩是人们感激他人对自己所施的恩惠,并设法报答的内在心理要求。生命的整体是相互依存的,每一样事物都依赖于其他事物而存在,无论是父母的养育、朋友的关爱,还是大自然的慷慨赐予……所有这些都说明我们无时无刻不沉浸在恩惠的海洋中。所以感恩,是一个人的良知再现,是一个社会的堂堂正气……如果我们心存感恩,那么就可以过滤掉许多浮躁、不安,消融许多的不满与失意。当一个人懂得感恩时,便会将感恩化做一种充满爱意的行动,实践于生活中。同时感恩也不是简单的报恩,它更是一种责任、自立、自尊和追求一种阳光人生的精神境界!

《感动中国》已经连续举办了七年,七年来那些感动国人的人和事让我们时刻铭记着那些心灵的震撼和精神的力量,那些事迹是一座座人格的丰碑,矗立在每一个拥有良知的国人的心中。

2010《感动中国》给孙水林、孙东林兄弟的颁奖词是回荡在农民工心中的暖流,也是鞭挞拖欠农民工工资的鞭子:"言忠信,行笃敬,古老相传的信条,演绎出现代传奇。他们为尊严承诺,为良心奔波,大地上一场悲情接力。雪夜里的好兄弟,只剩下孤独一人。雪落无声,但情义打在地上铿锵有力。"中国呼唤这样的农民工业主!因为这样的私企老板太少。

郭明义总是看别人还需要什么,总是问自己,还能多做些什么。"他舍出的每一枚硬币、每一滴血都滚烫火热。他越平凡,越发不凡;越简单,越彰显简单的伟大。"他先后资助了180多名特困生。

王茂华、谭良才:"烈火是一场生死攸关的测试,生命是一道良知大爱的考验,你们用果敢应战,用牺牲作答!一对侠义翁婿,火海中三进三出,为人们讲述了什么是舍生忘死,人间挚爱!"那个年轻英俊的教师用生命书写了自己人格的高尚。

看到美丽而平凡的洗脚妹刘丽,马上想起了上海足疗店的山东小伙子,他们都是那么的平凡,却又是那么的伟大!《感动中国》评选出来的每一个人都是这个社会的恩人!因为他们用勤劳和汗水拯救日益沦丧的社会公德,他们用鲜血和生命警醒全社会的良知!

记得很久前看到一则消息,当年刘英俊舍身拦惊马用自己的生命救下的那六个孩子,长大后有道德沦丧之人,这是多么的悲剧!其实每一位英雄的付出不会要求任何回报,但作为那些被施恩的受益者,是不是应该在自己的灵魂深处有着更加自觉的公德意识和比别人更加主动地尽自己的全力回报社会的行动?因为他们的生命里流淌着英雄的鲜血,他们背离道德和良心是双重的犯罪!

《感动中国》能感动那些被救助的当事人多久?答案应该是世世代代!

被《弟子规》了

前天参加一个小小的聚会,有一个人在饭桌上大谈《弟子规》,把它奉为中国文化的集大成,并且希望大家能在每周参加他们的《弟子规》学习班。不知道继于丹的"论语心得"、"庄子心得"而兴起的儒家文化热之后,何时又兴起了《弟子规》热?深知自己一向是孤陋寡闻的,不知道也罢,但记忆中《弟子规》不过是《三字经》之类的东西,原名《训蒙文》,是清朝康熙年间秀才李毓秀所作。全文360句, 句二个字,总共1080个字。弟子规里面有许多孩子日常行为规范,可指导、引导孩子学习做人的道理。一般来说是属于儿童读物。到了 21 世纪的今天,忽然有人奉为神灵,给予宗教一样的膜拜还是很新鲜的,看到他那样虔诚的诵读,我为他欣慰,因为在他的言语和神情中,我读出了宗教式的膜拜,那是他的幸福!

其实,能把一种文化当信仰是那个文化的魅力,而一个人能有信仰是他生命的一大幸事,无论他信仰的是什么(不能是邪教),有信仰的人的心灵都是盈满的,充实的,平和的,更是愉悦的,有信仰的人不孤独,不寂寞,也不痛苦,他们找到并解决了人类痛苦的根源。世界上宗教体系众多:基督教、伊斯兰教、佛教、道教、犹太教、印度教(及其前身婆罗门教)、神道教(日本)等教众较多,但无论哪一种教义用怎样的方法阐述自己对世界的认识,其最基本的东西都是相同的,那就是"善莫大焉"。无论念经、祷告、忏悔等都是希望通过不同的形式达到心灵沟通的目的,在沟通的同时,转移个体内心的沉重,把自己背负不了的东西交给无所不能的神灵,教科书都把宗教学归于哲学,但我固执地认为宗教和哲学有质的区别:

宗教是肯定的,宗教的意指是明确的,是人们对世界不折不扣的认识和信仰。

哲学是截然相反的,哲学是疑问,是对世界的质疑,哲学的根本是提出问题:我从哪儿来? 我到哪儿去?

宗教是目的,东方的极乐世界也好,西方的天堂也罢,都是明确的目的地。

哲学是疑虑,是未知。

宗教是对神的笃信,哲学是对人的反思。

宗教是放下自己的身段,哲学是提高思想的音节。

宗教是万人接受的虚空,哲学是无人理解的存在。

偏重哲学思维的人是沉重的,是焦虑的,是无法释然的。所以在霍金提出宇宙是起源于一次大爆炸时,人们仍要追问:爆炸的起因是什么? 宇宙的边际在哪里？无极限的尽头是什么？

一切宗教的封闭性，强制性和不兼容性妨碍了我们对未知领域的自由探索，但我们同时又有深深的宗教感。这种深刻的情感首先来自我们对个体渺小的认知和对未知领域的敬畏。康德说，人所敬畏的两种事物：头上的星空和心中的道德律令。

说远了，还是回到《弟子规》吧："弟子规，圣人训，首孝悌，次谨信。泛爱众，而亲仁，有余力，则学文……"它不过是中国文化中儒家思想的概括和总结，如同《三字经》、《诗经》、《论语》以及诸子百家中的任何一个篇幅一样。但有人为了这样的篇幅集会，每天吟诵如同寺院中的早晚课，就像给它穿上了宗教的外衣……但那一刻，我没有觉得好笑，而是很欣赏他的虔诚，并为他的心有所属，为他的灵魂有所归而高兴，也为他由此而来的幸福，幸福着……

记得儿子很小的时候哭着说："宇宙这么大，想也想不明白，怎么办呀？"那时我为儿子纠结，因为儿子的思维会把他带入深渊，那样他的一生都无法轻松，但前不久，看到儿子在 QQ 上说自己"种下一粒痴情的种子，长出一个花心大萝卜"，我释然了，我知道儿子走出了深渊，他的思维成熟了。

聚会结束的时候，我们每个人得到了一张关于《弟子规》的光盘，我在心里说，今天被《弟子规》了，但还是很有收获的。

感谢高考

又是一年高考时，明天又要有一千多万的孩子走进考场，接受人生的一次重要检验了。自 1977 年恢复高考以来，高考就成了全国百姓的头等大事，谁家没有孩子？谁的孩子不面临中考、高考的压力？家有高中生的家长高中整整三年的神经都是绷得紧紧的，没任何人可以轻松。中国的家长和学生对高考的确有许许多多的怨言，人们在经历了三十年的高考大战之后，越来越多地发现了高考给教育，给孩子的个性发展带来的困惑和弊端。许多省市甚至出现了"法西斯"式的高中管理，让孩子的心理失去了平衡，有的甚至走向了极端。还有国家的地域录取政策（全国无法统一录取分数线），给相对公平的高考又蒙上了一层阴影，多少人发出感叹：高考，想说爱你不容易！

恢复高考30多年了，高考的利弊在最近几年中被争论不休，有时还被骂得狗血喷头。但静下心来不得不承认高考总是利大于弊的。高考制度的确立和实施，是客观公正的选拔和吸纳人才的最重要途径，是培养专门人才和拔尖创新人才的必要手段。尤其是对于七八十年代的青年人来说，高考更是神圣的，是不容置疑的。经历了十年的文化沙漠之后，高考是一滴久旱之后的甘露，高考是一场洋洋洒洒的杏花雨，可以滋润所有求知者的心田。在那个就业依靠国家分配的年代，高考的成功不但可以就业，而且一旦就业就是干部身份，大有鲤鱼跳龙门的风采。所以对于我们60年代出生的人来说，我们是万分感谢高考的，只有高考能在那个混乱的时代给予我们证明自己的机会。通过高考我们改变了自己的命运，更是通过高考我们走进了大学的课堂，学到了更多更加专业的知识。高考发展到今天无论有多少弊端，它还依然是无可替代的相对公平的竞争手段，在还没有可以替代的办法之前，高考还是一定要继续的。

目前实行的高考制度，对于公正、客观地选拔人才起到了无法替代的作用。在通过全国统一考试选拔人才中，虽然是仅通过书面成绩来确定，有偏颇之嫌，但由于高考组织的严密、客观、公正，标准易于掌握，因此它在国人心目中的信誉还是很高的，没有真才实学者是难以跨进大学校园的，所以它有利于形成尊重知识、尊重人才的社会风气。

就目前的国情而言,我们的教育的确有许多不尽如人意的地方,但国情和惯性导致它只能在目前的状态下运行,不能有太大的急转弯,不然会出现更大的问题。我一直觉得中国的问题不单是教育,包括经济上的许多问题都不是想放就能放得开的。我们应该知道当权者都是比我们聪明许多的人,他们不会意识不到问题,而问题的关键是解决问题的代价。有人说长痛不如短痛。但所有的短痛,都会牺牲一代人,太过激的改革会葬送一代人的利益和前程,那么对他们是不公平的。教育的最人性的办法是大学的宽进严出,但中国没有那么多的大学,更没有那么多的师资,你让孩子们往哪进?高考的模式化和教条化虽然有悖不拘一格降人才的良策,但只有这样才可能尽量地减少人为的因素,才可以最大限度地体现公平、公正、公开的原则。尤其是广大的农村孩子,他们自由发展的空间太小,因为他们的生活环境使得他们从小失去了许多接触成功的机会,高考是他们走出黄土地的唯一办法。所谓的素质教育眼下还只能适用于城市,我们的教育在农村还有许多盲区,他们能有老师教一些书本知识就万幸了,无法言及其他。况且靠书本教育走出国门的孩子还是比较优秀的,中国人现在在任何领域都不会太差。中国在科技上差的是设备,我们没有超一流的仪器,这是国力不够,不是人才不行。中国人出去搞科研不是因为中国没有可以合作的人,是没有那样的设备,这种局面的改变要求那些富裕起来的企业家多纳税,要求我们的政府加大对教育的投入。我们是全民纳税意识比较薄弱的国家,有许多企业都在逃税,而不是合理地避税。税收上来了国力就上来了,教育也就发展了,所以问题的结果是:教育的出路在国力,国力的增强在于企业别逃税。当然增加税收只是增强国力的策略之一。

今天的社会精英们大都是从高校的大门里走出来的,华尔街的金融高管们都有着赫赫有名的名校背景,IT 业的 CEO 们也都是各大院校的骄子。

时代变了,书写商业、政治、文化等领域的风云人物也在变,未来的世界一定是知识统治全球,只有在有了一定的系统的、丰富的文化科学知识之后,较量的才是个人的耐力、素质和性格。当然也不排除没有高校背景的成功的可能性,但那在未来社会毕竟是少数。都说素质教育,但人的最大敌人是惰性,大多数的孩子给了他自由发展的机会他就放任自由了,毕竟玩比学习快乐。我们学校里每年都有因为挂科太多而被劝退的大学生,他们入学的时候成绩并不差,毕竟是"985 工程"院校,达不到一本线是进不来的。可来了一两年又被劝退了。原因就是没有人再约束他了,大学里学习靠的是自觉,没有人再像中小学时那样监督你,强制你学习了,自由有了,发展空间有了,成绩却没有了。他们把自由给了网吧,钻进网吧不出来了;或者是无尽的逃课去谈恋爱。忽然的放松对于没有自制力的孩子也是一种毁灭。

祝愿明天高考的孩子们考出你们绚丽的人生!

爱在离别时,且行且珍惜

凌霄花盛开的时节,是大学校园的离别时刻。看着一张张熟悉的面孔在自己面前挥手,实在是一件无法以笑容面对的事情。这段时间,昏天黑地的忙,就是为了这一天,为了这些学子拿上红色的毕业证、绿色的学位证和写满分数的成绩单,满怀憧憬地开始他们人生的下一个行程,匆匆地准备着,急急地督促着,如同为自己即将远行的孩子收拾行囊。今天,离别时刻终于来临,学校规定今晚 8 点之前,毕业生必须离校,于是,学子们陆续地走出了校门。中午,大批的学生带着行李集聚在校门口,那是一个壮观而心酸的场景……知道自己有敏感而脆弱的神经,不敢面对这样的场面,但下班的路上，刚巧碰到准备离开的熟悉的学生，他们拉着我一直走到了校门口。数不清的学子们站在那里，抱着哭，站着笑，拼命地挥手，围着已经坐上出租车的同学叮咛话别……"挥手自兹去，萧萧班马鸣"，"相送情无限，沾襟比散丝"，今朝一别，海角天涯。忽然觉得自己无法控制情绪了，匆匆地嘱咐了几句，快快地离开，走出人群，远远地站着，悄悄地看着，

有晶莹的泪盈满眼眶。看着那些熟悉的身影，看着这些如花的青春，固执地觉得他们还是孩子，他们还远远没有长大，他们稚嫩的肩膀能担当多少责任，他们羽翼未丰的翅膀能经受多少风雨？这一刻盈满内心的是担忧，是无法释然的放不下。孩子们真的长大了吗？孩子们真的可以直面人生和社会了吗？

在我们学校大家都习惯把学生称为孩子，即使是刚刚毕业还没有结婚的年轻教师也习惯说："这个孩子真用功，那个孩子真懂事。"学子们在我们口口声声"孩子，孩子"的督促声中、责备声中、鼓励声中度过了四年的大学时光，转眼就要跨上战马，驰骋社会了。我在孩子们的 QQ 群里对大家说：

这个夏天　你们开始远行

但你们将身影留给了春天

留给了校园

于是这个春天永恒

四年里　你们将自己献给了时光

献给了过往的努力
从此　岁月
就藏在一本闪光的书里

青春已经打开
怀抱着的是烟雨里的一声珍惜
珍惜过往
包括错误和挫折的记忆

记忆是一只翠鸟
只要飞翔
就会飞向那年的春色里
飞回开满槐花的树林里

　　属于我的那只翠鸟也开始在我的记忆中飞翔：学金融的女孩潇潇，因为一门成绩不合格，在我的办公室桌上放了一个信封，里面装了一张购物卡。我叮嘱她只要认真的复习老师的课件，就一定能重修成功！在重修成绩出来之后，我祝贺她顺利通过，并还给她那张卡，告诉她"老师知道有一天你面对社会的时候，会看到腐败，看到很多不愉快。老师无法保证让你不被负面的东西感染，但老师只想告诉你，腐败不能从课堂开始，起码不能从我开始！"那个患了重病的双学位男生有没有康复？后来一直没有消息，我也不敢问，害怕结果是我不愿意听到的。为了挽救生命，我们经常会在不同的孩子身上捐款，认识的不认识的都是我们的孩子，但我们双学位的那个学生是我捐的最多的，不得不承认，偏心还是有的。理科男爱上文科女，微积分考试担心女孩考不好自作主张去替考，结果被监考老师发现，双双受到处罚，不知道他们两个毕业后会不会牵手？因为粗心大意导致论文成绩出错，差一点耽误毕业的学生，非要请我吃饭，我说那地点我来决定吧，她高兴地跟着我走，我把她带到我家，自己给她烧了一顿饭，她说这是一辈子不会忘记的味道。那个分不出轻重的男生，因为上驾校，忘记了考试时间，导致延期毕业一年，这样的糊涂虫我最直接的感觉就是拍他一顿才解气。

几天来，夜空下都是孩子们放飞的许愿灯，那些飘飘忽忽的许愿灯在灿烂的星空下，一年又一年的飘飞着，放飞它们的永远是青春的手，蓬勃的心，校园里也永远都是比鲜花还艳丽的笑脸。其实，孩子们都是"初生牛犊不怕虎"，他们对自己的未来信心满满，顾虑多多的反而是我们这些婆婆妈妈如同家长的老师。成长总是一个过程接着一个过程，孩子们总会长大的！四年的大学时光，只是他们生命的一个乐章，但一定是最激昂的乐章！

同学们再见！蓦然回首时，校园依然是你们一生中最甜美的眷恋。孩子们再会！他日重逢时，合欢树下再唱那首《挥着翅膀的女孩》！同学们！无论走到哪里，你们都是沧海遗珠，因为你们在海风中沐浴了四年，孩子们，明天，老师和校园以你为荣！

远方写着两个充满激情和诱惑的大字：未来！孩子们，向着未来出发！

错失的初恋该不该见

人到中年开始怀旧，这是很正常也很普遍的现象。去年大学同学聚会，一个男同学拼命地要找他的初恋，有趣的是他的初恋有两个人：一个是他的中学同学，一个是他上山下乡时文艺宣传队的队友。两个人都没有了音信。但在他的心中那个文艺宣传队的女孩是天仙一样的美人儿。三年前上天不负有心人,那个天仙终于被他找到。见面前他想好了吃饭的地点,也在心里安排了很多浪漫的细节。在他激动得一夜未眠终于见到了天仙之后,他说恨不能再借两条腿快点儿跑,好不容易坚持了一个小时的会面,他找了个理由,落荒而逃,这个年近半百的天仙现在在一个小学当老师。

此次重见初恋的失望并没有完全毁掉他的初恋美梦,三年后他又不甘心地开始了另一个初恋的寻找,这个当年的女孩是他心中的圣女:纯洁、温柔、善良,当然也不乏美丽,他动用了许多方法,得知对方的电话号码的时候,我们正在吃饭,大家一阵欢呼之后,举手表决他到底去不去见面,结果是全票反对。他求助地望着我说:"你一定能理解我,我还是想见见她。"我也说:"还是不见更好,不然你的梦就没了,无梦的人生多乏味呀。"那天碍于大家的情面他没有去,但我知道,他是一定要去的。那是美的召唤,但却是无助而失落的结局。

黑龙江的高中同学也有类似的经历,男同学高中毕业后去了深圳,在深圳混得小有名气了之后,又到了北京,现在是可以呼风唤雨的人物。但他也是念念不忘当年的初恋,高中时他们是没有捅开那层纸就各奔前程了,也没有留下任何联系方式。但他后来知道了她的一点消息,知道她过得不好,在他认为自己有能力拯救别人的时候他找到了我,因为我和他的初恋是闺中密友,我能帮他实现他的梦想,他要求了几次,我都以自己也离开那里二十多年失去联系为由,拒绝了他的请求。但他就像不屈的战士,一次次地软磨硬泡,我拿他无法,就劝他:不让你见真的是为你好,你今天的生活和她是冰火两重天,你们的差距太大,你见了没好处。

他信誓旦旦地说:我有能力帮助她,我可以改变她的命运,我可以给她一切!我拗不过他,把她的手机号码告诉了他,他们联系了一段时间后,在深圳见了面,见面后的第三天他飞回北京,当时我也在北京,他打电话说要我一定出去坐坐,我去了,可他不停地抽烟,一个人喝酒,不讲话。我急了:你不说话,我走了!他一脸茫然地说:完了,我真的把自己的梦给毁了,你不是说她是律师吗？怎么会是那种样子？中国有那样的律师吗？我告诉他：有。她就是那样的，她一直是那样的，她没有变，她是原来的她。改变的是你，是你的变化太大了，你才无法接受不变的她。今天的你烽火千里，挟各路诸侯。你制片的影视剧里美女如云，什么样的女人你没见过。而她在那个偏远的林区为生活操劳，为生存奔波，她能是什么样子？她应该是什么样子？你要的是她昔日的青春靓丽，少女的纯洁无瑕，可是三十年了，岁月改变的恰恰是你不想变的，她的生活环境，她的能力都无法让她给自己的青春保鲜，岁月留给了她比常人还多的皱纹和沧桑。而她的观念和见识却很少有机会改变，你要她变的她几乎没变，你不希望变的却几乎都变了。所以失落是注定的，你的美好只能存在于你自己心灵的一角，那美好是不能受到强光照射的，你的光太强，是你让自己深藏的美好坍塌了一地，那是碎在地上的光阴，你无法拾起，因为那是谁都拾不起来的，错失的初恋之所以美好就美在一个"失"字，得了不美，拾起来也不美，不该见的一定不能见，见了就什么都没了。因为时过境迁，因为没有同步，所以最后只剩下一声叹息——唉！

再说门当户对

朋友的女儿到了婚嫁的年龄，妈妈左挑右选就是没有中意的，不是工作不好，就是家庭条件不行，一味地要求对方的家庭要好，经济实力要强，有房还要有车，还得本科以上学历。而她自身的条件却没有什么过人之处，我忽然冒出了一个传统的概念：门当户对。

今天再说门当户对确实有些老土，但仔细想想，门当户对确实是几千年积淀下来的颠扑不破的真理,超级适用于谈婚论嫁。

恋爱到了婚姻的殿堂就不再是九百九十九朵玫瑰,也不再是醉人的情话和旁若无人的热吻了,走进了婚姻殿堂的男女,除了担负起各自的责任和义务外,生活的本质就是相互照顾和厮守的繁杂和琐碎了,而婚姻生活百分之九十九都是细节和小事,每个人在婚姻中所要面对的都是一地鸡毛的繁杂,在所有油盐酱醋的锅碗瓢盆中饮食男女表现出来的是你最本质的东西。这时形成你性格特点的伴随你成长的家庭、教育、经历、磨难等血液里的对事情的看法和处理事情的方式等都会淋漓尽致地表现在你的一言一行中。如果你是听着贝多芬的交响乐长大的,你的耳朵就不会习惯没有韵律的嘈杂,如果你习惯了七分熟的黑椒牛扒,你就无法忍受乱炖牛肉的混合气味。当然西北风的信天游也是天籁之音,乱炖牛肉也可以喷香可口,但不同的人会有不同的美好。

在南方的大学工作时有一个同事,她的老公是物理系毕业的,从小在农村长大,家境贫寒,结了婚成了家还保持着勤俭节约的好习惯,买了一台洗衣机用了两次觉得耗电费水,于是坚决不让老婆再用洗衣机,几年后在老婆的斗争下终于再次使用时发现排水管已经被老鼠咬坏,无法排水了。

其实家庭生活活的就是习惯,你讲究卫生的习惯,他不刷牙的习惯;你灯火通明的习惯,他随手关灯的习惯;你柔声细语的习惯,他粗声大气的习惯;你一分一毛存钱的习惯,他挣一分花两分的习惯;你交朋好友的习惯,他老死不相往来的习惯……林林总总的习惯构成了你们的生活,也激发了你们的矛盾,而这些习惯的形成就是家庭和门户带来的,你的家庭是书香门第,你就不要走进农家小院,因为有了婚姻之后,除了不同的习惯会产生矛盾,双方的家庭也会是战争的导火索,因为一旦联姻你的生活就不再是两个人的世界,那是两个家族的渗透,就像《新结婚时代》里一样,矛盾和问题会层出不穷,直到你们精疲力竭。

再者家庭的实力不能有太大的悬殊,不然总会有一方终生处于劣势地位,你会不停地被对方的家族排斥,无论你怎样的努力,你的悲剧都会伴随你的婚姻,就像戴安娜王妃,灰姑娘进王府总是问题多多。所以门当户对是在婚姻伊始最明智的选择,当然也有地位悬殊的美好姻缘,但毕竟是少数,我们做父母的不能让孩子去冒险,但讲明道理仍然坚持的也只好顺其自然了,出了问题再调整也是必须接受的,好在当今社会婚姻问题已经非常普遍,不必大惊小怪,正确面对就是了。

故乡的思考

我的故乡在东北的黑龙江,那是养育了我 20 多年的地方。但我离开那里也已经 20 多年了,由于家乡的亲人都离开了故土,所以回去的机会很少了,最后一次回去是十几年前,那时正是东北最艰难困苦的时期,许多场景至今萦绕在眼前,每每想起都有无法释怀的沉重。

东北三省在新中国成立初期以重工业基地著称,它是新中国的长子,在新中国的建设中它是任劳任怨的孺子牛,为新中国的建设立下了汗马功劳,但那种大踏步地前进和建设速度是以超负荷的运转和牺牲生态环境为代价的,这在当时是很少有人认识到的,改革开放之后,由于社会的进步,老工业基地的发展路子和设备都和时代严重脱节。这个长子在特定的历史阶段成了国家发展的包袱,家长忍痛割爱,让这个长子首先做出牺牲,于是数不清的工厂在一夜之间倒闭,家家户户都有人员下岗,东北一片狼藉。

此时为了尽快走出中国自己改革开放的道路,国家把所有有利于经济发展的政策都倾斜到了交通、信息等条件便利的沿海和边境地区。在计划经济的框架中,政策就是经济发展的血液,东三省没有得到特殊的政策就等于断血,没有血液的以重工业为核心的东三省此时是一条太大的船,无法在没有政策、资金和新的技术条件下掉头,而半个世纪的集成化生产模式形成了东三省集体就是一切的生存理念,他们习惯了动辄上万人的工厂,他们无法在短时间内产生个体经营的思维,于是东北一片茫然,他们痛苦、迷茫、徘徊……这种悲剧的命运是历史和国家赋予他们的,无法在短时间内逆转。于是,那些当年流血流汗的劳动模范们,开始了流泪的生活,甚至有人走向了极端。东三省如同被废的皇子,等待着特赦的那一天……

三百年前宁古塔就是东北的代名词,那是被判了重刑的人的流放地。生活在那里的很少的游牧民族并没有形成当地的文化特点,真正东北文化的形成靠的是那些活下来的流放犯和后来大量的山东人闯关东,东三省才有了生机,有了文化。但由于人烟稀少所以它很原始,因为原始它又很博大,未被开垦的黑幽幽的处女地可以流油,原始的参天大树可以遮风挡雨,在河边散步的獐狍野鹿可以果腹,那里是"棒打狍子瓢舀鱼"的世界。人们为了生存要和天斗、和地斗、和野兽斗,在那样的生存环境下,形成了东北人勇敢、坚强、直率、热情、合作等优秀品格。因为你不比野兽勇敢,你就成了野兽的点心,你不坚强你就只有倒下。那样的生存环境容不得你虚伪客套(虚伪客套是吃饱饭后撑出来的产物),因为没有那样的时间,你必须热情合作,因为你无法独立生存,所以很多东北人的性格是环境赋予他们的,当然也有遗传的因素,因为当年能够九死一生闯关东的人,他们的血液里流淌着不畏艰险的坚毅和决不逆来顺受的叛逆。他们从不相信命运的安排。

黑格尔认为，由于气候条件的差别，地形条件的不同，各个地区在世界历史上所发挥的作用是不同的，不同地区人民的生产，生活方式和性格类型也是不同的，从而影响着各个民族在历史发生、发展及其所处的地位。炎热的气候使人的力量和勇气倾于细腻，而在寒冷的气候下，人的身体和精神有一定的力量，使其能够从事长久的、艰苦的、勇敢的活动。东北人的性格和思维特点正是打着高纬度的烙印的。孟德斯鸠说："寒冷的空气把人们身体外部纤维的末端紧缩起来，增加了纤维末端的弹力，并有利于血液回归心脏。寒冷的空气还会缩短这些纤维的长度，因而更增加它们的力量。""所以人们在寒冷气候下，便有较充沛的精力。心脏的跳动和纤维末端的反应都较强，分泌比较均衡，血液更有力地走向心房；在相互的影响下，心脏有了更大的力量。心脏力量的加强自然会产生许多效果，例如，有较强的自信，也就是说，有较大的勇气，对自己的优越性有较多的认识，对自己的安全较有信心，较为直爽，较少猜疑、较少策略与诡计等。"也许国家在改革开放之初牺牲东三省，正是因为坚信他们的坚毅性格可以挺过来。

以前的东北人大多不善言辞，因为地广人少，很难有交流的机会，所以语言成了多余，"只做不说"成了东北人的信条，曾经有这样一个故事：一对朋友，不是亲哥俩而是邻居。一个在山里打猎，一个在屯里种地。二人平时一见面就是在一起默默地饮酒从来没有过多的言语。一次，屯里种地的得了重病可能要死，山里的送来一口棺材，外形很粗糙。儿女们觉得棺材样子不好看，就弃在草垛边了。后来爹好了，没死，棺材就被压在草垛下了。半年后的一天，山上打猎的回村，二人又是坐下默默地喝酒。提起种地的得病没死，打猎的才说，那棺材是他用长在悬崖上的"风交木"做的，那树300年才长到碗口那么粗。别看棺材样子不好看，可有防腐作用。为了给朋友办丧事，猎人特意杀了两口野猪装在里边，看看坏没坏吧。种地的朋友说，孩子们懂个啥呀？于是二人扒开草垛，拉出棺材，一股凉风升起。虽然半年过去了，里边的两头野猪竟然上着白霜。种地的和山上的朋友两人又坐下，默默地饮起酒来。这就是典型的东北人性格的写照，不表白，不张扬。有人认为这是一种迂腐的性格，"三杠子压不出个扁屁来"，但事实上，很多人所喜爱的正是这种不表白自己却特别能为别人着想的东北人的黄金品格。

2003年10月党中央、国务院下发了中发2003〔11〕号文件，正式提出了振兴东北地区等老工业基地战略举措。至此，东北这个被废的皇子开始了新的生命历程。

有了政策的垂青，最大也是最可喜的变化是东北人的精神面貌发生的变化——从失落、埋怨转变为树立信心，谋求发展。东北再次阳光普照大地。

但从另一个方面讲，东北人的行为准则和处事方法在新的社会变革面前也需要一个调整，这个调整的过程也是阵痛的过程。当年的猛兽都成了笼中的国宝了，所以当年的那种血腥的厮杀就成了过去，今天的社会不再需要动则剑拔弩张的思维了，今天的社会以没有暴力事件为文明。所以今天最应该褪掉的就是原始和野气。在与人交流上也不用粗声大气地说话了，因为我们都从旷野回到了人口密集的城镇，语言的文明也体现在话语的腔调上，尤其是女人的腔调更有女人的味道才是最好。

几十年的计划经济对东北的负面影响，莫过于对人的价值观的扭曲。在振兴东北老工业基地的行动中，促使东北文化的转型与现代文化人格的重塑，应该是格外重要的。社会调整经济，个人调整品行，每个人尽力地调整自己不合时宜的东西，让美好的留下来，与时俱进的跟上来，地方性格不能适应发展的部分就是有千般的不舍也要丢掉，不然就成了阻碍。

"谁家玉笛暗飞声，散入春风满洛城。此夜曲中闻折柳，何人不起故园情！"谁都难忘自己的故乡，并且是走得越远故乡的情谊越深。但故乡在每一个游子的心理距离越来越近的同时,空间距离却越来越远。因此,余秋雨说:"许多更强烈的漂泊感受和思乡情结是难于言表的,只能靠一颗小小的心脏去慢慢地体验,当这颗心脏停止跳动,这一切也就杳不可寻,也许失落在海涛间,也许掩埋在丛林里,也许凝于异国他乡一栋陈旧楼房的窗户中。"

希望自己的家乡繁荣昌盛,祝愿家乡的父老快乐安康!

那天　我希望自己是个男人

那天,我穿着雪白的连衣裙,一个人开车去火炬大厦办事。那是一个酷热的盛夏,那是一个艳阳高照的正午,因为快要下班了,我有些焦急,忙中总是出错,心急火燎的我不小心碾过了一个窨井盖,按说大马路上窨井盖很多,压过无数次都没有事,可那次偏偏的倒霉,那个井盖是活动的,车轮压上之后,井盖翻起来,打爆了车后边的轮胎,我下车一看,糟了,车胎裂了一个大口子,一点气也没有了,车子无法行驶了,要办的事也只能搁下了。

看着无气又无力的车胎,我知道只有换轮胎了。可我没有换过,真的是无从下手,只好拿出车上的说明书,大概地浏览了一遍,然后从后备箱中取出备用胎和千斤顶等工具,把书放在地上,看一眼操作一下。烈日炎炎,没有树荫的马路上。可怜我雪白的衣裙弄得到处都是油污和泥土,更尴尬的是我拧不动那轮胎上的"巨大"螺丝,我使了半天劲,它硬是纹丝不动。那一刻,我多么渴望自己是个男人,一个力大无比的男子汉!在我几乎是眼含泪花的反复操作过程中,有数不清的车辆从我身边驶过,我看到那么多潇洒的、神气的、儒雅的、绅士的、风度翩翩的男人驶过我的身边,却没有一个人肯停下车子问一声:"需要帮忙吗?"那一刻我悲哀,我伤心,我郁闷……还有一些仇恨，在仇恨中我硬是自己完成了自己认为不可能的事，我居然换好了轮胎！我自豪：女人在特定情况在下，也能完成男人的工作！

回到车里，打开空调，喘息之后，在反光镜中发现汗透衣背的自己完全是一副大难之后的狼狈相，这终生难忘的尴尬一幕，问题究竟出在哪里呢？是自己不够靓丽，无法让过路的男人怜香惜玉？还是自己不够主动，没有积极地请求男人的帮助？还是我们的国情、这个地方的男人就该袖手旁观？也许这些都是答案，也许都不是答案。

但在我的心里留下一个固执的想法：如果我是男人，我就不会让这一幕发生在别的女人身上！来生，我一定做个男人！

败在才貌双全

通常大家称赞一个人面容姣好、才思敏捷都会用上"才貌双全"这个词（当然是普通百姓眼中的才与貌），所以在众人心中都渴望自己也能是那个才貌双全的人。但才貌双全在许多人那里是可望而不可及的，别说美貌是上天的恩赐（整容的不算）后天无法获得，就说才气吧，也不是后天努力了就一定可以才高八斗的，努力也还有个天资问题，所以常言道：天资聪慧，方可成大事。可见这才貌双全不但是今生的修为，更有前世的造化在其中，正如佛家所说：没有慧根的人是不能修成正果的。

这才貌双全要多少机缘和修为才能同时融汇在一个人身上啊！如此不易能被称上才貌双全的人应该是为数不多的，他们不说学富五车也是读书万卷之人，不然这才从何来？可放眼社会，却有许多被称为才貌双全的人活得非常的失败，而那如日中天的马云、张艺谋、冯小刚等成功人士，却在貌上稍逊一筹,何故? 也许那些漂亮的聪明人败就败在所谓的"才貌双全"上。

首先,其才是哲人眼中的小聪明,有些人书读得不少但却没有形成大智慧,所以这个才不能代替智慧。其次,才与貌的错位,他们在关键的时候用错了"才"与"貌",在该展示美貌的时候他们耍起了小聪明,在该才思敏捷的时候他们招摇了他(她)的外貌,于是在正确的时间、正确的地点扮演了错误的角色,于是成功和他(她)擦肩而过。再次,面容姣好的人,尤其是女人,有了漂亮的脸蛋就断不会再刻苦奋斗了,因为在她们的成长过程中可以十分容易地获得许多别人得不到的东西,长此以往,她就失去了奋斗的本能,没有斗志的人怎么会成就一番事业呢? 而那些才高八斗的人就更是恃才傲物了,他们最缺少的就是合作精神,因为有才所以通常不会放低姿态,于是就失去了许多成功的机会。所以有时"才貌双全"也害人!

汉语怎么说了?

以前我们公司有一个女孩在北京外国语学院进修了一年回来后,动辄就说:"那句话用汉语怎么说了? 英语说习惯了,说汉语真别扭。"还有一个熟人在国外呆了两年回家探亲,一定住在星级酒店,说父母那儿条件太差没法住。还有一个人买了辆车后就对我说:"你还不把你的车从上海开回来,没车的日子怎么过啊?"

一次在武汉和几个专门从事雕塑艺术的朋友聚会,其中一个在法国生活了十五年,是巴黎小有名气的雕塑家,他一直用家乡话喋喋不休地说着他在法国的见闻,我想起原来公司的那个女孩,于是问他:"你在法国十五年,还会说家乡话呀?"他惊愕地瞪着我说:"这和吃饭、走路一样,都成了本能了,怎么可以不会呢?"面对那个回国探望父母又不肯住在家里的人,我想起了民营企业家陈光标,在四川地震中,他一个亿万富翁,吃住在灾区,背出208具尸体,双手挖出5个人,那是怎么的环境? 我想他回到家乡不会告诉亲友:曾经养育了他的家乡是没法住的。对于那个说没车不能过的人,我想起了在网上看到的一个名人,他每天乘公交车上班,只有周末才开车出去,问他为什么? 他说:"整天偌大的办公室一个人,开车也是一个人,总觉得离这个世界太远了。乘公交是为了感受人气,再说少开一次就当环保了。"

这个世界真的是啥人都有啊!

爱在举手之间

在电视上看到一个节目,说的是一个拾荒者捡到巨额现金后,把钱和包内的所有物品交到派出所,辗转找到失主的事。这个衣裳褴褛的拾荒者是被传销组织害得一贫如洗的人,他羞于回家,已经在外流浪了八年。

前几天在网上看到一张照片,也是衣裳褴褛,一个拄着拐杖的很老的老妇人,从自己乞讨的钵内拿出一个硬币,准备投到路边的一个卖艺人的缸子里。这让我想起了以前在杂志上看到的一件事:上海的一个著名社区里,住着一对外国夫妇,由于在中国工作的期限已满,他们要回国了,走前主妇清理出了许多不穿的衣服,她把那些不要的衣服一件件地洗净烫平,然后装入密封塑料袋中,放在垃圾箱边上,上面压着一个纸条:"送给那些需要的人"。她的中国邻居不解地问:既然是不要的,还那么费事干什么? 主妇答:"是对需要的人的尊重!"由此我又想到了在《读者》上看到的一段文字,说的是一个比较贫困的国家的农民,他们在秋收的时候有一个习俗,这个习俗和我们的颗粒归仓正好相反，他们是在收获的时候一定要把麦田四个角的麦子留在地里不收割，为的是让过路的人在饥饿的时候可以充饥。这一切都让我感动，感动这些平凡的人、博爱的心！感动天地之间的大爱，其实是不用惊天动地、抛头洒血、气吞山河的，爱，有时就在举手之间。

也说放下

《弘一法师》里说到一个故事：有一个修为不深的小和尚去拜见一位得道高僧，在去的路上，小和尚思量，初次见面总要带点礼物给大师，可出家之人无欲无求他不知带什么好，正疑惑之时看到路边有卖盆花的，于是买了两盆，一手抱一个来见大师。说明来意之后，大师没有任何表示，只说了两个字："放下。"小和尚把左手的盆花放到了地上，大师又说了两个字："放下。"小和尚把右手的盆花也放在了地上。大师还是两个字："放下！"小和尚愕然，良久，小和尚顿悟。深深施礼后离去。

"放下"，在佛学里应该是最高境界了，我不知要多久的修为才能真正做到放下。正所谓：放下有形的容易，放下无形的难。放下和追求天生是一对矛盾，如果一味地追求放下，那么放下本身就成了追求。都说功名利禄容易放，亲情、友情、爱情难放；悲欢离合能放下，孤单寂寞放不下。出家人"独与天地精神相往来"，但佛学的心法得不到传承是莫大的寂寞。是否放下的最高境界应该是顺其自然？当你把某种东西扛在肩上不觉得沉重而觉得幸福时，何必刻意地放下这种幸福呢？还有人活在世上的责任和义务，都放下了也许是自私。所以这个世界总是有人要活得很累，有人活得潇洒，有人乐在耕耘，有人意在数钱。无论如何，在生命的过程中感觉充实就好。

狗比娘亲

当下特别时髦养狗,无论是大狗还是小狗,一夜之间都成了人类的"挚爱亲朋"。就连那极其凶猛的藏獒也成了波斯猫般的宠物,藏獒本来是藏族牧民放牧、打猎的帮手,它们生活在远离城市的草原,日夜驰骋,茹毛饮血,所以养成了他们极其凶猛的野性。今天,许多人把它们也当成了宠物。养在城市的高楼里,不知道你从它的身边走过有何感觉?我是看到就毛骨悚然,怕极了。千万别提有铁链子拴着,一看那粗大的铁链,更预示着那物的强大凶猛,不然怎么用得上那般的锁具。

家有宠物的人都是"极有爱心的人",你看他们对小猫小狗的呵护,简直是到了无以复加的地步:每天细心调配精美食物,不但荤素搭配,还要营养合理,冬天要穿上毛背心,夏天要洗几次澡,洗澡要用洗发露,还要跟上护发素。洗完要用吹风机,还要定期去宠物店做美容护理。每天早、晚要带上他们的心肝宝贝到外面散步,万一生病了还要上医院打吊瓶,如果发生了意外不幸身亡主人们通常会"如丧考妣"般痛哭流涕,如此这般的付出真的让人铭感心动。可不知道这些爱狗如命的爱心大使们能否对他们年迈的父母也照顾得无微不至,能否每天也帮父母洗一个热水澡,能否每天也陪同行动迟缓的父母去散散步,能否在飘雪的冬天也给父母买一件毛背心,能否……之所以有这么多的"能否",实在是我们看到孝敬宠物的人太多,而孝敬父母的人太少,难道这不是人类的大悲哀?不是道德的大沦丧?不是文明的大倒退吗?如果真的对父母照顾得无微不至了,如果真的对流浪儿童也伸出援手了,爱及天下所有的苍生何尝不是一种美德呢?

看到一个漫画：一个穿着貂皮大衣的女人牵着一条爱犬，说"我们要爱护小动物"。真的是莫大的讽刺。更有甚者，一个中年男子的爱犬身亡，男子大痛，泪流不止，他老婆说"他亲妈死了也没见他掉一滴眼泪"。

静下心来想一想，为何那不劳而获的宠物狗能比含辛茹苦养育自己的双亲可爱？也许是小狗可以摇尾乞怜，小狗可以被呼来喝去，小狗可以唯命是从，小狗可以奴颜婢膝……而父母不行，所以对他们来讲"狗比娘亲"！

给十八岁儿子的成人信

亲爱的儿子：

还有 4 个月你就满 18 岁了，尽管妈妈极其的不情愿，时间的脚步还是在我们没有做好充分准备的匆忙中，把你载入了第 18 个春天。明天你们学校将为你们举行成人仪式。妈妈对此感慨万千，但千言万语不知从何说起，我不得不承认，妈妈也和你一样还没有准备好。

千头万绪中，妈妈首先想起的是你出生的那一刻，1988 年 9 月 2 日的深夜，一个鲜活的生命降生了，从此我感谢上苍，同时我也感谢你，我的儿子，是你的出生，给了我做母亲的机会，使我可以享受付出的快乐、教育的快乐、谈话的快乐、看着孩子成长的快乐……这许许多多的快乐如影随形地伴随了我 18 年，而在这十八年中，妈

妈也在你的身上学到了许多……所以,妈妈真诚地说一声:谢谢你,我的儿子。

无论妈妈有多么的不甘心,我都无法拉住时间的脚步。18 岁,你是一个成年公民了,你不但有了选举和被选举的权利,也有了一切成年人应该享有的一切权利了。但你一定知道,一个人的权利和义务是成正比的,也就是说从现在起,你也同时拥有了许多责任和义务,因为你是一个大人了。妈妈希望你牢记"达则兼济天下,穷则独善其身"这句话,这应该是你做人的底线,也可以理解成管理自己的座右铭。一个人首先应该管理好自己,也就是首先要独善其身,以身作则,把希望别人做好的事首先自己做好。管理好自己的人才能管理好一个企业以至一个社会。这是妈妈想对你说的第一句话:管理自己。儿子,其实管理自己的最好办法是——养成良好的习惯,一位作家说过:"播种行为,收获习惯;播种习惯,收获性格;播种性格,收获命运。"一种好习惯可以成就人的一生,一种坏习惯可以葬送人的一生。习惯是人生成败的关键。成功者与失败者唯一的不同在于他们习惯的不同。

妈妈想说的第二句话是:负起责任。儿子,你长大了就该有责任感了。但责任有大小,妈妈希望你是一个可以承担大责任的人。铁肩担道义,说起来容易,做起来就需要一定的实力了,这个实力就是你能力的积累,这种积累是一个刻苦学习不断提高的过程,你只有积累了各方面的能力,你才有可能负起一定的责任。一个人首先要对自己负责任(一个对自己都不能负责任的人是无法对其他的人或事负责任的),然后是对家庭负责任(包括将来挣钱养家),直到为社会负责,为民族负责,为国家负责。负起这些责任只有责任心是不够的,光凭热情是担不起责任的。你必须是一个有用的人,一个有作为的人,一个大写的人!

18 岁的儿子应该走向社会了,妈妈想告诉你"外面的世界很精彩,外面的世界很无奈"。社会是复杂的,从风险的一面讲,妈妈希望你永远不要走出去,永远在爸爸妈妈为你搭建的安乐窝中不受伤害。但是"不经历风雨怎么见彩虹",妈妈有一万个不舍得也无法让你一生生活在象牙塔里,所以妈妈的第三句话是:百折不挠。一个人成熟的过程,也就是经历挫折的过程。所以古人云:"天将降大任于斯人也,必先苦其心志,劳其筋骨,饿其体肤,空乏其身。"儿子,你的未来有阳光明媚的同时也一定会有电闪雷鸣,该经历的都要去面对,摔再大跟头都不可怕,可怕的是摔了跟头爬不起来。妈妈希望你在摔了跤之后不但昂首挺胸地站起来,而且总结了教训,下次决不在同一个地方摔跤。这就是你一生都要具备的百折不挠的精神。

妈妈要说的第四句话是:诚实守信。从小我们就教育你要做一个诚实守信的孩子,无论现在,还是将来诚信都是你、我和所有的正直的人必须遵守的原则。人无信不立,社会失去诚信将会混乱。所以远离尔虞我诈就远离了麻烦,坚守了诚实守信的原则就会为自己赢得良好的社会关系和人际网络。任何时候"不以恶小而为之,不以善小而不为"。

最后妈妈想说:淡泊名利。儿子,你可以为名利去奋斗,但不要被名利所羁绊。任何时候名利都不是你生命的全部,如果你的心智完全被名利所累,你的生命将会失去色彩。别把进取心和追求功名利禄混为一谈,有一颗平常心才会有大智慧,才不会被名利一叶障目。名利在人的生命中是一种燃烧,注定会转瞬即逝。

儿子,"人生如诗,人们当学会感受生命的韵律之美,像听交响乐一样,欣赏其主旋律,激昂的高潮和舒缓的尾声。而我们多数人胸中常常会有太多的断奏和强音,那是因为节奏错了。"你能悟出这段话的道理吗?

儿子,也许你对妈妈的所有观点都不以为然,那也没什么不对的,那说明你有你自己的想法,你完全可以按照你的想法活出你认为的精彩!妈妈在未来的每一天都祝愿你平安、健康和快乐!妈妈也坚信你一定能活出自己的特色来。

高考的前一天儿子对我说

又是一年高考的时节了,家有高三生的家长们每天悬着的心是越悬越高了。中国的高考对于每一个高三的学生和家长来说,都是极大的煎熬。无论孩子平时的成绩多么好,面对高考谁都无法轻松。为了儿子的高考,我在儿子高三的三百六十五个日日夜夜里,每分每秒地陪伴在儿子的身边,终于到了6月7号,儿子在6月6号晚上笑嘻嘻地走到我身边说:"妈妈,明天你去给我买脱毛霜吧,考完试我要把我脚上的毛脱掉,我脚上的毛太多了。"我愕然地看了他几秒钟,然后大笑。我欣慰地抱住儿子:"好的,妈妈一定去买!你有这样的心态,我非常高兴,你是最棒的!好孩子!"儿子拉着我坐下,然后他躺在我腿上说:"我等这一天已经很久了,我相信我自己。"那一刻,有晶莹的泪在我的眼里转……

那一刻我想起了儿子刚刚上高一的情景,儿子高中时就读的是山东的一所中学,严酷的高考竞争形成了这所学校几乎是非人性的教学机制。高中三年每天早上六点一刻离家门,直到晚上十点回家来,每两周才休息一天。连洗澡和理发的时间都没有,所有的体育课都被停掉,更没有任何课外活动和接触自然的时间。几个月下来儿子咬牙切齿地说:"法西斯!这是法西斯教育!我要退学!"我非常害怕,我知道这是儿子生命中最重要的时期,他在不合理的教育机制和超负荷的学习压力面前,选择了退却。我装作无所谓的样子对他说:"退学后干什么?""我可以自学成才!"我说:"好呀,明天我给你请假,咱们先自学几天看看感觉如何。"第二天我真的给他的老师打了电话撒谎说孩子病了(也真的是他的心理病了),需要休息几天。儿子在家呆了两天,看书,上网,有时也玩游戏。我和他聊天,不提学习的事,谈比尔·盖茨为何中途从哈佛退学,谈陈天桥如何挖到第一桶金,谈张朝阳怎样创建了搜狐公司,谈小巨人李泽楷的成长经历,谈当今白手起家的网络巨人的学历,等等。第三天,儿子一大早起来对我说:"我去上学了。"我松了一口气,可是一个月后,儿子的厌学情绪又来了,他又一次痛骂山东的法西斯教育,又一次地提出退学。我的心也跌进了深渊,可我不能有任何表示,在儿子几乎发疯的愤怒下,我也和他一起痛骂我国的高考制度,痛骂山东的白痴教育,痛骂高考录取的地域歧视和由现行高考制度引发的种种教育弊端。骂够了,发泄完了,我又一次向老师说谎给儿子请了假。但我上班之前我对儿子说:"你不是想自学成才吗? 反正时间多的是,也不在乎一两天,今天先看看妈妈给你推荐的《人生大败局》吧,看看如何克服人性的弱点。"第二天,我又对他说:"你这几天上网查查世界上哪一个国家的教育体制最合理,最有人性;顺便写一写,如果你是中国教育部部长你如何改变中国的高考制度。别忘了告诉我,我们国家的大学数量和人口数量的比值,我们能否一夜之间赶超教育先进国家。"就这样,儿子又在家一个人呆了三天。

那一个学期我每天都和他斗智斗勇,我甚至觉得我所做的一切都是一场赌博,我的迂回战术也好,欲擒故纵也罢,在当时都有全线崩溃的可能,其实我的压力没有一天是比儿子小的,而当时他爸爸又在上海读博士,我只能孤军奋战。终于熬过来了,值得欣慰的是儿子最终考入了他喜欢的上海复旦大学软件工程学院,可是不安定的儿子昨天来电话说:他要转专业,要转到经济专业去。看来我们又要有一番对话了。

倚窗看斜阳

倚窗看斜阳

萧瑟的寒风夺去了温暖的天空，冬日的阳光穿不透枯萎的沧桑……坐在中空的落地窗前，手捧香茗，看窗外风卷着雪花飞舞，隐隐地听到岁月离去的脚步声，又是一个岁末，又是一个寒冬……一直希望在岁末的最后一天，有晚霞染红半边天，一个人倚窗看斜阳，数远山依稀的树影，看海面飘摇的小船，听音乐学院的长笛，想虚虚实实的未来……

今生不再渴望温暖的手，今生不再期望依靠的肩，今生我是自己的暖阳，今生我有自己宽大的双肩！在岁月的晚霞中横笛吹一缕临海的风，在时光的波涛中冒雨摇一叶逆水的舟。把思绪写在彩云上，随风自由去飘荡。今生我不是你的月光，也不是他的秋霜。今生我是自己的女神，今生我写自己的传奇，在阳光灿烂的蓝天下我自己朝拜自己的心灵。

在时光再次轮回的时节，在生命走向暮秋的时候，知道自己无法更改任何已经尘埃落定的喧嚣和浪漫，所以在未来的日子里，不再奢求繁华的烟雨，也不去牵引已经疲惫的目光，只想在生命最终的盘点中，成为沉淀在岁月深处的篇章。

无论怎样，还是相约在五百年后山花烂漫的春天吧，让我们五百年后厮守一缕远离尘世的炊烟，可以举杯邀明月，可以把酒问青天；我们会在一个写满温馨的屋檐下，画一幅浓墨重彩的画卷，挂在下一个五百年的房间，在走进生命轮回的大门时，会彼此望着一双深情的眼，从容地说：五百年再见！

在岁月交替的时节，把所有怅然的忧伤挂在树梢，让风把它们吹干，让所有的思绪静静地流淌，让载着时光的船在黎明前停靠在记忆的港湾，但一定要在新年钟声敲响的时候，删除所有的过往，在开始新的航程时，带上所有属于自己的心情，站着或者坐下并不重要，重要的是要靠在窗边，好看到窗外四季轮回的景致和旖旎多变的风光。

如果可以，我希望明天，当朝阳升起的时候，整理好行装，带上足够的干粮，一个人行走天涯，只要我喜欢，我就可以在天的尽头，恣意地盛开。如果可以，我希望明天，把自己深藏五百个冬天，五百年的酿造，五百年的发酵，在五百年后的春天，醉你千年！

生命的轻与重

在希腊神话中，远古的人都是两性同体，宙斯把他们劈成两半，于是，这两半就开始满世界地漫游，互相寻找，找到了自己的另一半，就是灵肉合一

的爱情,灵肉分离的爱是无法长久的,终于有一天他们会再次分离,开始新的寻找。

生命是一个寻找的过程,爱更是一个寻找的过程,每一个过程都不是轻松的,每一个过程都需要付出,每一次沉重的付出的动机都是寻求爱的永恒的可能性。

十七年前读米兰·昆德拉的小说《不能承受的生命之轻》的时候,感到很纠结,在昆德拉看似幽默、随意、潇洒的文字背后,感受到的是无比的沉重。但这部享誉世界的小说被改编成电影《布拉格之恋》后,却变了味,因为在银幕上那份纠结和沉重被淡化了。

在昆德拉的世界中,大爱是重,性爱是轻;责任是重,诙谐是轻;灵肉合一是重,灵肉分离是轻,但更多的时候爱是斯芬克斯之谜……

沉重不一定就是残酷,轻松也不一定就是美丽。最沉重的负担恰恰是最真实的生活。如果一个人完全没有负担,也就完全没有了责任和义务,有了完全的自由却使得生命完全没有了意义,这时如果可以选择你会选择生命的沉重还是生命的轻松呢?

有一天,当生活的轻松、浪漫都被沉重和残酷取代之后,生命又会变得怎样呢?

有这样一对夫妻,丈夫是某县级市公安局的副局长,妻子是工商局某科的科长,他们有一儿一女,结婚二十年,都生活在幸福和甜蜜中。但妻子在人到中年的时候得了一种怪病,三伏天三十几度的高温,她总是感到寒冷,要穿很多衣服,浑身出汗,但人却冷得寒颤。无论家人热得多么难受,都不能开窗,更不能开冷气,因为她不能吹风,一点点的风吹来,她都觉得刺骨。看了无数的医生,打了无数的吊瓶,没有任何起色。几年下来,人瘦得不成样子,整天卧在床上。一家人的付出可想而知,丈夫为了天南海北地带她治病,无奈地办理了提前退休。长期的病痛使得她的心理也出了问题,她整天疑神疑鬼,怀疑丈夫有外遇,怀疑丈夫煎给他的药下了毒,一家人几近崩溃。终于有一天,身心负重的丈夫到了承受的极限,在深夜用被子紧紧地蒙住了她的头,准备让她一死了之,她挣扎着祈求看在一双儿女的份上放过她,那一刻,丈夫还是没有狠下心,松开了手。日子又回到了日复一日的煎熬岁月,丈夫还是每天给她熬药,给她做饭……

在《不能承受的生命之轻》里男主人公托马斯不断在生命的轻与重之间游弋,他一生放浪不羁,生性自由,一生都漂浮在轻重两级之间:知识分子的正义感、医生的责任感、丈夫对妻子的情感是他生命的沉重境况,他极力逃脱这无法承受的生命之重,全力寻找他认为美丽的生命之轻,他漫不经心地和形形色色的女人做爱,但又割舍不掉对妻子的那份情感之重。但他每次践行了生命之轻之后,他又觉得那生命的轻也是不能承受的。而在他的妻子特丽莎的灵魂中,灵与肉是不可分割的,她终其一生,幸福而又痛苦地探寻、叩问着灵与肉的可否分离,她珍视灵与肉的统一,容不得灵魂或是肉体的堕落,但生命却在他们的探寻中戛然而止,一次意外的车祸,夺去了他们年轻的生命,留给我们的是灵与肉、轻与重永无定论的结局。

现实中,大多时候生命的轻与重是会互相转换的,每个人都会或多或少交换着自己生命中的轻与重,在有意无意间悄然改变着轻重的比例,在这个轻重交替的过程中,每个人都是按照自己的意志说明自己,造就自己,用自己的行动阐述自己存在的意义。而存在意义的获得,不取决于人是否活着,而是取决于人活着的时候是否不断地自由选择。选择轻与重就是选择生活方式,选择生活的质量……

而生命的轻与重也在客观的选择可以承载它的个体,该背上沉重的,就无法选择轻松,因为沉重选择了你,你就只能沉重地活着、沉重地爱,沉重地坚守着必定属于自己的沉重。

兰心创气是诗人

"诗,可以兴,可以观,可以群,可以怨。"一个人可以没有诗才,但可以有诗心,有了诗心生命就如同仰止宗教一样有了皈依,心灵也就有了可以寄托的安逸,能以诗人的情怀书写只属于一个人的浪漫,那是一种唯美的幸福。有人说邂逅一首好诗如同在春天的暮野,邂逅一个眼波流转、吐气如兰的美人,让人黯然心动。写诗是释放,读诗是愉悦,解诗是升华。

看着大观园中的女儿们各个锦心绣口,兰心惠质,智慧灵动,别说宝玉喜欢,我也喜欢呀,那样美妙的诗句是怎样的让人过目难忘呀:"岂是绣绒才吐?卷起半帘香雾。纤手自拈来,空使鹃啼燕妒。且住、且住!莫使春光别去!"

游走于网络的阡陌中,时常被那些才华横溢的文字吸引,于是就会常常光顾那些连艺术女神也会留恋的地方,当然总是悄悄地来,也悄悄地去,练就了踏雪无痕的真功夫,因为这样的地方通常都是人声鼎沸的热闹,悄悄地看看就是幸福了,没有留言更不敢评论。

喜欢沧浪浮生的诗行,那一行行化开来都是朵朵的睡莲,在午夜的水面静谧地开着;喜欢紫浪随心的诗魂,那一首首都是诱人的浪花,拍打着岩石,泛起雪白的海浪,在阳光下耀眼,在月光下动听;喜欢梦野的灵动,那个个飞扬的文字,不带一点儿男人的浊气,除了阳刚,还有柔美,并且柔美到了女孩儿不及的地步;喜欢额鲁特·珊丹的才气,她是盛开在蒙古草原的花朵,鲜艳而执着,不娇羞、不造作,携着牧野的风,歌唱着她睡梦中的王。喜欢沧海渔歌的悲壮,那是带着沧桑的信天游,可以翻山越岭,信步海角天涯……

诗人都有一颗不染尘埃,玲珑剔透的心。他们都是青衫磊落,茕然独立于花廊月下的雅士和钗裙,有着暗雅如兰的忧伤,有着蓬勃激荡的剑气。他们写"倚危亭,恨如芳草","过尽飞鸿字字愁",他们也写"三十功名尘与土,八千里路云和月。莫等闲,白了少年头。"草色烟光残照里,有斜阳映在诗人的额头;对酒当歌月满楼时,有晓风吹散诗人的愁云。在这个热闹非凡的时代,能敞开心灵迎接世界的只有诗人和痴人了,自己做不了诗人,那就做个痴人又如何? 痴痴的写痴痴的读,痴痴的泪痴痴的流。

诗人都是喜欢面朝大海,热爱春暖花开的人。他们是更善良、更宽容、更有爱心的人,他们的眼前总有青鸟飞过,他们的耳边总有音乐响起,他们的面前总有草原的辽阔,无论什么季节,他们都看得到鸢飞,闻得到花香。当我们不能用诗的语言赞美世界的时候,我们可以走进诗的王国感受诗人的兰心剑气。

借得沧海三千水

生活在蔚蓝的大海边,真的是人生的一大幸事。经受了一天的辛劳和烈日的烘烤之后,在夕阳下跳进清澈的海水,顷刻间荡尽所有的尘埃。像小鱼一样在海水中游弋,享受海浪温柔的抚慰,是生活在海滨的最大惬意。游累了,披上浴巾,也披一身斜阳,在夏日的沙滩上漫步,走累了,坐在路边的餐桌旁,吃各种各样的海鲜,赏来自各地的游人,这是威海的百姓也是我的夏日生活。在经历了太多的风云变幻之后,躺在松软的沙滩上,看风起云涌,听潮涨潮落是我自己选择的诗情画意的生活,也是选择了许久的归宿。能生活在这个风景如画的大海边,是自己生命的秋天里最大的幸福。

在与世无争之后,享受海风的轻拂,可以云淡风轻的生活;踏着一波一波的海浪,可以把一切过往化成云烟。被海风牵着手的时候,可以把世事洞穿。大海的汪洋恣肆,纵横跌宕,可以洗涤所有的灵魂。在不同的时光和不同的角度,你可以看到它或包容万物,或超尘脱俗;或潇洒飘逸,或凄恻缠绵的容颜;它容得下风平浪静,也容得下坎坷生涯;它接纳所有的爱恨悲欢,也接纳所有的尘世风雨。站在海的面前,你无法虚妄矫饰,你只能婉约天然。当成群的海鸥挟着幽幽的海风掠过眼帘,你会看到五千年的云雨,听到创世纪的花开。在每一个夕阳西下的傍晚,行走在迷人的海滩,检点生命的逆旅,悉数阴晴圆缺的年华;悟往者之永逝,思来日之可追,感人生之多桀,叹日月之难留,知春梦之无痕,惑生命之泥爪,凭栏无所寄,唯当以大海的情怀面对所有的酸甜苦辣,以大海的包容笑对所有的事态变迁。

站在岸边的礁石上,面对一望无际的蓝色海洋,是可以真正地体会什么是渺小的。面对亘古不变的海洋的博大和雄伟,生命的个体是多么的短暂和渺小,在它的面前个人的那点喜怒哀乐算得了什么?在它的面前,忘我是唯一的境界,陶然是唯一的情怀。但这种忘我和陶然在这个亘古的海洋面前也只能是转瞬即逝的,然而,这个瞬间的陶然却是可以涤荡自己漫漫人生的,也是可以规矩自己一世的方圆的。

如果说天空的广阔是无法度量的,那么海的博大却是可以触摸的,这个浩瀚的精灵是可以感觉可以品尝可以拥抱可以在其中停留的,它有自己独特的气息,有自己生命的历程,有自己恣意的喜怒。它是那么的真实,却又是那么的不可驾驭。

伴着海风,踏着海浪,诗意的生活,惬意的遐想。借得沧海三千水,书写思绪万万千。

谁饮美酒

美酒甘洌醇香,美酒醉人心魄,古往今来沉醉了多少豪杰志士,辛弃疾:"醉里挑灯看剑,梦回吹角连营。"李贽:"坪上无花有酒钱,谩将沽酒醉逃禅。若言不识酒中趣,可试登高一问天!"曹操:"对酒当歌,人生几何?譬如朝露,去日苦多。"等等,关于美酒的诗篇在文学的海洋里仰俯皆是。酒为诗侣,诗见酒魂,诗酒联袂而行的历史演进,在古人心目中积淀为一种逻辑模式:饮酒必须赋诗。不论是群饮行令,还是自斟独酌,诗情都应该是酒兴的必然产物。

在华夏文明最为辉煌的盛唐年代,曾经,有一位天之骄子屹立于中华文学大潮的峰顶浪尖;曾经,一份逍遥脱俗的浪漫情怀恣意于天地之间,数千年后依旧回响不衰,那便是诗仙——李白。一个终生以酒为伴,咏唱酒,赞颂酒,甚至连血液中都流淌着甘醇的豪才浪子。

古往今来真正可以在酒海里畅游的人非酒仙李白莫属。美酒到了李白这里才到了极致,只有李白能够将甘醇的美酒三分啸成剑气,七分酿成月光;只有李白可以秀口一开半个盛唐,大笔一挥天下文章。那"飞流直下三千尺"的气势无人可挡,那"直挂云帆济沧海"的气魄无人能敌。

李白是端着酒杯进长安的。美酒成就了他的诗文,甘露酿出了他的才华;美酒纯粹了他诗人的形象,美酒陶冶了他诗人的志趣。在他的生命中,酒是不可或缺的,因为酒是李白心灵的慰藉,酒是李白诗作的源泉与动力。

"兴酣落笔摇五岳,诗成啸傲凌沧洲。"李白的诗断不可离开酒,诗中的酒也离不开李白本人,即诗外的酒和诗中的酒已浑然融为一体,酒既成就了李白,也辉煌了唐诗。李白是诗仙,也号酒圣,哪怕是在皇帝的金銮殿上,他也是将才华酿在美酒中呈现在皇帝面前的。"君爱身后名,我爱眼前酒。饮酒眼前乐,虚名何处有?";"唯愿当歌对酒时,月光长照金樽里。"酒是李白一生的陪伴,"举杯邀明月,对影成三人",孤寂时,酒是苦闷的止痛药;"将进酒,杯莫停,与君歌一曲,请君为我侧耳听。""人生得意须尽欢,莫使金樽空对月"开心时,酒是快乐的催化剂;"天子呼来不上船,自称臣是酒中仙"。爱酒如命的李白连代表它的诗作上也沾染了酒的醇香。李白的作品中既融合了"古来圣贤皆寂寞,唯有饮者留其名"的狂放不羁,也掺入了"抽刀断水水更流,举杯消愁愁更愁"的无奈与彷徨。"欢言得所憩,美酒聊共挥。""我醉君复乐,陶然共忘机。"更是一种酣饮之后的放歌,陶醉于无拘无束,心怡飘然的风味中,将人世间的奸诈之心,一扫而空。他举世无双的才华借酒与文字这些载体,至今在读者心中不朽。

尼采曾经将文学归为两种极端形态:一种是日神型,用直观的冲动来制造幻觉;另一种是酒神型,打破一切禁忌,解除个体化束缚,复归原始自然的体验,即逍遥而狂放。李白的奇作不正是后一种文学形态的典型代表么?更何况,文如其名,一个酒字不仅象征着他所有的才华,更仿佛要连他一生的精神与性灵也一同包容。

李白其人正如酒,甘洌香醇却也辛辣苦涩,一身的恃才傲物,放荡不羁,所以才会有贵妃捧砚,力士脱靴的佳话,他是将目无权贵,唯我独尊的文人形象演绎到极致的人,同时也是用奇文妙句征服每一个读者的诗人。李白就是一坛美酒,永远教饮者欲罢不能。

只可惜,如此美酒实在太少了,少到五千年来只此一坛,别无它酿。

美酒,李白的名片;美酒,诗人的符号。李白的诗就是一壶壶醇厚芳香的佳酿,给读者沁人心脾的芬芳,其中寄托着他的人生,他的才华,他的创作,他那万古不灭的魂魄。

也许,只有酒才能代言李白,也只有李白才可以醉酒。

美人隔岸

隔着银屏,他在,她也在,屏幕的对面是他自己的现实世界,屏幕的这边是她可以恣意的方寸,彼此永远都在空间的另一边,却永远都在时间的对面。

隔着小小的银屏,隔着千山万水,隔着沧海桑田,就这样的面对:有太多的朦胧,也有太多的遐想,更有太多的遗憾,她是他今生永远不能到达的彼岸。

距离不是问题,距离只是一个婉转,在这样的婉转里,才有美丽。因为只有这样的美丽,才可以藏着前生无邪的记忆,才可以载着今世脱俗的深邃。

只有这样的相隔,才可以享受理性的美好,才可以规避感性的胶着,也只有这样遥遥相望的彼此才不会因发泄太尽而流于刻薄,也不会因随波逐流而变得浅薄

她只想让自己携着千年的风雅,偶尔在他的心间灵动,她只想让自己是他眼中那个浸润着古风即现代又婉约的爱恨叠加欲罢不能的女子。

同样,他的眼波流转,他的血气方刚,他的

一诺千金亦在这个海市蜃楼中牵引着她的思绪万千。屏幕的对面如果没有指点江山的须眉，没有玉树临风的伟岸，美人们也不会趋之若鹜的日夜在网上流连。

这个日新月异的时代，给了人们太多匪夷所思的美好，但美好有时只能在远方，远方的美好不能人为的移植，一旦撼动了那个距离，美好就会掉进河里，被现实冲走。

雾里斑斓，美人隔岸，才是最佳境界；云外苍翠，夜下朦胧，才是醉人臆想。若非要把才子佳人放到油盐酱醋里煮一下，然后再放到阳光下暴晒，最后再剥开来圈圈点点，这样糟蹋美好的结果一定是和自己过不去。

花开彼岸，妖娆多姿，伸手不能及方才不会被摧毁，隔岸的美艳与飘逸才可以寿终正寝。其实隔岸的美艳与飘逸是唯美的错位，而这样的错位却完美地诠释了东方民族一直迷恋的缥缈朦胧的情感意境，只有这样若即若离的美好才可以在朦胧含蓄中永生！

隔着银屏，她在，他也在。

路过你的春天

茫然的夕阳，越过一堵感怀岁月的矮墙，风旋起的尘埃，淹没了没有地址的断桥。恍惚中还是那个美丽的春天，还是那个开满鲜花的季节，我在和煦的春风里放飞了一袭红裙……依稀中是那个蝶飞花舞的岁月，是那个不染尘埃的笑脸，婀娜的身影如轻轻掉落的花瓣，就那样轻轻地掉进了你的春天。那时候没有诗歌，只有坐在诗一样的春天里的等待，等待你把我装饰进你的一个又一个缱绻。那个春天的风并不多情，但却掩不住刻在骨髓里的风花雪月;那个春天的雨足够柔媚,但却载不动海誓山盟的点缀。一个又一个的春天远去了,因为春天也要背起行装去旅行,游走的春天放下了疲惫,放下了颓唐,也一定放下过往,把一切沉重都撕成碎片,春风把一切吹走,也吹淡了那些曾经深深浅浅的墨色。

谁的诺言不经意的辗转了千年,落在三生石的歌谣中,被陌上的牧童传唱,那袅袅的余音,飘零了多少依恋。不知那个曾经的春天是梦里的诗篇还是远去的心愿,站在又一个乍暖还寒的季节,任凭时光流转,任凭那些逝去的过往和将要到来的曾经在春天里灿烂着、膨胀着、纠缠着、叠加着……知道总有一天,自己会在春的梦魇里醒来,知道总有一天,自己会明白所有关于春天的浪漫、关于春天的盛会、关于春天的芬芳都只是一个路过,路过你的春天,路过你的记忆。只是路过你的春天时,不经意地看了你一眼,却被你晒成了底片。

路过的春天里没有天堂也没有地狱,只有这空空荡荡的时光伴着海风的呼啸,一个人永远行走在寂寞的季节,无论是春暖花开还是寒冬腊月。不能住在你的春天里是命运,不能留在我的岁月中是遗憾。但春天依然美丽,春天也依然孤寂。你说:走出花季走不出你的妩媚,放下多情放不下你的憔悴。我说:放下是因为春天的华丽,放下是因为春天的甜蜜。放下的华丽是美好,放下的甜蜜是永恒!

一个匆匆的过客,不能留在烂漫的春天!

人生最美的风景在你的心里

生命的华彩不在时光的长短,也不靠耀眼的光环来体现,当一切身外之物开始暗淡的时候,人们开始生命历程中最为重要的时刻——回归。

于丹在《庄子心得》中给我们讲了一个故事,说:"老鼠整天在田野里昼伏夜出,总是被人喊打,觉得自己非常的渺小,他羡慕广阔的蓝天,他认为广阔的蓝天一定是无敌的,没有什么可怕的。有一天他终于忍不住问:天空啊,你是那么的广大,一定没有什么可怕的吧?天空说:我怕云啊,乌云一来,就可以遮天蔽日了。老鼠又问乌云:你怕什么?乌云说:我怕风啊,大风一来我就无影无踪了。老鼠问大风:你怕什么?风说:我怕墙啊,遇到墙我就过不去了。老鼠对墙说:你是最强大的了,你一定什么都不怕,墙说:我怕老鼠,老鼠在我的底下一打洞,我就倒了。"这就是人类一生崇拜,最后发现自己内心的一个过程。

人的一生其实一直处在自我抱怨之中,从少年到中年都是在羡慕和嫉妒别人的日子里过活。没有几个人是对自己满意的,抱怨了大半生,羡慕了一辈子,有一天忽然发现从前的自己是挺好的,是应该满意和被别人嫉妒的。可是此时,从前的自己又成了别人,因为那是逝去的自己,逝去了的东西就是失去的,没有人能够找寻。其实,生命的价值在我们自己的心里,生命的华彩在我们自己的心里,生命的动人乐章在我们自己的心里!当你能够在抱怨了一生,失落了一生,不满了一生之后,忽然在某一个早晨,发现了内心之中驻留了许久的平静时,你就开始了内心的回归,这时你的目光是平和的,你的语调是轻缓的,你的神态是从容的。

一个人,最熟悉的莫过于自己,最陌生的也是自己,唯一能对自己仗剑相逼的还是自己。生命是自己的,激情是自己的,浪漫是自己的,快乐更是自己的。人生最美的风景就在我们自己的心中!

看夕阳入海

"落日熔金,暮云合璧,人在何处?"夕阳下,大海边,看西天的云蒸霞蔚,看海水的激情燃烧,看那一半儿是海水一半儿是火焰的壮阔,是盛夏海滨蔚为壮观的靓丽风景之一,也是一种灵魂沉寂过程的体验。

当生命不再是雾里看花,当曾经的沧海成了桑田,生命的本质状态就如同夕阳入海——灿烂而寂静!

夕阳入海的那一刻真的是自然界的最伟大的艺术作品,怎样的诗歌才能描述它的灿烂,怎样的绘画才能复现它的色彩,自然的鬼斧神工有时是人力所不能为的。

多想在那一刻,把自己的一怀愁绪,半生离索都随那夕阳一起沉入大海。面对夕阳的沉没,没有谁会欢呼,那一刻是安静的,那一刻也是沉重的。

在这样的余晖中,多想吹响那一声长笛,但那笛音会扰乱暮色的从容;在这样的光芒中,多想靠一个宽大的双肩,但那样就丢失了简单和纯粹。

站在落日的余晖中,忽然好想褪去所有的衣着,让那金色洒满我的胴体,让我在铺满金子的海面起舞,在那融金的落日中如欲火的凤凰,在涅槃中更生!站在落日的灿烂中,忽然想同娇艳的夕阳一起入海,不带走一丝丝的牵绊。

云蒸霞蔚之后是一望无际的金黄,那些翻滚在海水里的金黄,是曾经的欲望和轻狂,渐渐的那些欲望和轻狂都成了盛开在海面的无数莲花的蕊,而那朵朵的莲花都是含笑的禅……那一刻什么都可以忘掉,那一刻也什么都可以想起,那一刻的沉默和寂静如同地老天荒的传奇。那一刻我希望把所有的过往装订成册,寄往另一个时空。我希望在下一个千年你能在我的皱纹里找到今天的辉煌!

直到有一天,海水的上面是火焰,火焰的上面是云霞,而站在云霞上面的是我静默的灵魂。我希望那时候,我的所有器官只要可用都用到能用的人身上,那剩下的躯壳在烈焰中升腾之后,就和着玫瑰的花瓣随着夕阳一起入海,不要墓地,不要墓碑,也不要一片纸钱,只要你千年后依然在落日中守候!

看夕阳入海是看一场天地的热吻,短暂而辉煌!落日的辉煌是一场奢华,观赏落日的壮丽,咀嚼它的耀眼和豁达,心中不免荡气回肠:人生也是一次日出和日落,只是当我们谢幕的时候,没有几人拥有这样的奢华,因为远去的落日,仍用那红彤彤的热血沸腾的胸怀留恋着生命,眷顾着万物。而人类只要堂堂正正、光明磊落地走完个体的路程就是生命的最高境界了!

站在夕阳里,沐浴那灿烂和辉煌,让万千思绪融入波光粼粼的海面,那一刻,洒满金光的海面是我青春岁月抖落的一地芳华,那一刻,我心和海鸥一起飞翔!

夕阳是一盏永不熄灭的天灯,西边落下东方升起!

如果可以,醉到天明

豪饮是一种生活,醉生是一种境界,梦死何尝不是一种幸福!很多时候,多想干了这杯从头再来!

能用纤纤玉指,在烟雾缭绕中作态,可以让有些人欣赏,能借酒消愁,能举杯畅饮,能在杯盘狼藉中喝令三军,这,何尝不是一种壮举!但那"葡萄美酒夜光杯"的生活于我总是一个梦幻,无论多么甘醇的美酒都是酒喝我,而不是我喝酒,多少风雨交加的夜晚也想借酒消愁,多少离愁别绪的哀伤中也想一醉方休,多少推杯换盏的宴席中举世皆醉,独醒的感觉不是快乐,也不是幸福,是一种失败!李白说:"五花马,千金裘,呼儿将出换美酒,与尔同销万古愁",不能驾驭美酒,不能吞云吐雾,不能泼墨挥毫,不能月下抚琴,不能……,这许许多多的不能让我用什么销解我的愁绪和郁闷呢?

夜半无眠,举杯邀明月,可以抒发堆积成山的感慨,凄风苦雨,煮酒论英雄,可以排遣横亘在胸的情怀。多少离殇的泪能滴在酒里就不会沾满挥舞在风中的衣袖,多少遗憾终生的错能化在杯中就不会蔓延成滔天的巨浪。"爱过知情重,醉过知酒浓"没有在高脚杯中趟过,就不知道杯里的乾坤有多大。

多想,在凋零之前,用鸡尾酒灌醉剩下的华年;多想,在寒冬之后,用竹叶青扶起被风吹倒的曲线。今天,在秋的繁华与嫣然里,我想醉在杯中,今夜,在落叶的风韵和呐喊中,我想醉到天明!

做一只被你放飞的纸鸢

在春风荡漾、草长莺飞的季节里,我愿意是晴空下的太阳雨,落在你嫩绿的草叶尖上,跌在你沁人心脾的花心里。

在晴空万里,海风吹拂的海岸边,我希望自己是那个面朝大海,一袭拖地长裙迎风吹响长笛的女孩。

但在那个多情而浪漫的午后,在那片洒满阳光的海岸,我却只想做一只被你放飞的纸鸢,飞舞在蓝天下,也飞舞在你的视线中,我渴望成为被你放飞的风筝,渴望飘在蓝天下,舞在海风中,渴望被你牵引,渴望被你羁绊。因为你双手的牵绊,我才能在飞倦了,累了的时候重回大地的怀抱 。

人,最大的富有是自由,身心的自由,灵魂的自由。飞在蓝天是万众瞩目的自由,但这个自由的美好是因了那根魂牵梦绕的丝线,断了线的自由就成了巨大的虚空,所以,今生心不为形役,身不为物役,但宁愿为你所役,今生如果能被你放飞是幸运,哪怕只有一次,哪怕飞不过浪花的高度,但只要飞过就是幸福。

其实飞舞不是人的常态,飞舞只是生命的瞬间。"舞低杨柳楼心月,歌尽桃花扇底风"。但这个瞬间很华美,这个瞬间很诱人……我是风筝你是线,浪漫的五月还在,柔美的春风还在,为了能在你的牵引下一舞倾城,我不惜跋涉万里,飞越千年。飞舞,向着蓝天,飞舞,迎着海风,晴空下有你的臂膀,海风中有你的爱怜,曾经你是那样的熟悉这海风的味道,曾经你也矗立在晴空下的海岸……

不知上帝是否可以让一个风筝在飘舞翻飞之后,在一个斜阳西下的傍晚和那个牵着风筝的人静默地坐在海滨的长椅上,看夕阳慢慢地融入海面,听海浪轻轻地拍打堤岸,在寂静而欢喜的目光中对视,并相互鞠躬致谢!

纯粹的爱

曾经听一个朋友说,他爱上了一个人,但他永远不会告诉她。乍一听很是迷惑:他不是没有勇气示爱的人,更不是爱的泛滥的人,也不是不解风情的人,为何在曾经沧海之后把自己和自己的爱一起封闭了呢?

也许爱的真谛就在于此,今天的社会爱亦稀缺,爱也泛滥。轻易示人的

"爱"不绝于耳,但能"山无陵,江水为竭,冬雷震震,夏雨雪,天地合,乃敢与君绝"的爱真的是只有到文学的作品中才能找到了。所以我对这位仁兄真的是刮目相看了,在这里我也祝愿他心中爱的玫瑰永不凋谢(他不告诉对方也许就是不给爱的花朵凋谢的机会)!

其实爱就是个人的心中感受,是个人的极度愉悦,爱完全可以是一个人的事,是一个人的付出和享受。也许他的爱是一种极致的爱,是爱的最高形式,是真的只有付出不求回报的爱。并且这种付出在未来的生活中是一种习惯,而不是一种道德约束,不然这种付出定不能贯穿一个人的一生。在这个不计回报的付出过程中,他是愉快的,是下意识的,是不受任何外力影响的。如果他清楚自己的付出有多累,他也许无法坚持下去,由不自觉转到自觉付出的意义也就有了改变,无意识的付出往往才是真正的不求回报的付出,理智的付出是无诗意可言的。

这种爱是可以无限延伸的大爱,是不会因为对方的改变而改变的,即使有一天他意识到了对方对自己的利用和欺骗他也会一如既往地把自己的爱进行到底,因为那爱不是比较多少,不是推求真伪,那爱只是爱的本身,没有任何善恶可以诋毁,没有任何优劣可以动摇,因为那爱的完美只在他的内心。如同他爱月亮的光辉,不会计较月球实际上是多么的寒冷。

能意识到爱的付出的人就做不到爱的纯粹,爱的纯粹的人是不会总结爱的意义和爱的本质的,所以这个世界上大多数人都不能纯粹地去爱,因为他们都可以清醒地分辨爱的崇高和低劣,上帝只给了少数人可以爱得纯粹的能力,而忽略了他们分辨这爱的高低贵贱的能力,因为上帝知道这两种能力不能融合在一个人身上,否则爱将不复存在。

在爱的王国里,被爱是幸福,爱人是愉悦,有爱是天堂! 这个世界需要纯粹的爱!

现实生活中爱有很多表现形式,但每一种都有着鲜花的特质:

昙花一现式:昙花之爱,是一见钟情式的快速投入,在开始的瞬间有天崩地裂的震撼,极其热烈但极其短暂,那是激情的燃烧,但很快就会化成灰烬,可怕的是就连那灰烬都没有一点余温。在未来的回忆中,这种爱大多是被否定的,有些甚至是被遗忘的,到了耄耋之年,有人提起,也许他(她)会说:我爱过他(她)吗?我怎么不记得了。那叫一个烟消云散,那叫一个彻底的放弃和决绝。

玫瑰留香式:玫瑰是美丽的,可美丽的玫瑰也会凋谢,但凋谢了的玫瑰仍会留有缕缕余香,让人回味。玫瑰扎人,并且是见血封喉,但玫瑰之爱终生难忘,终生刻骨。玫瑰之爱因为爱到极致,所以太在意对方的点点滴滴,过分在意的结果是疑神疑鬼,吵吵闹闹,无法让自己和对方安宁,于是一次次的上演爱的悲欢,那是爱的艰辛,是爱的痛苦,最后在无奈中为爱分手,但却是真正为爱结束之后的天长地久!那份天长地久可以永存于心,伤的最深、爱的最切是那一段刻骨铭心的岁月,多少年后慢慢地回味都是甜蜜而芬芳的。只有这种爱可以永存,可以美好,可以痛到来生,也可以回味千年。

平凡山花式:山花烂漫,漫山遍野,生命力极强,普通而平凡。山花之爱可以历经岁月的风雨,可以饱受柴米油盐的侵蚀,没有灿烂耀眼的光辉,却有变换摇曳的身姿。它有百折不挠的坚韧,无论怎样苛刻的环境,它都可以开花、结果,并且代代相传。

大多时候,这三种爱是可以互相转化的,能伴随一生的爱不一定是婚姻,但婚姻一定是最后归于平凡的山花。

剑气长存

昨天清理书架上的书,顺手抽出的竟是《天龙八部》,看着那泛黄的扉页,时光立即倒转了二十多年。金庸一剑走神州的时候,痴迷了整个汉语王国。想起当年对武侠的热爱,几乎是废寝忘食。那二十年前阅读的快乐伴随了我所有的业余时光,今天读书之声渐渐远去,而那武侠丛书啸成的剑气仍可气贯长虹。

东邪西毒、南帝北丐、雪山飞狐、神雕侠侣、华山论剑、大漠喋血……大师笔下,英雄美人,至刚至柔;江湖险恶,气概同仇;长袖拂处,刀光剑影……何等的气壮山河。小时候在《佐罗》那部电影的影响下,曾经一度幻想着自己也可以三尺长剑打天下。最次也要做个山寨王什么的,也抢一个压寨夫人回来,在"一夫当关万夫莫开"的咽喉要道,大喝一声:"呀呆,此山是我开,此树是我栽,要想从此过,留下买路钱"。品了金庸的萧萧剑气才明白原来童年的英雄气概不过是一个小小匪徒的幼稚,读了金庸的武侠系列才知道什么是笑傲江湖,什么是快意恩仇,什么是生死相许,什么是性情中人。读过金庸大有"醉过方知酒浓"的感觉,原来武侠小说也可以如此的博大精深,原来险恶的江湖也可以如此的畅快淋漓。既是儿女又英雄,才是人中龙凤。

被称为风流至尊的段正淳和韦小宝是较有争议的人物,无论韦小宝多么的平民化、多么的机智今天想来我都无法喜爱这个人物,段王爷倒是一个例外,他和他用情专一的儿子段誉正好相反,段王爷是处处有情处处真。他爱过的六个女人都是情深深意切切的,在他和众女子被段延庆和慕容复一个个刺杀时,每一个女子都连着他的心,他愿意为每一个他爱着的女子献出生命,最终众女子因他而死,他也因情而亡。这个王爷可以情分六处是我至今无法释怀的疑惑。这也可以说是"武林之大,无奇不有"了。但最堪称情深义重的情侣是萧峰和阿朱,杨过和小龙女,至今仍可以"泪飞顿作倾盆雨"的还是那个风雨飘零的夜晚,小桥楼头,萧峰一掌击去,阿朱随风而逝,萧峰纵声跃下万丈深渊,阿紫追随而下,何等的旷世奇绝!何等的凄美壮烈!何人不为此动容!如何不感天动地!问世上情为何物?到此可以叹为观止了。

细细想来,武侠的时代已渐行渐远,今天的孩子都到网络游戏中去切磋武功了,读武侠已经成了过去时。当年的江湖恩怨,爱恨情仇都成了明日黄花,恍惚间如大梦初醒,世界依然如故,美丽的依旧美丽,丑陋的依旧丑陋。花开花落,年华如逝水,没有武林高手护我左右,长夜漫漫,寒风再起,也没有白衣侠士伴我天涯。但心底深处仍深藏着那无限旖旎的江湖风光,无论生活多么的平淡疲惫,昔日的残阳如血,大漠硝烟;铁肩道义,义薄云天都将是生命中无可替代的光华。

诗意的存在

捧一杯香茗,披一件外套,如约坐在你的面前。总觉得读你——就是一种诗意的生活,每天如赴约的情人一样坐在你的对面。打开电脑,点击鼠标,广阔的蓝天下一片醉人的海,不用敲门,不用问安,我静静地坐在你客厅的一角,默默的品读……

你的家永远是人声鼎沸,你的客厅总是高朋满座,大家都在高谈阔论,只有我默默的固守在墙之一隅,悄悄地听,静静地看。你从不知道我的存在,我也不知你的真名实姓,甚至不知你的性别,但我知道你是一个诗意的存在,你是一个自由的精灵!你如超人一样在这个虚拟的世界逃脱恶俗……

每每读到深处会自以为理解了你的全部,但回味之后幡然醒悟,那不过是一个圈套,而你永远在这个圈套之外。在你的世界我似乎看到了人能如何?人该如何?世界能如何?世界该如何?人在世界中又能如何?人在世界中又该如何?可转瞬我又掉进了另一个沉思不能自拔……

我会因为欣赏而畏惧你的所有文字,因为我无法想象那些精美而细腻,阳刚而阴柔的文字是出自一个怎样完美的灵魂？久久走不出你用文字织成的五彩斑斓的网，久久地在那里驻足，享受一份难得的心旷神怡……当我返身的时候，我发现自己已经支离破碎……

坚信你是一个诗意的存在，旷世的存在，自由的存在，理性的存在，激情的存在；也许你只是一个拒绝，拒绝和所有同样的人讲同样的话，拒绝和所有不同的人讲不同的话，也许你的世界只有你，而你也不是一个存在，你是一首流淌着现代气息的诗篇。

寂寞披着晨雾在海边起舞

因为家住大海边，所以十分偏爱早晨在门前的环海路上散步，那是一种身心在大自然中慢慢苏醒，生命个体渐渐消失，思绪缓缓沉醉飘升的过程，身临其境感觉弥散在周边的空气都是绿色的。

时常庆幸自己是这个海滨城市的一员，更庆幸自己就住在这个如诗如画的风景里。尤其偏爱在雾气迷茫的时候散步，雾气漫上海滩和树林，就像淅淅沥沥的蒙蒙细雨，有着说不尽的诗情画意，恍惚间犹如驻足于西子湖畔，看天溶于水，水溶于天。烟雾罩住了远处的山和城市的轮廓，高耸的电视塔在云雾里若隐若现，似有还无；活泼靓丽的晴姿和朦胧迷离的雨雾都是这个城市美不胜收的景致。

环海路是个最适合休息和沉思的地方。在远离城市与人群的海边，放下一切，一任心灵驰骋……曾几何时：做自己想做的事成了奢侈和可望而不可及的梦，今天命运把所有的闲暇交还给我，我却再一次的不知所措。我宁愿乘着这若隐若现的薄雾，披一袭蓑衣，戴一顶斗笠，驾一叶扁舟，到那海天的尽头,山峦的背后,沙漠的边缘,垒一个低矮的草屋,生一堆红红的篝火,借一个宽大的脊背,靠着他看新月升起,赏满天星辉!

"拈花已去,空留遗香!谁的寂寞,衣我华裳?"曾经在我生命的角落里,静静地为我开过的花儿,忽然间被风吹走,散落天涯。曾经的故事,曾经的心情,曾经的欢乐和悲伤,在记忆里,都化成了永久的寂寞,寂寞并不是苦痛,孤独也决非罪恶。一天在网上看到一篇文章,说"孤独"是属于天才和疯子的,凡人是没有权利说孤独的。知道自己是凡人中的凡人,所以不谈孤独,只说寂寞。戴安娜羽化而西,是因了太过繁华;梅艳芳绝尘而去,是因为舞台上太多喧嚣;李媛媛挥手红尘,是由于绝世的浪漫。如今她们都归于永远的寂寞了。

大风狂沙,漫天飞雪,惊涛拍岸不是寂寞;大漠孤烟,长河落日,孤雁南飞是寂寞。人伦朝纲,春秋大义,江山社稷不是寂寞;倾国倾城,闭月羞花,沉鱼落雁是寂寞。千里冰封,万里雪飘,独钓寒江是寂寞;夕阳西下,高山流水,秋风落叶是寂寞;焚香抚琴,吟诗赋词,长歌当哭是寂寞;掌声响过,大幕落下,曲尽人散是寂寞;一舞剑气动四方,一歌绕梁须三日是寂寞;风萧萧兮易水寒,壮士一去兮不复还是寂寞;欣悦君心君不知,为君憔悴为君痴是寂寞……但最高境界的寂寞是将自己的脸化成面具,无论悲欢苦乐都只是一个表情。

一不小心,雾霭就消失在挤出云层的阳光里了。怅然的梦在中途戛然而止。

"世界上最珍贵的是什么?"据说,这是一个佛祖问过蜘蛛的问题。蜘蛛的回答是世间最珍贵的是"得不到"和"已失去"。而佛祖说:世间最珍贵的是现在能把握的幸福。

"子规夜半犹啼血,不信春风唤不回。"在生命的秋天里,不知自己是否还能相遇一个阳春。渴望在金黄的落叶中发现一片嫩绿,希望在寂静的生活里聆听一个凄美的传奇,企望在生命的和弦中奏响一段绝世的乐章。但寂寞的生命将和一切擦肩而过!

搬家，生命中流动的诗篇

如今人们生活的变化越来越快,不断的搬家,不停的迁徙就是一种生活不断变化的轨迹。

人到中年的我,先后搬了八次家,换了四个省。每一次的搬迁都是生活和工作的一次飞跃。最简单地说:是家越搬越好,生活水平越搬越提高。但从另一面讲,失去的也越来越多,每一次的搬家都是一次心灵的痛苦旅程,望着曾经那么熟悉的一砖一瓦,想着曾经在那里发生的一幕一幕,每一个家都承载了数不清的欢乐,忧伤,幸福和无奈。

记忆中第一次搬迁是在黑龙江,文革时期,一切都那么的混乱,在幼小的记忆中,那次搬迁没有什么大喜大悲,只记得父母忙碌的身影,我所能做的只是把刚满一岁的妹妹背在身上,以免影响父母干活,那次迁移的变化,是从土坯房子搬到了砖瓦房,原来房子的地面是黑土,新房子里有了木地板,但房子的大小没有什么变化,格局不一样了,原来一栋房子六户人家,每两户使用同一个厨房和院子,那时叫对面屋。新家一栋房子也是六户,但都是独门独院了,有了一定的私密性。

到了十三岁,由于家庭的变故,我们又一次搬家了,那时家在孩子的心中没有多少平方米的概念,只是一个大炕可以睡下我们一家五口人,后来,由于我们年龄增长,父亲就利用我们家是一栋房子的边缘的优势在旁边又盖了一间,叫接房子,接出房子后我们三个孩子一间,父母一间,生活好多了。

恢复高考后,我到了南方的一所大学读书,一年后暑假回来,又搬家了,这次搬迁没有我的参与。暑假回来家已经搬完几个月了。爸爸接我回家，一进家门完全是陌生的环境，但这个新家可以用漂亮来形容了，不但有了三个卧室，还有了客厅和餐厅，并且有了电话，那时不是有钱可以装电话的，这是父亲的职位升迁给家里带来的"实惠"。看到这一切我笑了，我告诉父母，我喜欢这个新家。

吃过晚饭出去散步，不由自主地走到了我曾经生活了十年的那个家，外表看去，住了十年的房子还是原来的样子，后接出来的地方和原来的房子有一道醒目的裂痕，刷着白灰的外墙还依稀可见当年我打排球留下的球印，院子外面的马路旁，当年我们自己用木板做的长凳还静静地呆在原地，等待着饭后来这里聊天的人。因为新的住户是原来邻居的儿子，他看到我，热情地邀请我进去坐一下，我进去了，但没有坐，我用眼睛转了一圈后，立即退了出来，因为那一瞬间，泪水已盈满了眼眶，我连眼睛都不敢眨一下，我怕那泪水一旦落下，就会大雨滂沱，就会没有办法可以阻止它的流淌。我用力地忍着，只用点头和摇头代替语言，我头也不回地走了出来，一转身，泪水倾泻而下。我不知道自己会那样伤心：泪光中隐约是十年前扎着小辫子的我在艰难的做着别人家中通常由妈妈来做的家务，泪光中仿佛又听到父母的争吵声，泪光中外婆慈爱的手抚摸着我的脸，泪光中老师的家访。同学们在一起的玩耍……那一刻，上帝打开了时光隧道的门，我同十年前的我同住一个屋檐下……

甩甩长发，抬起头，夏天的夕阳正红。

大学毕业后留校任教，结了婚，有了自己的家。大学里的家是所有住过的地方条件最差的，但却是精神的乐园。那种房子有一个统称：筒子楼。就是中间一条通道，南北两侧是门对门的宿舍，由于通道很长，只有东西各有一扇小窗，所以走廊里是黑乎乎的，本来就一米多一点宽的过道，每个门前都有一个烧饭用的蜂窝煤炉子和一些台子，因为这个狭小的走廊同时肩负着我们 20 多户人家的厨房,那种拥挤的程度是可想而知的。三层的小楼共有 60 多户人家,每层都是大家共用一个水房和厕所,我的隔壁是水房,冬天阴冷潮湿,夏天十分的嘈杂,因为那个水房到了夏天就是大家的公共浴室了。就这样简单的陋室,住着的却是一代社会的精英,他们都是大学的教师,有些直到教授职称,还是依然住在那里,那里的居住条件今天想起来都十分的可怕,但恰恰是那里给我们留下了最快乐、最难忘、最充实的记忆。筒子楼的六年就像闪光的青春岁月一样充满了欢笑、和谐和生机。那里如同一个大杂院,人与人关系密切,家家的门都是敞开的,孩子们可以随便出入,尽情玩耍;那里如同一个大课堂,人人是讲师,个个是学生。每天青年学者们,一手拿着锅铲炒菜,一手拿着书本在看。有时大家就一个问题的争辩声会远远大于饭锅的嘶嘶声,那真的是永不闭幕的研讨会,走出筒子楼的人无不怀念那些闪着思想火花的日日夜夜。走出筒子楼的人的最大愿望就是可以把当年的筒子楼买下来,然后送给所有当年住在那里的人,大家每个周末回到筒子楼住上两个夜晚,重温过去的岁月。

我的第五次搬家恰恰是因为房子,在筒子楼时只有精神的生活还是无法满足的,孩子出生后,更是生活不便,想请一个保姆又实在没地方住,于是便萌生了调转的念头,正好山东的一所大学需要人,那里又有房子,我们就义无反顾地去了。离开筒子楼的前一天晚上大雨滂沱,我们收拾好行李后,楼里的难兄难弟们坐在地上聊了一个晚上,没有依依惜别的话语,仍然是筒子楼的风格,海阔天空的神侃,侃到旭日东升,挥挥手说:再见!

在山东我第一次有了自己的安乐窝,那是一套 50 多平方米的崭新的房子,我们好激动啊!于是狠狠心花掉了所有的积蓄装修了一下,可不到三年我们又换了更大的房子,这是 100 平方米的房子,宽敞、明亮、现代,在这了留下了我们一家三口最幸福的时光,儿子在这个温馨的家中一点点的长大,在这里他读完小学、读完初中,在他高二的时候他去了上海,暑假回来时,我们已经第七次搬家了,这个新家更大、更漂亮,几近华丽的装修,无敌海景的位置,180平方米的面积,是接近完美的家了,我欣赏我的新家,我开始有享受人生的感觉了。但从上海回来的儿子却不买账,他对这个家并不欣赏,相反,他十分留恋那个他生活了七年的家。有一天晚饭后,他一个人骑着自行车去了那个家。他事后对我描述道:"我就像每次放学一样,熟练的几个转弯之后,我一直把车骑到底楼储藏室的门口,然后我十分潇洒的上楼,迈上第45个台阶后,我习惯地伸出手想去敲门,但当手触到防盗门的那一刻我停住了,我意识到这里不再是我的家了,我轻轻地把手放在门上抚摸着,然后我把脸贴在门上,静静的趴了几分钟,转身离开了"。听到这里我的眼泪流了出来,我不知道为什么就是想哭,儿子没哭,虽然他比我留恋那个家,但他比我坚强,也许因为他是男子汉吧。

我知道我们之所以留恋过去的一切是因为那里承载着逝去的岁月,我们可以带走每一个家中的摆设和照片,但任何人都无法带走发生在那里的一幕一幕,每一个住过的房子里都留下了无数的欢笑和惆怅,幸福和烦恼,这些都同我们生活的所有足迹一起永远地留在了那里,时过境迁之后,没有人可以用金钱、权力或是一切办法买回那曾经的岁月,那里是我们生命的一部分,我们无法割舍,但又无法带走。去年,为了儿子,我们又在上海安置了一个家,这是我的第八个家。八次搬迁就是把生命分割了八处,只有在无数的回忆中才可以拼成一个完整的画面,所以面对无法找寻的失去,谁可以不动容呢?

社会越来越进步,生活越来越提高。但人却是在漫漫的变老,老态的标志之一就是念旧,于是我告诉自己不可以再搬家了,我怕有一天我会拼不出一个完整的画面。

最幸福的女人

　　自从盘古开天辟地，女娲造出人类以来，幸福的女人数不胜数，然而谁是最幸福的女人呢？我认为最幸福的女人应该是林徽因。林徽因，一位风华绝代的传奇才女——中华人民共和国国徽的主要设计者，才情洋溢的诗人、艺术家，一代宗师梁思成先生的爱妻。虽然她已离开这个世界半个世纪了。但她的个人魅力仍然影响着许多人，她的一切依然深刻地留在人们的记忆中。生存于上个世纪的中国知识女性在今天依然拥有众多追随者的，除了张爱玲，恐怕就是她了。张爱玲凭文字立身，以身世个性传奇赢得了众多的追随者，但对林徽因来说，文字只是生命中的一部分，她的耀眼和夺目是因为她的才华的多样性，她是那个可以用完美来概括的女人，不但作为一个女人，就是男人也很少像她那样完美，她的完美也许无法用文字一一表述。

养在深闺有人怜

　　1904 年 6 月 10 日，林徽因降生在杭州陆官巷一座青砖大宅中。其父林长民曾任国务院参议、司法总长、国宪起草委员会委员长，为民国初年立宪派名人。14 岁的时候，林徽因与当时的社会名流、她父亲的好朋友梁启超之子梁思成相识。16 岁随赴欧考察的父亲游历欧洲，在那个年代能在国内受教育已经难得，何况走出国门接受西方的观念，这样的经历使得她在成长的过程中可以学贯东西，这是多么完美的人生起步！况且她还有一个"弯下身来和她对话的"父亲，他的父亲说："对女儿，你得放低你天伦的辈分，先求做到友谊的了解"。这是一个多么民主多么人性的父亲啊，这样的父亲张爱玲没有，陆小曼没有，民国四大才女都没有。

天生丽质难自弃

关于她的美貌,后来成为梁思成妻子的林洙曾有过一段描述:"我的注意力被书架上的一张老照片吸引住了,那是林徽因和她父亲的合影。看上去林先生(徽因)当时只有十五六岁。啊,我终于见到了这位美人。我不想用细长的眉毛,大大的眼睛,双眼皮,长睫毛,高鼻梁,含笑的嘴,瓜子脸……这样的词汇来形容她,不能,在我可怜的词汇中找不出可以形容她的字眼,她给人的是一个完整的美感:是她的神,而不是全貌,是她那双凝神的眼睛里深深蕴藏着的美。"(林洙:《结识梁思成、林徽因夫妇》)。萧乾夫人、著名作家文洁若在《才貌是可以双全的——林徽因侧影》一文中说:"林徽因是我平生见过的最令人神往的东方美人。她的美在于神韵——天生丽质和超人的才智与后天良好高深的教育相得益彰。"

美国著名学者费正清,曾这样形容这个气质如兰、风华绝代的奇女子:"林徽因就像一团带电的云,裹挟着空气中的电流,放射着耀眼的火花。"

1923 年,徐志摩等人在北京成立新月社,林徽因与梁思成均成为该社团的参与者。1924 年,可以说是林徽因在上流文化社交圈开始崭露头角的一年。那年,获诺贝尔文学奖的印度诗人泰戈尔应梁启超与林长民之邀来华访问,文学界在天坛草坪上举行欢迎会,林徽因任泰戈尔的翻译。当时媒体报道说:"林小姐人艳如花,和老人挟臂而行,加上长袍白面、郊荒岛瘦的徐志摩,犹如苍松竹梅的一幅三友图。"

理性浇灌爱之花

现代大家闺秀与普罗新女性之间的差别,光看表面都是相似的,但在选择婚姻的时候,尤其是在平凡而漫长婚姻生活的过程中,才会显示出一些不同。她们或许都不缺乏激情,但前者隐忍,后者张扬;她们都渴望浪漫,但前者将浪漫蕴含于平凡的日常生活中,后者的浪漫往往伴随更强烈的戏剧性。如果林徽因是后者,难以想象她会不会在泰戈尔离开之后卷入一场三角恋情,会不会演绎一场琼瑶式狂风暴雨般的情爱悲喜剧。

　　然而她是林徽因,家庭的背景以及教养使她做出最明智的选择,在浪漫云游的诗人与未来脚踏实地的建筑学家之间,她选择脚踏实地的那个;在享受即时的虚荣与追求学问理想之间,她选择学业和理想。她很清楚,"徐志摩当时爱的并不是真正的我,而是他用诗人的浪漫情绪想象出来的林徽因,可我其实并不是他心目中所想的那样一个人"(梁从诫:《倏忽人间四月天》)。这样的选择,让她没有成为同时代的丁玲、石评梅或庐隐那样以写作为生又为写作痛苦,从追求自由的爱开始然后又为爱困厄的新女性。她步入了一个家庭主妇的平凡生活,却成为京派文化圈中最不平凡的一个女性。

　　她的身边有三个顶级的男人:建筑大师梁思成,天才诗人徐志摩,学界泰斗金岳霖。梁思成对她百般体贴,又百般欣赏,他们一生相濡以沫。徐志摩把她当成女神,为听她的演讲飞机失事,魂归蓝天。金岳霖为了她终身不娶,并一生相伴其邻。金岳霖、梁思成、林徽因三人公平谈论爱情,最后金岳霖退出,但他们仍然是最好的朋友。金岳霖的爱不以婚姻为依凭,不因她的离世而中断,几十年后还能如数家珍地记得她的诗,记得她写诗的样子。在林徽因去世多年后,金岳霖请众友吃饭,宣布那天是林徽因的生日。他给林的挽联是:"一身诗意千寻瀑,万古人间四月天"。这样一个华丽而完美,优雅而睿智的才女婚前婚后都是大批优秀男人的偶像,却没有什么绯闻,足以见证她的人格魅力。

一身诗意千寻瀑

　　她是中国知性男人的精神符号,当时,知识分子是社会少数、精神贵族,像林徽因这样受过良好教育才貌出众的女子,更是凤毛麟角。她承认自己是受双重文化教育长大的,英语对于她是一种内在思维和表达方式、一种灵感、一个完整的文化世界。中西文化融合造就了一个"文化林徽因"。她是诗人,一生写过几十首诗,在诗歌创作上受徐志摩影响很明显,但又有自己的特点;她又是建筑学家,她的丈夫梁思成曾经对学生说,自己著作中的那些点睛之笔,都是林徽因给画上去的。但她又不完全是诗人,不完全是建筑学家。这样多侧面多方位的文化林徽因,可以融入当时以男性为主的京派知识分子群体,她与他们的交往,构成了一幅很独特的风景。

人们钟情于她,既有世俗的情感投射,亦有对美貌与丰富爱情的人性企盼以及对上流社会生存方式的妄想,还有对竞争社会中理想女性失落的叹息。在她的身上有现代女性独立人格与个性,同时又不失传统美德及本质的温婉美好,这在当时,即使是现代社会也是极其稀有的,而林徽因恰恰契合了人们的这种理想需求。所以她家的客厅就成了名噪一时的文化沙龙,在那里汇聚了当时中国文化界的名人。她是男人的偶像,她是女人的榜样;她聪明绝顶,她温柔贤惠;她心直口快,能言善辩,在太太沙龙她几乎不给男人说话的机会,但恰恰是那些到来的男人们开发了她的天赋和潜质,给了她不断提升自己的视野、经验、方法和信心,在男人的世界里,她少了许多茫然和焦躁。

你是人间四月天

林徽因不仅具有诗人的美感与想象力,也具有科学家的细致和踏实精神,然而她没有让自己成为诗人,也没有跻身艺术的行列,她极其理性地选择了建筑专业作为自己的奋斗目标,并使这一理想影响到了未婚夫梁思成。他们双双在欧洲留学,归国后一起创建了清华大学建筑系。他们在事业上比翼双飞,在新中国的建筑史上可谓是巾帼不让须眉。1928 年他们在加拿大结婚,就连结婚礼服都是林徽因自己设计的。他们俩和营造学社的同仁在山西对古建筑所做的调查和实测工作,不仅对科学研究贡献巨大,也使山西众多埋没在荒野的国宝级的古代建筑开始走向世界,为世人所知。林徽因对古建筑的雕刻、纹饰、线条、图案观察细致,心有灵犀。她对古建筑上的纹饰、线条、图案的研究,在她设计中华人民共和国国徽和人民英雄纪念碑时,发挥了作用。她不但是独立的女性,更是一个有着非凡业绩的女性。也许有人感叹她 51 岁离开人世,可谓英年早逝,但这也许是上天对她的惠顾,上天不想让她满脸皱纹、没有光彩的一面被众人看到,于是在她没有老朽的时候就向她打开了天国之门,于是她才能够成为"万古人间四月天"。

林徽因的一生有家庭,有爱情,有子女,有事业,更有成功。她在本质上有别于传统的"象牙美人",她的一生是激荡着青春气息与时代风云的美丽人生。面对这样的女子,倘若还要纠缠她的情感,那么那个据说为她终身不娶的哲学家金岳霖的真诚最能够说明她情感的品质。倘若还要记起她的才华,那么她的诗文以及她与梁思成共同完成的论著还不足以表现她才华的全部,因为那些充满知性与灵性的连珠妙语已成绝响;倘若还要记起她的优雅以及知识女性不忍抛却的小小自我,那么留在萧乾记忆中也留在冰心小说里的那间太太的客厅永远是一个充满适度联想的舞台。倘若还要记起她的坚忍与真诚,那么她一生的病痛以及伴随梁思成考察的那些不可计数的荒郊野地里的民宅古寺足以证明。她那充满灵性的诗歌像她的容貌一样娇媚,有人说她的代表作"你是人间四月天"是写给徐志摩的,我觉得这首诗送给她自己最合适:

> 我说你是人间的四月天;
>
> 笑响点亮了四面风;轻灵
>
> 在春的光艳中交舞着变。
>
> 你是四月早天里的云烟,
>
> 黄昏吹着风的软,星子在
>
> 无意中闪,细雨点洒在花前。
>
> 那轻,那娉婷,你是,鲜妍
>
> 百花的冠冕你戴着,你是
>
> 天真,庄严,你是夜夜的月圆。
>
> 雪花后那片鹅黄,你像;新鲜

初放芽的绿,你是;柔嫩喜悦

水光浮动着你梦期待中的白莲。

你是一树一树的花开。是燕

在梁间呢喃,——你是爱,是暖,

是希望,你是人间的四月天!

最美丽的女人

昨天,一个五岁的孩童,认真地告诉我:"阿姨,你很漂亮,但是漂亮不好,漂亮的女人是妲己,妲己是妖精!"那一刻,他还真吓了我一跳。

说中国古代有四大美女:沉鱼、落雁、闭月、羞花,但都没有美到成精的程度,虽说可以羞花的杨玉环也因美貌,在安史之乱中招来了杀身之祸,但世人并没有把她视为妖。所以四大美女和妲己比起来,还是稍逊一筹的,因此中国美女第一人应是妲己莫属。狐狸精应该是美女的最高级别,美到能成精的地步,那一定是任何人无法比拟的,以至于姜子牙杀她的时候都不敢看她一眼,怕被她的美丽征服,姜子牙也只能蒙面斩妲己。

妲己到底美到什么程度?"乌云秀发,杏脸桃腮,眉如春山浅淡,眼若秋波宛转;隆胸纤腰,盛臀修腿,胜似海棠醉日,梨花带雨。"即使是绑缚刑场的妲己也依然是"跪在尘埃,恍然似一块美玉无瑕,娇花欲语,脸衬朝霞,唇含碎玉,绿蓬松云鬓,娇滴滴朱颜,转秋波无限钟情,顿歌喉百般妩媚。"面对如此的美人,别说男人,我也恨不能藏在家里饱眼福呢。

可是美女就真的可以颠覆江山社稷吗?清代著名思想家唐甄在他的《潜书·女御》中讨论了"女子"尤其是美女的问题。讨论的起因是因为有些朝代的灭亡与美女有关。比如桀的美女妹喜，纣的美女妲己，幽王的美女褒姒，都是被认为祸国殃民的著名女人。唐甄提出不同的看法，以为这些女人都是很微弱的人，尤其是在三千年前的王朝，女人不过是男人的尤物，没有任何权利。她们的好坏得失都需仰仗男人的世界，可与为善，也可与为不善。与权臣奸佞是有着本质的区别的。妹喜、妲己、褒姒，这三个女人如果生于周文王的时代，进入了文王的后宫，经过良好的生活教育环境的训练，加上美好音乐的熏陶，这三个女人就都是娴静淑女了。所以说：君有德，奸化为贤，君无德，贤化为奸。

国君一旦丢了江山，就把罪过归到女人身上，这是一种无赖的思维，那开疆拓土、建功立业、夺取江山的时候怎么不把功劳归记到女人的功劳簿上呀？美丽的妲己是多么的冤枉，直到三千年后的今天，在那么小的孩童心里都是那么恐怖的形象。那么美轮美奂的妲己就真的倾了纣王的城、灭了纣王的国吗？不！《史记》中是这样描写商朝的这个暴君的：

"帝乙长子曰微子启，启母贱，不得嗣。少子辛，辛母正后，辛为嗣。帝乙崩，子辛立，是为帝辛，天下谓之纣。（残义损善曰纣）帝纣资辨捷疾，闻见甚敏；材力过人，手格猛兽。知足以距谏，言足以饰非。矜人臣以能，高天下以声，以为皆出己之下。好酒淫乐，嬖于妇人。爱妲己，妲己之言是从。于是使师涓作新淫声，北里之舞，靡靡之乐。厚赋税以实鹿台之钱，而盈巨桥之粟。益收狗马奇物，充仞宫室。益广沙丘苑台，多取野兽蜚鸟置其中，慢于鬼神。大最乐戏于沙丘，以酒为池，悬肉为林，使男女倮相逐其间，为长夜之饮。百姓怨望而诸侯有畔者，于是纣乃重刑辟，有炮烙之法。……"翻译过来就是：乙帝的长子叫微子启。启的母亲地位低贱，因而启不能继承帝位。乙帝的小儿子叫辛，辛的母亲是正王后，因而辛被立为继承人。乙帝逝世后，辛继位，这就是辛帝，天下都管他叫"纣"，因为谥法上"纣"表示残义损善。纣天资聪颖，有口才，行动迅速，接受能力很强，而且气力过人，能徒手与猛兽格斗。他的智慧足可以拒绝臣下的谏劝,他的话语足可以掩饰自己的过错。他凭着才能在大臣面前夸耀,凭着声威到处抬高自己,认为天下所有的人都比不上他。他嗜好喝酒,放荡作乐,宠爱女人。他特别宠爱妲己,一切都听从妲己的。他让乐师涓为他制作了新的俗乐,北里舞曲,柔弱的歌。他加重赋税,把鹿台钱库的钱堆得满满的,把钜桥粮仓的粮食装得满满的。他多方搜集狗马和新奇的玩物,填满了宫室,又扩建沙丘的园林楼台,捕捉大量的野兽飞鸟,放置在里面。他对鬼神傲慢不敬。他招来大批戏乐,聚集在沙丘,用酒当做池水,把肉悬挂起来当做树林,让男女赤身裸体,在其间追逐戏闹,饮酒寻欢,通宵达旦。纣如此荒淫无度,百姓们怨恨他,诸侯有的也背叛了他。于是他就加重刑罚,设置了叫做炮格的酷刑……商朝有这样一个灭绝人性的暴君,怎能不亡! 所以,商朝的灭亡是历史的必然,不是一个美丽的妲己能够做到的。

同样是美人,也几乎是同一时代的美人海伦(公元前 12 世纪)和妲己(公元前 11 世纪)有着几乎相同的命运,却在文化的流传中有着天壤之别的口碑。为了那个绝代的美人海伦,在爱琴海边发生了著名的特洛伊之战,为了争夺这个倾国倾城的美女,希腊的军队背井离乡的战斗了十年,导致了1186 艘战船和 75000 名勇士的灰飞烟灭。在风卷狂沙的海滩上,战士们破衫漏衣,血迹斑斑,双眼布满着血丝,麻木地抬着堆积如山的尸体,长叹生命的脆弱……海伦站在城门上,士兵们一睹她的芳容的那一刻,厌战的情绪一扫而光,士兵们觉得为了这样的绝代红颜,再战十年也心甘情愿。所以,在后世的文化流传中,海伦永远是美的化身,希腊以她为荣,特洛伊城以她为美。在西方文化中她永远都不会成为妖。

但无论东方的哲学也好,西方的文化也罢,那么惨烈的历史从来都不是美丽的女人书写的,弱女子从来都挑不起这样持久、残酷、惊心动魄的战争,这其实都源自于男人智慧的头脑、强大的身躯、贪婪的欲望、和脆弱的心灵。

有谁知道"冲冠一怒为红颜"里爱的成分到底有多少呢？恐怕更多的是男人天性中的占有欲和神圣不可侵犯的尊严以及强大的经济利益的驱使吧。

女性美的最高境界

女人到了中年，就是人生的下午了，一切都不可以再张扬，一切都应该静若止水，一切的野心和浪漫都该交还给上帝。人到中年，尤其是女人该做的就是静静的接受生活馈赠给她的酸、甜、苦、辣和无奈，对未来的一切她都应该无抗拒地接受，她该宠辱不惊，她该见怪不怪，她该含辛茹苦，她该收拾起凌乱的心绪就像收拾起满地的落叶，她该静静的倾听一切，而不是再对所有夸夸其谈，她该卸下浓墨重彩，以其在岁月中修来的韵味，面对所有的世人。她不会再为知己者死，但依然可以为悦己者容，她会把衣橱里所有花花绿绿的春装纳入箱底，只留下属于自己的色彩，坦然的任凭岁月的剑在她的脸上刻上条条皱纹……

女性美的最高境界，就是追寻轻灵，轻灵的活着、轻灵的笑，伴着轻灵的哀愁；40以后的女人应是一个轻灵的思索者，一路思考着走向季节的深处。如果她在书香墨海里濡染得太久，她会挣扎着打开窗子，在见惯繁华与衰败之后，放弃凌波微步、群裾飘拂，让如花的文字化成如兰的吐纳，让生命的小舟停泊在有树的港湾，在装满满口袋的淡泊之后，远远地欣赏着事态的变迁。

生如夏花之绚丽，死若秋叶之静美。不知道自己的生命是否算得上盛开过的鲜花，但知道自己可以优雅地老去，在生命的夕阳里自己应该是一把优美的、曲高和寡的古琴，在月光下的大海边，迎着徐徐的风，轻轻奏响生命中最后的乐章。那是心静神清、气定息柔，超脱万丈红尘之外的音符；那是置身山林泉石之间,蜕去浮躁与繁华,只剩下清逸与质朴一缕缕的从纤尘不染的内心里流出的旋律。

生命的秋天让人有了许多沉淀,据说人老到一定程度,会有一种特殊的美:那是无比灿烂的夕阳,个性已经完成,是非了如指掌,经验与学识博大精深,知止有定,历尽沧桑,无欲无求,刀枪不入,超凡脱俗,原谅一切可以原谅的人和事,洞悉一切花拳绣腿,即带棱带角,又含蓄和气,一语中的,入木三分,一颦一笑都藏着锋芒和智慧,有原则有分量有趣味而又适可而止。

人生就像一场身不由己的角逐,你的前边流星闪烁,风景美丽无限,后边却乌云翻滚,风雨欲来。痴情也好,薄情也罢,承诺碎裂也好,月光流散也罢,幸福快乐也好,叹息无奈也罢,晴空万里也好,乌云密布也罢,终是坦然面对,兵来将挡,水来土掩,所有的悲伤都可以随风而逝,所有的奔波都带着苦涩的甜蜜浸染着每个细胞,面对生命的秋天,我们为所有的美丽而美丽,为所有的感动而感动,为所有的舍得而舍得,不再在乎任何得失,不再在乎谁必须是谁不变的守候。

学识使我们获得了有别于他人的特殊品质,构成了我们的文化底蕴,使我们成为我们而不是别人。面对生命的秋天,我们明白了生命只是一次盛情的邀请;面对生命的秋天,任凭窗外花开花落,去留无意;望天上云卷云舒,风雷不惊。面对生命的秋天,放下追逐,放下激情,放下辉煌;收藏宁静,收藏淡泊,收藏优雅。未来的日子应该是:案前几本书,手边一杯茶,耳畔几首歌,眼前一片云。有时候甚至希望自己就这样的老去,然后安静的死亡,并不觉得害怕。

横笛岁月

横笛岁月
——给49岁的自己

　　碧水悠悠,红叶萧萧。在铺满落叶的季节,我为自己燃一支红烛,在烛光中细数岁月的流连。

　　眼前飘过大江南北的各色苍翠,那些凌波踏来的过往,绵延成记忆的斑驳,恍惚看见所有从自己额头上悄悄划过的时光。当一场秋雨扫过城市的上空,生日快乐的乐曲载着厚重的秋风,再次见证了生命年轮的攀升。

　　生命正一步步的走向后半场,能够丢掉激情丢掉浪漫却丢不掉那些小小的情调。在历经了几多地理和人文环境的变迁之后,我成了一个共性少而个性多的这一个。回眸处,远去的身影依旧生动而从容,告诫自己:无论未来还会有多少唏嘘叹息,任何时候都不可以乱了自己坚定自信的脚步,任何打击和失望都不可以失去镌刻在骨髓里的傲气。

　　踩一地落叶,行走在人生的午后,沧海桑田中,不再欣喜春花的烂漫,不再陷入夏日的浮躁,整理好思绪也整理好容颜,在秋天空旷的田野里,放飞自己的身心,在午后泛黄的树荫下,横笛吹出属于自己的音符。

　　在多少远方都成了身边的今天,时常自问,如果来生可以选择,我还会不会做回今天的自己？会！我一定还会是今生的自己！我还会傻傻的笑，痴痴地等，还会寻求亘古不变的感动，还会渴望茫茫人海中那一声委婉的问候，还会坚守那个五百年的约定，还会牢记属于自己的爱憎。

岁月可以风干所有的记忆，但风干不了个人的品性。如果有来生，我承载的还会是自己的诗画和情调，我还会让属于自己的思绪和色彩盈满衣袖，我还会把一个人的寂寞当成一种享受。

秋冷了月光，冷不了地下的熔岩；风凉了岁月，凉不了心中的甘甜。年华留不住，但去也，又何妨！历经沧桑，人生几度秋凉；蓝天高远，不信没有辉煌。在未来的岁月中，把自己酿成一坛陈年老酒又如何？我不饮酒，但我可以醉人！

千帆过尽皆不是，斜阳脉脉水悠悠

如果在炎热的盛夏和严寒的冬天之间，我宁可选择寒冷的冬天，当然青春年少的时候正好相反，那时候我是喜欢夏天的，因为北纬47度的地方夏天很短，还没有穿够裙子夏天就没了。离开故乡后的夏天都是炎热的，炎热的盛夏如同一场泼墨太多，用力太猛的情事，耗费人太多的能量，最后无法收回。于是开始喜欢冬天的低调和深藏。如果说夏天是张扬的，激情的，活力四射的，那么冬天就是内敛的，安静的，默默相守的。当生命不再激荡，不再凛冽之后，她就是一个低眉的女子，轻移碎步，款款深情，娓娓道来，为她所爱的人站成他要的姿态。

花已向晚，飘落了灿烂。谁都无法赖在夏天里，因为无人可以和时间作战，当又一个岁末的时光兵临城下时，我们只能摊开双手无奈地说：拿去吧，这是曾经属于我的灿烂。我们都希望自己在向晚的时光里能活出属于自己的从容与淡定，能在斜阳里嗅到属于自己的甜美和芬芳，在岁月的转角处，如舞台上的青衣，水袖轻扬，满是风华绝代的背影。仔细想想这又何尝不是一种贪婪，连老朽都渴望有华美相依相伴。

当千帆过尽皆不是，斜阳脉脉水悠悠时，我选择格格不入的老去！格格不入是一种极度的自恋，是万事万物都和自己无关的一种状态，是隆重的对待自己的每一天，是理所当然的孤芳自赏和桀骜不驯。格格不入的内心不是一座空城，那里有一棵千年不死千年不倒千年不朽的胡杨，承载着前世今生和下辈子的杏花春雨。而今的满纸风华，都抵不住岁月的铁马冰河，未来早已拴在那颗老树的枯藤上，挣扎只有让捆绑越来越紧，救赎的唯一良药是有一个可以珍藏的过往，陪在我华丽的暗夜里，守着枯藤上那朵岁月的花，唠唠叨叨的絮语。

希望我们能在那个暖暖的午后相遇，不早不晚，正好赶上，赶上这个飘着雪花却有暖阳的季节。让我们像过冬的老鼠一样贪婪的储藏属于我们的情谊，等到潮水退落的时候回忆，在记忆丰满的水草里，我们徜徉在曾经的深邃和慈悲里。

爱是暖阳，能温暖所有有爱的时光，如果没有暖阳就一定有风，在风的饱满、动荡、诱惑和招摇中，有我的曼妙你的邪恶和调侃。只是我不想做你膝上的槐花，那样的灿烂不是我能消遣的岁月，我只想做你的文字，被你呕心沥血地哄着，在未来的某一天也去那个颁奖台领奖。

在这辞旧迎新的日子里,打扫掉所有的红尘,让自己的红裙在冬日的旷野中不染纤尘的妖娆,让曾经的叹息都到镜子的后面去禁闭。如果明天下雪就收藏一罐埋于地下,30年后拿来烹茶或者洗脸,那时候一定还能嗅到今天的味道。

再回母校等烟雨

沿着清幽的石板路,走进记忆的深处;荡起岁月的双桨,划破沉入水底的清秋。国庆假期,再回母校,再等一场曾经洒落的江南烟雨,再等一抹醉过红尘的江边烟霞。

转过镜湖的街角,熟悉的校门映入眼帘,那一刻,我分明看到了三十年前的自己提着重重的行李,一步一摇地走进了这个侧面的小门,那时候没有惆怅,只有懵懂,晚熟的青春晚开的花……有时候自己也迷惑:这里曾经住过一个女孩吗? 也许有过,也许没有,那片绿荫下的身影,也许只是一个传说。

锦瑟华年谁与度,放飞的夏花永不回。再次走进校园,行囊很少,心事却很多,蓦然回首,一切都了无痕迹,唯有清风细雨依旧。然而那个在细雨中带着我去报到,领着我去盖章的身影已经模糊了,也许从来就没有清晰过。但我真的想把那个身影从岁月中拎出来,想再次和他一起沿着镜湖的柳岸,一点一点地追寻我们留在岸边的足迹。

青春的梦不在气势磅礴的誓言里,不在斗志昂扬的激情里。但一定在云遮雾绕的锦书里,在一声小小的叹息中,在只有一个人懂得的悲欢里。那时校园里有的只是懵懂的情愫,没有明晰的感觉,也没有彻骨的疼痛,情不知所起，但却一往而情深。不为某一个人，也不为某一件事，只为那开满鲜花的校园，只为那娇艳多姿的年华，只为那人生中最美的十年（在这个校园里我学习工作了十年）！

校园曾经收留了我的无知和稚嫩，母校曾经收藏了我的羞涩和狂妄，在这里我完成了任性和坚韧的对接，在这里我完成了化茧成蝶的蜕变。在这里读过很多以前没有见过的书籍，那些有用的无用的书，后来都成了我生命中最美的锦绣。

在那个洒满阳光的 303 教室里，无论冬天还是夏天，无论有风还是无风，我都坚信明媚的阳光会透过窗户照进来，落在书本上，落在每一张充满青春气息的面孔上，闪闪发光。教室后面的竹林下，栽着我幽幽的情怀，轻轻的叹息和深深的思念，三十年后，我再次在这片竹林中静坐，我依然将幽幽的情，轻轻地叹，深深的念留在了那里，我不想带走也无力带走当年的任何沉重和虚无，它们是注定要和青春的岁月一起留在校园里，留在记忆中的。我把青涩的年华留在母校，永远守候着梦中的那场江南烟雨；我把成熟打包带走，迎接未来那九千个日出和九千个日落。

三十年后再次来到天门山下，真的物也不是当年的物人也不是当年的人了（天门山下大兴土木，早已面目全非了），开车的同伴说，上去看看吧，我使劲的摇头，他不知道，这个海拔不过两百米的小山已经成了我们的禁区，当年我们跋涉了一天几乎走断腿的来到它的脚下，没能登上山顶，却在那开满油菜花的田野里写满了青春的记忆。今天我们其中的任何人都不会有兴致再登这座山了。他不理解，我也不解释。

回程的路上想起了沈从文的话："我行过许多地方的桥,看过许多次数的云,喝过许多种类的酒,却只爱过一个正当好年龄的人"。不禁神伤,三十年后我问自己:你爱过一个正当好年龄的人吗?

我们知道边界的所在,但我们还是留在了笼子里。

很多时候,我们为了打碎一个界限,而自己化成了界限。这个世界看起来很大,可实际上你哪儿也去不了,只能在这有限的几何空间中不停地画圈,你以为你走了很远,其实只是原地打转。冲破和逃脱的背后,是我们认为远方有一个美丽的世界,所以向往着,努力着,奋力向前冲,其实自己的那个世界对于大多数人都只是一个幻影。

追求一生之后,放弃的更多,最后剩下的只有怀念,还有那些永远停留在梦中的过往。

三十年后我们停下了匆匆的脚步,但那些无法拾起的美丽却留在了岁月的彼岸。黄昏的暮色里,不知道他是否拥有属于自己的温暖和芬芳,过着属于他自己的良辰美景,但我知道,他一定会在彼岸和我一样,喜欢抬头倾听鸟群飞过的声音,那一刻,他一定笑容纯真。

归帆,张着满满的风,驶进岁月的港湾;曲桥,揽着凉凉的月,映着记忆的颜色。今天我再次站在树下拈花,却看不到树后那个熟悉的微笑。

岁月淡了,年华淡了,唯有笔下的烟霞正浓。

天堂里没有冬天

初冬,零下4度,不是很冷,但风很大,威海的冬天刮风就是地狱。在温暖的办公室里看外面风卷乌云,那种冷就隔了一层,如同隔着一个时空。听着外面北风的尖叫,心被一种莫名的东西揪着……看了一眼台历,12月了,又是一年的岁末,又是一个飘雪的寒冬。一种似曾相识的凄凉忽然漫过眼帘:几片雪花夹在寒风中,和残余的落叶一起飞舞。14年前的初冬,也是这样的寒风,也是这样的岁末,一个年仅28岁的生命在我们的视线里消失……他说:我们都是大地的泥土,我们终要回到泥土中去。

他就是峰,毕业于上海同济大学,来到我们公司的时候只有22岁,一脸的青春,一身的朝气,在业务二部负责大理石的出口业务。他个子很高,身材魁梧,喜欢打篮球,每次打球都用绳子把眼镜系在头上,以免掉落。九五年我给儿子买了第一台电脑,因为对软件的陌生,不知道如何安装那些程序,于是峰自告奋勇的来我家上门服务,那是一个艳阳高照的周末,我在马路边等他,老远看到他健步如飞的走来,夏日的阳光和着汗水在他的脸上闪光。那时候我感叹,这么青春的年华,一定是一往无前的!装完程序他和儿子一起打游戏,玩得昏天黑地的。那时候峰就是一个大男孩,一个乐观、积极、健康的大男孩。后来由于亚洲经济危机外贸出现滑坡,他选择了再去上海读书。在拿第二个学位的同时他也找到了自己的真爱,那个女孩叫兰,一个地道的上海姑娘。第二学位毕业后他留在了上海,因为家住威海所以会经常回来,每次都会来公司看望大家。有一次回来说是做了一个肠梗阻的手术,很快就出院回去上班了。但半年后传来消息,峰患了肠癌,在上海手术后回到威海治疗了，我们愕然！那样激情无限的青春，那样乐观向上的生命会和癌症沾边？我们谁都不相信，我们希望那只是一个谣传，于是我们迫不及待地去医院，希望看到一个仅仅是小病微恙的他，但他的情况一点儿也不乐观，几个月后他骨瘦如柴，但见到他时他依然是微笑的。我们几乎不能相信那个如同一张纸片单薄的病人就是当年的峰，那个阳光、活泼、好动的峰怎么能是眼前这个病入膏肓的人？忍不住泪水的我不敢站在他的床边，只好悄悄地退到病房的走廊里流泪，兰走过来，拉着我坐下，给我讲峰患病的经过。兰在得知峰患了癌症之后就辞去了上海外企的工作，半年多一直陪在峰的身边，一刻也不曾离开。兰说是那个肠梗阻的手术要了峰的命，那是个庸医，没能及时发现不是简单的梗阻，那次手术导致了癌细胞的扩散。当峰知道真相后，情绪出奇地平静，几天后只抱怨了一句话：庸医误诊呀！峰积极地配合治疗，在能活动的时候每天还练习气功，他多想活下来呀，因为他说自己还什么也没来地及做不能这样离开，这样对不起所有的人，也对不起社会，他在吞咽开始困难的时候也一直坚持吃东西，为了不让亲人失望，他把饭菜等嚼一嚼之后再偷偷地吐掉。在知道医治无望的时候，他清醒的把亲人和医生叫到床边，和他们说：在现代医学爱莫能助的情况下，他恳求大家成全他安静的离去，他说自己虽然只有 28 岁的生命，但比起古代战死沙场的战士们，他已经是够年长的了，他说生命长短不重要，重要的是来过、活过、幸福过，他觉得自己的 28 年是很幸福的，是可以知足的，尤其是在最后的日子里有兰的陪伴，他很幸运，庆幸自己有一个这样的女朋友。只是遗憾自己没有机会回报这个社会和亲人，他请大家原谅。峰的父母都是医生，他的父母在面对这个残酷的现实的时候该是怎样的心如刀绞，直到今天我都不敢想象。经过他的再三请求，大家默许了他的选择，但一瓶安眠药下去的结果只是睡了三天，三天后他还是醒了，于是他苦笑了一下说：我只能坚持到底了。

20 天后躺在床上的那个病人走了,但我们都固执地认为走的那个人不是峰,那不过是上帝犯的一个错误。走了的是一个陌生人,是一个从未相识的人。那个青春无限、活力四射的峰留下来了,那鲜活的面孔,那个充满青春活力的身影,一直留在了记忆深处。

在最后的日子里峰选择了皈依佛门,于是他的葬礼是按照佛教的仪式进行的。火化时站在那里等骨灰的是兰,兰靠在门边的墙壁上,两眼望着火化的烟囱,那眼神是空洞的,那一刻她的心也一定是空的。峰和兰约定不流泪,兰一直默默的遵守着,但接到骨灰盒的那一刻兰放声大哭。我们无言可以安慰她,只有陪着流泪。兰最后一次抱着峰(在医院每天兰都会抱着他,和他不停地说话)走向墓地。兰敬献的花圈的缎带上写着,夫 永垂不朽,妻 敬挽。峰和兰没有结婚,他们只是一对恋人,但兰给予峰的远远超出了一个妻子能给予的。兰说来生她还要去找他,无论他轮回到了那里,她都会去找他,哪怕到盘古开天辟地之前的世界,她也会去!

那时候我和兰约定以后我去上海看她,但每次到了上海我都没有勇气给她电话,我怕见她,怕勾起她的伤心事,因为我们之间的纽带峰远去了。不敢见兰也是觉得兰现在一定有了自己的生活,不去打扰她吧。那么好的女孩一定有一个好的归宿,我默默的祝福她!

送走峰的第二天,公司全体去医院体检,大家都把健康提到了议事日程。活着就一定要活蹦乱跳的,真的有了不测风云也不怨天尤人,也能和只有 28 岁的峰一样坦然面对,直面死亡。

峰走了 14 年了,不知道还有谁会记得这个阴冷的 12 月,谁会和我一样铭记着那个流星一样划过的青春。作为踏入了生命秋天的人,见过的生生死死不是少数了,但峰是一个特例,虽然我们只是在一起共事了几年的同事,但他那还存有稚气的音容笑貌一直仍绕在眼前,他那从容面对死亡的不悲不怨的言语一直回荡在耳边,14 年后的今天仍然历历在目。

人,修炼到能看到岁月静美的时候,一定是看到了无数岁月的流逝了。直面凋零就是直面花瓣一片片落下,花开有声,但落地一定是寂静的。直面凋零是不是比直面死亡更需要勇气呢? 这是每一个岁末都固执地缠绕着我的问题,这个世界真的有不悲戚的凋零,峰做到了,但这个问题于我还是恐惧。今年101岁的杨绛说:洗尽纤尘,回家! 在她那儿,看不到老而无力,看不到挣扎和无奈,我们看到的是一个踽踽独行的老者,却有着成竹在胸的尊严,但更多的是这个百岁老人仰望星空的淡定与从容! 能够从容面对生命消亡的人一定坚信:天堂里没有冬天!

哲学沉入大海

一个人面对大海的时候经常会想到一个手机号码,也时常有拨打那个号码的冲动,五年了,我坚信那个号码一直都在那里,不动、不摇、也不会变,但我一直控制住了打那个电话的冲动,我知道这是他的选择,我必须尊重。

很久以前当我不知道手机为何物的时候,他从北京打电话到我的办公室,对我说了这个当时是十位数的号码,让我记住,我奇怪怎么会有这么长的电话号码,但很快大哥大风靡全国,于是这个我第一次听说过的手机号码永远地印在了脑海。再后来,因为工作,我也去了北京,和他同城生活了一年,那时候,我们是坦诚相见的好友。

其实,三十年前他是我的哲学老师,那时候他刚刚留校。第一次给我们上课的时候,他拿了两本书,他举起第一本《辩证唯物主义与历史唯物主义》说:"这本书是我要考的,但我不想讲,因为你们高考的时候都背过了"。他举起第二本书《西方哲学史》说:"这本书是我要讲的,但我不考。现在开始上课"！从那时起,我被他吸引。后来由于个人见解的原因,他在学校出了一系列的状况,于是他离开高校到北京做了一个不儒不商的夹生人,当然这只是我给他的定义。

由于他的特立独行,他的哲学课上得风生水起,很多外系的学生也来听课,于是上他的课就多一个占座的烦恼,但我们都不厌其烦地去占座,那一个学期很充实也很快乐。那时候我们不喊他老师,只喊他"哲学",哲学成了他的绰号。

后来我们成了朋友,知道他有一个女友,不在本校在外地。忽然有一天他的女友脑淤血住院,手术后命保住了,但智商只相当于十岁左右的孩童,听说在医院抢救的时候,20天他没有脱过衣服睡觉,每天就趴在床边,直到她脱离危险,人救过来了,但已不是原来的人。他毅然地选择了结婚,承担起了照顾她一生的责任。他结婚的时候我们给他买了礼物,也送上了深深的祝福,但心里隐隐的痛,因为知道他的一生要面对的是什么。他的故事成了校园里的佳话,这个佳话是他一生的付出,也必定是他一生的牵绊。婚后他们生活得非常安静,没有任何的波折和变故,他越来越理性,越来越全身心地投入工作,几乎没有其他爱好,更没有任何女友,只是疯狂的吸烟。

我到了北京就是他唯一的女友,他的哥们儿很多,都是海阔天空的主儿。但我们俩吹牛侃人山的时候,基本没有别人掺和。人民大学墙外的羊蝎子饭店是我们的据点,我两通常会在周末的晚上聊到半夜,他总是拼命的

吸烟,无视我的抗议,但极其重视我谈话的表情,如果我对话题有一丝的不屑或嘲笑,他立马嘿嘿一笑转移话题。他时常眯着镜片后的眼睛对我说:他很庆幸自己身边睡着的不是一个有着哲学思维,能明察秋毫的女人,否则他会觉得自己体无完肤,他怕被一个思维敏捷的女人拨云见雾的看透,那样生活就会充满戒备和恐怖,会把男人累死。他喜欢在没有较量的目光下放松自己,他说只有男女思维深处的失衡才能让他有安全感,否则他会逃离。我觉得是他的灵魂深处藏着莫名的自卑,他不过是用极度的强势掩盖自己的怯懦和卑微,我从不评价他,但他还是对我说了一句:庆幸晚上不用和我同眠,我们开怀大笑。其实是他的被打成右派的家庭阴影印在了他的骨髓里,使他一生挥之不去。

他吸烟最多的时候也是他谈话兴致最浓的时候,他可以一个晚上讲几个小时的哲学,只讲给我一个人听,只因为我是一个好听众。我们度过了一年肝胆相照的时光,他给我展示了一个无欲则刚的男人形象。

还是因为工作的原因我在一年后南下上海,离开他的时候他坚定地坐在办公室里不送我,在我登上飞机的前一刻他在我的传呼上留言:我想了几天都没有弄明白,你为何一定要离开北京?一个那样哲学的人纠结一个基本的常识:离开仅仅是因为工作。

后来,我们一直在电话里聊天,尤其是他一个人喝酒的时候,也是他煲电话粥的时候。又是几年过去了,忽然有一天他来到了我的城市,一群政客接待了他,酒后他打来电话,云里雾里的侃了一个小时。第二天酒醒之后,他问我说都说了什么?我逗他说:不该说的都说了!他沉默了许久之后说:好好保重自己,我走了!从此杳无音信。

没有想到我的一句玩笑,让他选择了沉默。但我明白了那个玩笑的背后承载着的也许就是他的软肋……如同泰坦尼克一样,"哲学"从此沉入了大海,但那个号码却刻在了岸边,刻在我的记忆最深处。在这个田野金黄的季节，莫名的想起了他的愿景，一个崇尚西方哲学的人，最美好的生活状态是做一个农场主，在一大片庄稼地里看夕阳，他说他会为那个场景流泪的。

失去音信五年了，"哲学"，你的愿景实现了吗？你在他乡还好吗？

我的系主任我的校园

每当高校毕业生离校的时节，校门内外到处都是抱头痛哭的动人场面，大学四年，同窗四载，多少梦想，多少欢笑留在这充满激情的校园；今朝分手，海角天涯；未来如何，无人了然。一切都是未知。

记得那一年，因为种种原因，我决定调离我学习工作了十年的大学。因为对离别的恐惧和伤感，我没有告诉任何人我离开的真实时间，我怕那种送别，我怕那伤心地挥手。我在告知同事们离开日期的前两天离开。离别的前一天晚上，大雨滂沱，我撑着伞在大雨中走遍了我熟悉的校园，我悄悄地在我经常上课的文学楼303教室外面站了许久后，抹着泪离开了。第二天我一个人拖着重重的行李，来到火车站，走进站前广场，远远看见我们的系主任站在那里正焦急的张望，看到我走过来，他高兴地迎了上来。我吃惊地说："主任你怎么来了？"他擦着额头的汗说："我来送你呀！""您怎么知道我今天走？""我有嫡系情报员，我问你老公了，他是我的学生不敢糊弄我"。原来如此。那一刻我只有感动，中文系是我学习的地方，但工作后的我却在科研处，我没想到系主任会来送我。他接过我的行李和我并肩的走着，他没有说离别的话，也没有叮嘱我到了新的环境应该怎样，他只是和我说笑话，我知道他的良苦用心，我除了感动还是感动。汽笛响了，列车就要开动，主任握着我的手说："别让自己太累，不行就回来，我们永远欢迎你！"泪水终于忍不住地流了下来。

此后我转战南北,经商下海,有得有失。校园成了我梦中的港湾——当我经历了伤痛,当我觉得有点儿累;当岁月在脸上刻下皱纹,当我不再年轻。我多想走回校园,走进过去,走回那片永远年轻的土地。校园,永远不老的土地,校园,永远纯净的天空。走回校园,为我们的生命加油!但由于时间太少,也因为觉得自己没有骄人的业绩,一直没有再次走进我熟悉的校园。但校园却一直是我心中最温暖的所在,我思念我的校园,更思念校园里每一个熟悉的身影。

2004年春节,我在上海,忽然听说我的系主任身患癌症刚刚在上海做完手术,我和老公立即前去看望。11年了,这是我离开后第一次见到系主任,也是最后一次。因为是冬天,更因为他身体的虚弱,主任在房间里仍然穿着厚厚的羽绒服,并且带着棉帽子。他看上去十分的虚弱,人也瘦的认不出来了。但他的精神很好,笑嘻嘻的和我们握手,还是那样的谈笑风生,只是声音不再洪亮。他还是称呼我小W,他说:"小W,听说你干得很好,祝贺你呀!"他又说:"听说你有一个愿望,想在功成名就之后,把咱们学校的6号楼买下来,然后送给当年在6号楼居住过的青年教师,让他们在每一个周末回到那个当年的筒子楼。你还是书卷气太浓,这在商场上会吃亏的。"我感动于此时的主任关心的仍然是别人的得失,他不谈自己,不谈生命。我疑惑他的坦然,后来听说,在生命的最后阶段,他回到了校园,但拒绝所有的探视,大家关心这个曾经带给人们那么多温暖的人,大家都明白他的时日不多,大家都想见他最后一面,但又不能违背他的意愿,于是,他的爱人想出了一个办法,她扶他起来坐一下,让大家在窗外看他一眼,不要说话,不要流泪。没有人说话,但没有人不流泪。我知道,我们的系主任刚强了一辈子,他不希望给大家留下病入膏肓的一面,所以他选择了不见面。那几天大家轮流地到窗外去站着,就是在心里默默地同他告别。我没有回去,因为我理解也明白,他要留给大家的是他那个健康的形象。所以,无论何时我想起我的系主任,都是我第一次听他讲课的样子。那是 80 年代初,文学楼的墙上张贴着大大的海报《金瓶梅赏析》,主讲人:XXX。那时人们对金瓶梅的认识很简单:金瓶梅就是性,性就是金瓶梅,我们抱着好奇的心里去听。教室里人满为患,许多人没有座位,能挤进去就是幸运的了。那时的主任还是一个青年学者,讲台上的他,几分优雅、几分幽默还有几分调侃,他声如洪钟:"《金瓶梅》之前的小说很少涉及人类本性的描写,即使有,也大多与人性中值得赞美、歌颂的一面有关。而《金瓶梅》以其真实而细致的笔触,直面人生的勇气,多层次多角度地透视出了人类的本性、人性的弱点以及这种弱点而产生的人性异化的种种状况。这其中既有对传统文化道德压抑人性的反叛意味,又在一定程度上展现了人性在毫无约束的状态下的某些反人类的倾向。这在中国小说史上在小说主题的开掘上,无疑具有开拓性的意义。同时对我们今天的现实人生也起到了一定警示的作用。"就是那个晚上我们知道了金瓶梅的文学价值和社会意义,也认识了这个带有浓重方言的中文系古代文学教师,后来他成了我们的系主任。

系主任走了,带着他的文学梦想,带着他的治学之道。同时系主任也永远地留下了,他把他的品德留给了我们,他把他的学术见解留给了后人。一位老师的悼词写道:"煮酒三国夜话红楼,名山事业虽成,惜年未花甲竟仙去;舌粲莲花笔挟风雷,湖海豪气犹存,幸桃李满园继芳春"。此语概括了系主任的一生,也表达了我们大家深切的惋惜和悲悼之情。

系主任离开我们四年了,梦中的校园也越来越模糊,好想踏进那片青春的土地,好想回到我魂牵梦绕的校园,一直记着宿舍外面那颗高大的白杨,好想再闻闻那树叶的芳香。明年一定回去,去 303 教室看看,还有就是去系主任的墓地送上一束雪白的百合和透着冷香的菊花以及我深深的怀念。

未来只有 9000 天

天空阴云密布,旷野一片萧疏。走在每天上班的路上,忽然发现那一树的碧绿都没了踪影,风凉了,草黄了,叶枯了,在不知不觉中又一个冬天来了。一年又一年,总是觉得春天刚刚来过,昨天还是花开遍野,忽然就落叶满坡了,刚刚还是嫩蕊初放,转眼就是枯枝残叶了。季节的变换如此,生命的凋零也几乎是迅雷不及掩耳,昨天还在田野撒欢的女孩,今天就年过半百了,昨天还信誓旦旦畅想未来的女孩,今天就发现未来只有 9000 天了(按生命 80 岁计算,但我知道自己没那么长寿),未来不再遥远,未来就在眼前,因为今后所有的未来都只是今天的重复。光阴的剑无情地刺进了年华的蕾,花谢,叶落,满地都是落英的蕊。上帝在我们没有任何准备的时候匆匆的收回了昙花一现的美丽,也收回了那个叫做青春的年华,但却没有全部收回那不安的情绪和躁动的心灵。沧海桑田需要几万年的变迁,但人类生命的灰飞烟灭却通常只有几十年。在我们还没来得及弄明白什么是童年的快乐时,童年已经过去;在我们还没有体味出青春的青涩时,青春已经向我们挥手;当我们半推半就的轻描淡写地说自己老了时,我们还不是真的老去,因为真的老去就不会再有言语,不会再有感叹。老迈就是寡言,老迈就是看透,老迈就是接受,就是接受所有你韶华灿烂时无法接受的一切。

夜半醒来,忽然闪过未来只有 9000 天,恐惧立即弥漫了整个房间,再也无法安眠,细细想来自己惧怕的不是死亡,而是这个走向衰老的过程,其实让自己恐怖和不安的不全是溜走的岁月,也不是生命尽头那个冰冷的世界,恐惧来自于所有虚度的光阴,不能聊以自慰的是所有的昨天里没有耀眼的辉煌。但明明白白知道的是：成功有理由，失败无借口。

都说看透就可以放下，放下激情，放下浪漫，放下角逐，放下梦想，却又迷茫真的都放下了，生命还有意义吗？什么都不想就真的是快乐吗？也许那样就是行尸走肉了，如何在追逐和放下之间取舍，在生命的某一个阶段成了"to be or not to be"的两难问题，某一个早上醒来发现不再为任何得失而纠结，那就一定是到达心灵的彼岸了，彼岸的世界一定是另一种思维，另一种界定，另一种轻重了。那时候放下是一种生命的常态，放下是一种生活的幸福，没有任何羁绊，心中了无牵挂，真正的行云流水的生灵，可以遨游天地，可以穿越古今。但那个得到自由的一定是经过岁月洗礼的灵魂，而那个承载灵魂的躯壳却是行动迟缓的老朽了。很多时候生命遵循的也是一个平衡的原则：在你身体轻灵的时候你的灵魂沉重，在你灵魂飞跃的时候你的躯壳沉重。人的一生就是一个轻重互换的历程吧。

也许天生愚钝，每日三省吾身仍无法拨云见日，但清清楚楚的懂得岁月轻去，握不住时光。那就让"楼前桐叶，散为一院清阴，枕上鸟鸣，唤起半窗红日"吧，没有辉煌的生命，只能多一些清梦和浮生了。沐夕阳，踏月光，夜闭柴门，晨卷珠帘是生活，"把臂促膝，相知几人，谑语雄谈，快心千古"是快乐。在《幽窗小记》的"松声，涧声，山禽声，夜虫声，鹤声，琴声，棋子落声，雨滴阶声，雪洒窗声，煎茶声，皆声之至清，而读书声为最"中陶冶剩下的 9000 天！

夏去淡墨痕，秋来远红尘

旷野的风把满怀的凉意写进了山川和大地，在落叶缤纷的秋季，一个人静静地走在"山映斜阳天接水，芳草无情，更在斜阳外"的田野，用自己的身心体味秋的宁静、深沉、美丽和成熟。

曾经,深秋是凄凉而孤独的,曾经,深秋是悲戚而落寞的。当年华和落叶一样在岁月中堆积出厚重之后,才在一个艳阳的午后忽然发现秋的静美,于是在生命的秋天终于有了一股斑斓和温暖在心头流淌。

举目苍穹,蓝天白云,俯视田野,灿烂金黄。海滩边迎风摇曳的芦苇,纤秀挺拔,山坡上恣意盛开的野菊,朵朵怒放。面对即将到来的寒冬,大自然笑容嫣然,从容淡定,没有哪一朵小花是哭泣的,没有哪一泓秋水是流泪的。深秋里所有的颜色在渐变的夕阳里痴长,轻盈的落叶飘舞着奔向大地的怀抱。换一种思维就能看到深秋里超然的洒脱和纯粹,也就能欣赏到深秋含蓄的激情。豁然之后,那些典雅但却悲戚的诗句,定会随着萧瑟的风,湮灭在阡陌红尘中,能留在岁月深处的定会是夕阳中的美好和铿锵。

伫立在这个季节的最深处,旧梦在重叠的浪花之外,忽远忽近,忽明忽暗。似乎捕捉到了流年的光影,思绪定格在那片秋收的田野:兴安岭下,汤旺河边,成群的人在白菜地里忙碌,因为要储存一个冬天的食物,很多年前的东北每年的秋收季节每家都要购买上千斤的白菜、土豆、萝卜等,因为数量太大,大家都直接去农场的地里购买,通常是一垄一垄的买下,然后自己用刀把白菜砍下来。堆在地里,再用卡车拉回家。因为我是家里的长女,我就是那个可以帮到父母的劳力,因为爸爸出差,只能是我跟着邻居们去完成这个任务了。但十几岁的我还是太弱了,看着那一望无际的田垄,我恨自己不够高大有力,正欲哭无泪的时候,邻家 L 哥来了,远远地见到一个高大的男人走来,披一身秋阳,风高高的卷起他米色的风衣,那一刻他是电影里那个可以救苍生济天下的大英雄,直到今天那个秋阳中被风吹飞衣袂的身影依然在我的记忆中高大着。L 哥走到我面前说:这不是你一个女孩儿该干的事,回家去吧,这里交给我! 说完拿起刀俯下身,很快就收拾了满地的翠绿,我当然不可能转身回家,我痴迷地看着他,只觉得那是只有男人才可以给予这个世界的力量的美！我尽自己所能地把 L 哥砍下的白菜抱到一起，慢慢的堆成我记忆中的小山。因为人多车少，每家只能排队等候拉白菜的卡车，怕弄好的白菜被偷，人是不敢离开的，直到天色全黑，我们的白菜还是没有拉走。饥肠辘辘之际，L 哥不知从哪里弄来了几个土豆，让我去弄些干草树枝等，要烧土豆给我吃。我们围着篝火聊天等着土豆烧熟，那是我吃到的最美味的土豆，从那以后天下的土豆就再不是土豆了，那几个土豆的香甜在我的记忆中永恒了。后来白菜是如何拉回家的我已经模糊了，那个结果随风淡去了，但那个过程留下了。

后来，L 哥工作了，当了劳模，但他一如既往的忙碌在我家应该男孩上阵的所有事情中，在那个年代有无数需要体力劳动才能完成的事，L 哥的身影一直在我们身边，在那些不够闪光的岁月中，有了 L 哥的加入，苍白的生活有了生机，稚嫩的我在面对困难的时候有了依靠。后来 L 哥娶妻生子了，我偷偷地嫉妒他的妻子，我知道，在 L 哥眼里，我是那个永远不会长大的邻家小女孩，他对我们的照顾和付出是没有任何动机，也不要求任何回报的。再后来我们很远很远地分开了，但我们一直像亲人一样的彼此惦念。老爸七十岁生日的时候，L 哥来了，看到他的头发也有些花白的时候，我莫名的热泪盈眶。L 哥问我生活得是不是快乐，我说还可以，他说你不能太要强，这是你的优点也是你的毛病。随后他笑着说：没想到，你也能长大！那一刻我想像小时候一样捶他，但我知道，他已经是当爷爷的人了，我们都无法回到那个秋天了。

现在，L 哥已经退休了，想象着他每天一定是享受着儿孙绕膝的快乐，闲暇时会去野外散步，会看看报纸，也会喝一壶小酒，但他一定不会像我似地每天趴在电脑旁，也不会计较天空的云彩白不白，更不会写什么博文了。他的世界是简单而快乐的，明知道他永远也不会知道我在这里叨咕他，但还是在这里写下了他的点滴。不是因为流逝的时光的无奈，只是因为这个秋天的美丽。

乔布斯说："你不能预先把点点滴滴串在一起，唯有未来回顾时，你才会明白那些点点滴滴是如何串在一起的。所以你得相信,你现在所体会的东西,将来多少会连接在一块"。

多少春雨洒过,多少秋风吹过的那片田野还在那片土地上滋生着万物,童年的家门前的那棵白杨也该落叶满地了。此刻我只想携一朵白云悠闲的飘荡,不去回首往昔的情殇,不再挥洒年少的无知和轻狂,在秋雨凝结秋风漫卷的时节,享受这个春华秋实的炎凉。

丢在春天里的旅行

春风吹上柳枝的时候,那颗贪玩的心就开始蠢蠢欲动,真想在这个季节和风儿一起远行,带上沉淀了一个冬天的忧郁,带上孕育了一个季节的狂放,翻越千山万水,在一个月光如银的夜晚到达曾经那么熟悉的江南,在那一地灿烂的金黄中醉上千年。

飞扬的青涩里有"为赋新词强说愁"的年华,浅吟低唱的流年中总有春梦染绿的江南,那些鲜活的记忆如暗夜狂花在孤寂的夜晚盛开,那些染着墨痕的韶华又一次站在春天的柳岸唱着隔世的婉转,恍惚中是当年的自己摇一阙千年的宋词在校园的湖水中旖旎,对面的女孩桃颜、黛眉、长发垂鬐,桃花雨、杏花魂、纤纤指、碎花伞婀娜在弯弯的桥头……

那一年是我们的菜花年,初到江南的好奇让我们在那个春天疯在开满油菜花的田野。清明时节的细雨没有阻挡住我们对天门山的向往,因为唐诗鉴赏的课堂上刚刚讲了李白的"天门中断楚江开,碧水东流至此回。两岸青山相对出,孤帆一片日边来"于是我们一行七人乘江轮过长江,去对岸的天门山感受诗人的情怀。过江的船票很便宜,好像只有几毛钱,下了船之后一问，去天门山的车都已经开走了，有人偷偷地出价每人二十元送我们到山下，但对于当年我们这些在读的大学生来说，二十元是个大数目，那时候我们一个月的伙食费也就是二十元了，我们无法接受，于是决定步行。问了一个老乡，回答大约步行两个半小时就可以到达。我们愉快地上路了。向着那个人指着的朦朦胧胧的远山，我们雀跃着在开满油菜花的田埂间穿行，一路上歌声嘹亮。但走了四个小时那个山还是远山，我们知道"望山跑死马"这句话的确实含义了，大家开了个会，商量一下是回去还是继续，最后决定找个农家吃点饭，继续上路。饭后的路是艰难的，因为大家都到了极限，我们累得无以言表，最后在快到五点钟的时候我们终于到达天门山的脚下了，我们抬起头看着天门山大喊："天门山，我们来了！"可是我们忽然发现大批的游人急匆匆的从山上往下跑，我们好奇地问："你们为何跑下来？"答"五点半是最后一班车到轮渡码头，不跑来不及了"我们几个傻了，在那个时候天门山上下都没有宾馆，就是有我们也不能住，因为第二天还要上课，我们只能跟随着下山的人群朝车站飞奔，一边飞奔一边还满眼遗憾的不停地回望着那个近在咫尺却不能一睹容颜的天门山，气喘吁吁地上了车之后，我们那份懊丧简直是无法形容……一贯乐呵呵的袁丽给我们那次清明之游定义为："过程美！"于是我们也就一扫阴霾，笑嘻嘻地回味着一路的美景和每个人走不动的惨状了，忽然袁丽大叫："不好，我好像早上烧水的电炉子没有拔掉！"我们都大惊，因为烧了一天会

发生火灾的,我们又被惊慌笼罩了,大家拼命的挤到最前面,在第一时间冲出码头,又朝着宿舍狂奔,魂不附体地跑到校园没有看到发生过火灾的痕迹,打开门一看电炉子的插头明明是拔下来的,我们把袁丽按在床上一顿狂扁,恨不能把一天的郁闷都发泄到她的屁股上。

后来我们有无数的时间和机会去弥补天门山的遗憾,但我们谁都没有再次踏上通往天门山的路,我们戏称那次是"丢在春天里的旅行",我们不约而同地把那个遗憾在岁月的更替中发酵成了美好,并且把这个美好永远地留在了我们青涩的年华里!

出乎意料的是这样的遗憾在二十年后的又一个春天重演,那一次我们去北京,北京的同学为了尽地主之有,邀上他的好友,带着我们三个女生去距北京125公里的清西陵游览,因为路程不是很远我们也就没有起早,我们计划中午一定能赶到,玩一个下午,晚上回来就可以了。路上我们高谈阔论,不知不觉的到了中午,当肚子咕咕叫的时候,我们奇怪怎么还不到呀?我们指挥开车的两个大男人问问路吧,别是走错了?他们两个无比自信地说:错不了,我们什么时候错过呀?再走一小时还是不见那些威武的牌坊,我们三个女生坚决要求停车,停下车一问,说你们走错了,应该在前面的一个岔路左转,我们怒目他俩,他们笑嘻嘻地说:没事,咱们先吃饭,吃完饭咱们出门一转弯就到了。没办法,方向盘在人家手里,我们只能听话,吃饭免不了喝酒,那时候酒驾还没有被重视,他们两个喝得舒服了再次上路,又是两个小时过去了,还是没有走进西陵那雄伟壮观的大门,我们急了,再次下车问路,说你们转弯的时候转反了,整个一个南辕北辙。我在心里后悔,不该在路上给他们讲当年天门山的故事,看来今天要再次上演天门山了。果然,等我们到达西陵的时候,已经是下午四点半,售票员告知五点半关门,问"你们还进吗?"那张脸上明明写着只有一个小时了,"傻帽才进"四个字,但同学说颠了一天才到这儿,能不进吗?进!结果可想而知,我们什么都没有看明白就出来了。但这次我们没有懊恼,也不再遗憾,因为我们都知道风景不一定都在远方,有时美好就在身边,就在我们一路上的高谈阔论和胡言乱语里。晚上吃饭的时候同学喝多了,他觉得自己很失败,没有给我们一次完美的旅行。他不知道我们对结果的不在意真的不是客气,我们是真的得到了我们的快乐!那是我们用年轮修炼出来的,是和结果无关的快乐!

生命中无数美丽的春天远去了,但芳香的记忆还在;生活中无忧无虑的笑声远去了,但快乐的笑容还在。春天总会到来,春天也总会走远,在季节交换的每一个时节,我们用记忆的花朵编织过往,所有的过往编在一起就是我们生命的花环,这个花环越是弥久越是娇艳芬芳,我们将和它一起走向季节的最深处。

《同桌的你》我今生的爱恨江湖

《同桌的你》这首歌问世的时候,我收到了一盒磁带,是我当年的同桌寄来的,他说这首歌很好,你听听吧。于是这首歌就成了我永远的收藏。

人的一生会有很多朋友,有些是肝胆相照的朋友;有些是无话不谈的朋友;有些朋友很阳光,很和谐,跟他们在一起很快乐,可以开心地笑,可以大声地说;有些朋友很个性,从不揣摩别人的心思,尽情挥洒的是自己的爱憎;有些人是狐朋狗友,是胡吃海喝的酒肉朋友,在一起就是海阔天空,分开后从不惦记。但最让人感动和铭记的是可以生死相托的朋友!他们是可以赴汤蹈火,可以一诺千金的人,这样的朋友是万人敌,是住在你灵魂深处的绿宝石,能够给你苍翠的温婉,也能给你从不放弃的坚持!能够生死相托的朋友,是一碗千年的古酿,让你沉醉一生!这样的万人敌可遇不可求,生命中能有一个已经是上苍的恩典了。

"同桌的你"是我的死党,是那个可以生死相托的人,但绝对不是儿女情长的人。是只能用生死回报,不能用情爱亵渎的人。因为狭义的爱在这里已经太轻也太世俗,因为他从来不言爱,但你能体会到那如山的大爱,坚硬而顽强,完全没有流水的随意,永远挺立在你看得到的地方,坚定执着,不移半步,不摇一下。他是那个几十年一直在生日的那天打个电话却从不送礼的人,他是那个直觉上感到你的不快驱车千里只为来看你一眼的人。他说的最多的一句话是:有事儿,吱声!我把这句话当成只有一次权限的圣旨,害怕唯一的机会一旦使用了就会失去,所以直到今天我不敢有任何事情,为了保住这个权限,也为了不给他麻烦,我祈求自己永远平安无事!

我们生活的城市距离很远很远,也很久很久才会有一个电话,我们的情趣爱好有很多很多的差别,但心灵深处他是我一个头磕在地上的兄弟,是我今生义薄云天的爱恨江湖!

残风更是思旧故

〈一〉

当夏夜的风,缕缕吹不断幽思的时候,一个人站在夕阳下,遥遥思念的只有故乡那袅袅的炊烟,树林中那啾啾的鸟鸣,还有那屋檐下斜斜的细雨。在庭前飘落一地残红的夏末,我拥着满怀的离愁别绪开始打点归乡的行装。

当一个人的梦乡被故乡盈满的时候,归乡的旅程就被纳入了头等重要的日程。但此时回乡的脚步也开始变得沉重,驱动这双脚步的身躯承载的也不再是青春的身影了。阔别故乡 27 年后,我扶着年迈的老爸,携着青春无限的儿子踏上了重返故乡的旅程。

　　当飞机在云层中穿梭的时候,我的左边是闭目养神的父亲,右边是玩着 iPhone 的儿子。女人一生可以不弃不离,可以无怨无悔,可以不计回报,可以赴汤蹈火,可以肝脑涂地的情人是她的父亲和她的儿子。而此次黑龙江之行我就是那个最幸福的女人,一边是父亲,一边是儿子。坐在他们中间我时刻感到无法言说的愉悦,一路上老爸永远是不温不火,不急不躁地笑着,儿子永远是一边盯着他的 iPhone 4,一边夸夸其谈着,我幸福的看看这边再看看那边,很满足的样子。但到了故乡老爸就几乎不在我的视线中了,他每天被故交邀约着早出晚归,我几乎是见不到他,只是每天给老爸电话,叮嘱他少喝酒。儿子倒是紧紧地跟着我,于是镜头中就少了老爸的身影。

　　父亲在那片白山黑水中工作了 30 多年,他回乡的悸动不亚于松花江的江水,但老爸到了不把任何表情写在脸上的年龄了,他可以用无表情表现任何情绪。儿子长这么大就没有踏入过东北的土地,对于他一切都是陌生的,一切也都是无所谓的。而坐在中间的我,是那座连接过去和未来的木桥。

　　"近乡情更怯,不敢问来人"。在外漂泊了 27 年的游子,再次踏进故土时还能寻到那曾经的相遇吗? 当年的阿娇今天在煮酒烹茶的间歇还会随手捋一下那满头的秀发吗? 执手相看时,是否岁月的沧桑、生活的甘苦都写在那闪着银光的鬓角和横着皱纹的眉梢? 风中贫笑处,转低眉,轻扬臂,再诉西窗夜雨;是不是她的纤指不再留有墨痕,只有当年的紫衣罗裙伴着已显沉重的脚步?

走回故乡,走进过去,没有等待,却放不下无尽的期盼。所有的亲人都已经远离了那片土地,华灯初上时,没有人等我回家吃饭。但我知道那里有儿时的伙伴,有刻着雨雪风霜的青葱岁月,有不染尘埃的原始森林和日夜奔流不息的清清小溪,有那片长满野花的青青山坡,还有可以轻轻诉说的梦中故园。回归、北上,不为记忆的波澜,只为那个熟悉的家园。等待我的将是怎样的欢喜与无奈?

"曲终落幕晚影时,残风更是思旧故。而今绝尘一骑风里去,也知情深难留步,纵使天涯千里距,终不改、经年岁长莫相负。"

〈二〉

此次回乡,能够见到和想见到的都是儿时的伙伴和各班的同学了。来机场接我的是我的闺中密友华,当然华也是我的高中同学。我们是联系最密切的那种,十一年前我们在哈尔滨见过。华在飞机制造厂工作,工作得很出色,她的老公是飞行经理。我们见面的第一句话是:"你黑了","你更瘦了"。我们都有一句话没有说:"我们都老了",我们本能的绕开了那个话题。抱着她瘦骨嶙峋的娇小身躯的那一刻,我真的想骂她那高大魁梧的老公:"你为什么那么自私,把家庭的重担都放在这样一双瘦弱的双肩,为了你的飞行事业,几十年在家的日子屈指可数。"华一个人照顾孩子和父母,工作又是极其的繁忙,因为太忙太累,华的身体每况愈下,很长一段时间还得了厌食症,人瘦得不成样子。那段时间我们通话我说得最多的一句就是"努力的多吃点,为了自己也为了孩子",她的老公十八岁就进了

飞行学校，一飞就是三十多年，他是出色的试飞员，飞过所有复杂的天气和崭新的机型，他的事业在蓝天，他的心也在蓝天，但他的成就是以牺牲老婆的健康换来的，我经常为华鸣不平，但华却说：我习惯了一个人，现在他回来一个月我就撵他走。我知道常年的独自生活她习惯了一个人的世界，孩子上大学后更是如此，人多了她会烦躁。我们在酒店吃饭的时候，华说：多住几天吧，陪陪我，我调侃她：你连老公都烦，我住两天你还不把我赶出去呀，她说：你不一样，我们是一体的。我知道她说的是我们高中时整天腻在一起的情景，我使劲地点点头，克制住了想抱着她流泪的举动，我吃了半天发现她几乎没有吃东西，我担心地望着她，她意识到了，马上大口地吃了起来，我知道她是吃给我看的。我说："华，每顿为了我多吃一口，这是我对你唯一的请求"

几个小时的会面，我们不停地聊着过去，聊我们的能想起来的同学，聊我们一起做过的所有幼稚而天真的事情。夜深时，我们又要分手了，我选择了当晚乘火车到伊春的路线，分手时华说：你回来时一定在哈尔滨多呆几天，我通知所有在哈的同学，咱们好好聚一下。我答应了她，但却因为突发事件我违背了承诺。对不起，华，我一定在不远的将来兑现我的承诺，你要好好地努力加餐哦。

经过一夜的火车，天亮时我们到达了林都伊春，来车站接我们的是晶，晶是我在林场代课时的同事，我们共事只有半年，因为高考我离开了那个林场的学校，但我们却成了可以生死相托的哥们儿。晶是体校毕业的篮球高手，常年的球场拼杀造就了她异于他人的侠气，她是男女都把她当哥们儿的那种人。在工作中她也如同投篮一样稳准狠，现在是一个重要部门的局长，晶见到我的第一句话是：你怎么可以长皱纹呢，你不知道你是不可以老的吗？然后转过头对司机说：先把他们送到酒店，告诉酒店帐我们结。放下行李后晶说这个酒店的早餐不好，没有特色，我们出去吃。吃饭的时候她忽然发现不对,怎么少了两个人? 老妈和老公为何没有一块来? 我告诉她:老妈因为身体不好不得不取消行程,我的老公因为课题也离不开,加上这里不是他的故乡,自然不会有那么大的兴趣,她笑着说:理解。

看到晶的谈笑自如,我知道她彻底地从失败的婚姻中走了出来。晶的老公当年以一曲《梅花三弄》征服了所有在场的听众,那样一个被我们大家公认的最优秀最男人的老公在婚后二十年的时候背叛了她,并且是从良心到道德的彻底背叛,没有丝毫的斯文和儒雅,完全以一个无赖的嘴脸霸占了所有的家产,为了息事宁人晶忍了常人的不能忍,悄悄地一个人搬进了只有二十平方的蜗居,那一刻她几乎轻生,为了那个她花了八年的时间往返伊哈之间给他治病救他命的人。当年晶的老公因为阑尾炎手术失误导致腹腔感染,肠道严重粘连,晶几次捧着病危通知哭得死去活来,坚持了八年的治疗,老公终于和正常人一样了。但几年后他却牵了别的女人的手,晶大骂老天的不公,但却无力拯救失败的婚姻,为了抚平伤痛晶拼命地工作,终于成了今天的女局长,但我隐隐的觉得多年后发生在她身上的改变不只是岁月和磨难造成的,还有许多许多我说不清的……我偷偷地一个人怀念那个在林场和我一起代课的晶,怀念那些不懂世事却真实而纯洁的青春岁月。

〈三〉

踏在那天然的木板上,嗅着松脂的芳香,听着音乐一样的流水,一路走来恍如置身空灵的世外桃源。一路的欢笑在旖旎的风光中定格,过往如黑白电影在记忆的深处自动播放,坐在醉人的翠色中,恍惚看到在午后的阳光下,一个扎着蝴蝶结的白裙女孩,赤着脚,一只手提着白色的裙角,一只手在捡拾着满地的落红,没有惋惜也没有惆怅,更没有黛玉葬花的凄然,她只是为了好玩,在她觉得裙子上兜的够多时就使劲的把落花洒向天空,然后开心地笑着。童年无论物质和精神是怎样的贫乏,快乐都是属于孩子的。眼前飘过一个个曼妙洁白,风姿郁美的身影,但三十年后的今天,不想再叩响任何写着过去的门扉,不是怕那物换星移之后亭台楼阁的老迈,只是不忍再度触碰那"换回四十三年梦,灯暗无人说断肠"的情怀。

青涩的年华不着爱的痕迹,只有从未言明的相思挂在月下的树梢,在风中摇曳,如今那树梢上只有黄鹂在鸣叫,飞鸟带走了所有的叹息。那个从来没有清晰过的面庞和青春的岁月一起迷失在那片静静的白桦林里,没有一丁点儿信息,也没有半点痕迹,一起消失的还有那犹疑的目光和雨中的黑伞。那个飘着雪花的山路上还留着当年的足迹吗?车窗外远远地看见了那条梦中的小路,但不想去触碰那曾经的朦胧,还是让所有的情节在梦中完整吧。那个美好不能被打扰,虽然梦中的他已经消失了很久了,早已无处找寻,我也拔掉了所有的芒刺,而时光的尽头不是美丽,但那个懵懂的少年永远不会真正的烟消云散,他和岁月一起刻在记忆的最深处。

眼前,穿梭过无数的画面;天边,诉说着相思与怀念;瞬间,定格下这里的天和地;路边,许下一个小小心愿:愿青山不老,大树长青!

〈四〉

"轻轻地风啊走过山坡,西山的传说里有你也有我,爱已筑成这座山化作那条河,又是一年芳草绿,再唱那支歌"。再次登上西山,却不能放歌,只能把静夜里的怀念,刻在长满松柏的山巅。

再回故乡,也许只是为了无语的倾诉,面对这片绿水青山,语言变得无力而苍白;再回故乡,也许只是为了祭奠所有的过往,三十年以后,无知的岁月还端坐在树梢,在无人的夜晚发出怪笑,我梦中的天堂,依旧燃烧着那场大火,你在耀眼的火光中对我说:我们都是过客,我等你,在天堂的入口。

都说北方的男人站着喝酒站着醉,那倒下的一定是你的背影,你的身躯,早已跨过万水千山,朝着离白云最近的珠峰挺进。都说你离开三十年了,但我固执地看到你行走的坚定和把酒临风的光彩,在故乡的天空,我见你在高高的云端,策马扬鞭。

相信你离开的瞬间,眼神中充满了决绝,你的离去因了一个事故而传奇,我知道,在死神叩响你门扉的瞬间,你欣然起身,义无反顾地前行,那一刻,尘世没有任何借口可以将你羁绊,儿女情长不能,父子情深也不能,你注定是吹过西山的风,无踪无影地掠过所有的苍生。

恩师的小屋中,曾经如歌如泣的是你的二胡声,清凉的溪水边,蜿蜒着呼啸的是你的九节鞭,而今和松针一起滑落的是七年四班的叹息。关于你的所有传说,都在我的记忆深处啸成了剑气,击碎所有尘世的污浊,扫荡所有至近至远的暧昧。今生,诗心剑气,都为尘土,离恨天上是否镌刻着你无悔的诗篇?岁月可以转身,激情不能复制,来生那条红尘滚滚的聚散路上,是否可以再见你一骑绝尘的翩翩!

〈五〉

在林涛的深处,垒一个松间小屋,清晨在百鸟的鸣叫中和朝阳一起醒来,夜晚和含羞草一起安眠。能在这样原生态的国家公园中寄情山水,写脍炙人口的诗篇,携缕缕清风漫步,喝沁人肺腑的山泉。如此终老一生,该是怎样的惬意与浪漫?这是我置身汤旺河国家公园时渴望的生活,但这里炊烟不能举,为了保护这片净土,园内不能食宿,真的来了就只能不食人间烟火了。

1872 年,世界上第一个国家公园——美国黄石国家公园建立。此后,国家公园在世界各国迅速发展,如今已在全球 200 多个国家和地区建立了近 1 万个国家公园。按照西方各国通行的解释,国家公园是指国家为了保护一个或多个典型生态系统的完整性，为生态旅游、科学研究和环境教育提供场所而划定的需要特殊保护、管理和利用的自然区域。

100多年后的今天，中国有了第一个真正意义上的国家公园——黑龙江汤旺河国家公园，这也是我国目前唯一一个国家公园。国家选择将黑龙江汤旺河作为中国唯一的国家公园，是因为它的生态完整性。这里有得天独厚的森林和冰雪资源优势，拥有近千种动植物种类，建有多处保护区。公园境内河流20余条，汤旺河为最大河流，全长509公里，是中国林都伊春的母亲河。汤旺河国家公园从印支期的花岗岩石林到第三纪珍稀的孑遗森林生态系统红松原始林，从风灾遗迹、火烧基地到笃斯越橘观赏园、蓝莓采摘园、小兴安岭植物园、湿地公园，都是自然天成的奇观。

汤旺河国家公园以稀有的花岗岩石林地貌景观和完善的原始生态为特色，植被繁茂，山色葱翠。漫步古松白桦幽径间，可闻百鸟欢歌、可赏松柏轻舞、可嗅杜娟花香、可观兴安奇石，可在这天然的大氧吧里放下疲惫与烦恼，进入返璞归真、天人合一的境地，体验"千里冰封、万里雪飘"的林海雪景，感受"山行本无雨、空翠湿人衣"的意境。园内云绕山梁，溪流低谷，空气负氧离子高达每立方厘米5万个，夏季平均温度在18—23度之间，是一处真正清凉的世界、一个难得的世外桃源。

这里有两个特别的景区——风灾遗址和火烧基地，是大自然的活标本。这里原本有一片珍贵的汤旺河红松母树林区，2008年8月5日，一场大风把这里所有的红松都拦腰截断了，无一幸免，其中最粗的红松有五百多年的历史。红松是东北珍贵的树种,很难通过人工种植存活,这片母树林的消亡,损失重大。这个现场现在被围了起来,是为了把它的原始状态保留下来。让大家知道,森林被人为过度砍伐破坏后,形成孤岛效应,没办法和自然抗衡。而那片火烧基地时刻警示着世人,防火对森林的重要。这样的警示风景,在其他的公园是没有的。

在一片寂静的山林,我意外地收获了亭亭玉立的白桦,那片雪白和翠绿的掩映是那样的相得益彰,时光恍惚,我将一份久违的牵绊轻轻地解开,借这一片雪白的林木,排列我笔墨不能书就的思绪,浅吟低唱那日夜萦绕的万古情怀……

忽然,山下的同学来电,催促我们尽快下山,烤全羊好了。我一步三回头地走出了森林,心里有万般的不舍,不知何时能够再次走回这片森林,再次走进这片梦中的家园……

〈六〉

当往事都成了山腰上的薄雾,在阳光中悄无声息的散去时,金山宾馆旁边的寺院就热闹起来了,这里以前是未曾有过寺院的,因为资源枯竭,经济萎缩,家乡的人一半都走了,但僧侣们却看好了这块土地,那里香烟缭绕,每天法事不断,但不知那些高僧们是否可以超度那些渐行渐远的从前。有时千年也只是一瞬,但有时一瞬就是千年,曾经的青春伴着贫瘠,今天的成熟载着皱纹,如果可以交换是否能换回曾经的从前,但上苍不给任何人交换的机会。

夜深人静的时候总是忆起那一树一树的花开,满庭满园的芬芳,但今天明月千里,何处还有那善舞的长袖?人生若只如初见,她就永远是闭月羞花的貌,他也永远是举世无双的才,没有开始,就不会期待永远,也就没有结束。人人都冰雪聪明,却又人人都自陷深渊无法自拔……曾几何时,热切渴望的"绣榻闲时,并吹红雨;雕栏曲处,同倚斜阳"的浪漫情怀都被雨打风吹去，美好如同美丽的风景画，挂在墙上的永恒渐行渐远后，谁在黄昏的夕阳中守候，那个能爱你青春，也能爱你额头皱纹的人还在风沙漫卷的路上匆匆的疾行，也许走到了你的身旁你也只是一个驿站，歇歇脚后又要启程……

所有的记忆在流年里沉淀、辗转，触摸到一丝丝呼吸的若兰。香凝蕊冷，梦里那一季一季的花事，一季一季的相思，在无人相约的深夜化成婉约的诗句，一行行行走在自己的丹青水墨里，轻透飘逸，浓淡相宜。而今站在夜的窗口，聆听风与落叶的交响，才知道才子佳人的旖旎，总抵不过横扫万里的西风。幽蓝的夜空下，穿越岁月的尘沙，隔着秦时明月汉时关，还能隐隐听见的只有那清脆的蛙声和蟋蟀的唱鸣。

带着恍惚、感伤和漂泊的不确定，找寻那绿树掩映的麦田、水渠、果园和村庄，重游那连绵起伏的山脉，细数那蜿蜒千里的沟壑大川；耳边风声呼啸，夜色泛着清凉的微光。幽思如疯长的野草，蔓过高山，趟过小河，飘向遥远的天边。

再见，故乡！愿这里永远岁月静好，愿父老乡亲一切安康！

告别夏季

一个季节正在悄悄地隐退，风凉了，天高了，云淡了，海更蓝了。夏天的骄阳退了，夏天的蝉声没了，夏天的蛙鸣也消了，墙上那斑驳的光影分明没有了夏日的耀眼。打开衣柜看到还有许多争奇斗艳的夏装还一次也没有穿过，这个夏天就结束了，秋天来了。

这个夏天好短，这个夏季好快，费了很大的劲擦好晒透的凉席只铺了几天就又回到了储藏室，那个烫好的吊带裙还没有来得及上身，夏日里流汗的减肥计划还没有具体的实施,夏天就已经结束了,从来没有觉得夏天是如此的匆忙,这个夏天太短了。

因为这个夏天我把灿烂和闲暇交给了病房,老爸老妈比赛似的抢着住院,于是我把自己连同夏天和暑假一起交给了医院。在那些担惊受怕、辛劳而忙碌的日子里,我无数次地看到父母无助的眼神,那是一种怎样的心痛啊!曾经那么不可阻挡的父母,如今是那么的柔弱,不再意气风发,当年集许多光环于一身的老爸是多么的威风,我们以及所有的亲友都是在老爸的护佑下生活,那时的爸爸留给我的永远是繁忙的背影,一个月在家的时间只有几天。而今爸爸退休已经十年了,他是那么的普通,普通的和其他在街上晒太阳的老头一样。

时光荏苒,世事变迁;岁月交替,沧海桑田。一代人的英姿融进了历史,爸妈也都和这亮丽的夏天一样褪去了耀眼的光环,他们现在无法再次站成这个世界的风景了,因为他们已不再挺拔,但我相信他们的心中还有五彩的斑斓,在我的记忆中永远高大的还是他们当年的英姿!

我知道爸妈的未来不再是骄阳似火的夏季了,他们将踏着秋天的色彩走向生命的冬天,我深知自己不够伟岸,但我会用自己的全部光和热来温暖父母生命的冬天!在未来的日子里,无论还要面对多少次孤军奋战,我都会坚定的站成家里的栋梁,为父母擎起夕阳满天!

医院——意识流

在医院陪护爸妈的日子,经常陷入一种纯意识流的状态,进入这种状态的起因不是病人各种痛苦的表情,也不是对脆弱生命的反思,它完全是从惨白的"墙壁上的斑点"式的意识的流动开始的,那种类似"钉子留下的斑点"的各种联想和遐想的过程,也许是生命的解读过程。望着一张张的病床,在所有人进入梦乡之后,我似乎看到了发生在每张病床上的各种生生死死的悲哀和欣喜。

那一个个输液的管子,曾经连接了无数的生命,雪白的病床上每一张都承载过数不清的悲欢离合。有些在这里的病床上完成了生命的升华,有些在这里放下了曾经的痛苦,愤懑,忧伤和幸福。固执地觉得在这里经历了病痛的折磨之后,得到的最好的治疗结果应该是平静,病痛越重的人,收获的平静应该越多。所以,大多的患者来到医院,完成的是一次现世的轮回过程。

在这个白色的王国里,许多概念开始模糊,比如生死,比如性别,比如美丑,所有对立的两极到了这里都可以迅速的转化或互相靠拢,或者被忽视,等走出这个空间回到生活中之后,有些人可以重新建立那些界限,但有些人却不会在意那些曾经对立的东西了。走下病床走出医院的人,有些会成为一个平面,如同被压缩过的饼干,不再有任何水份,这是严重的不同丁在任何一种熔炉里被塑造过的圆润。

这里是给人生的希望的地方,但却是最接近死亡的地方,在这里我们更靠近人的本真,靠近还原的自己。也许在这里停留的时间越长或者来这里的次数越多,越有可能在生命的终点达到"悲欣交集"的状态。

在医院里呆久了,人的生活姿态会放得很低,如张爱玲所说:"低到尘埃里"。(医护人员除外)平和——会成为生命的主色调,无数熙熙攘攘的生命之流不再咆哮,大病大痛之后,悟的能力增强了,可以平静的知晓:从生命的伊始,我们就是和死亡、恐惧、悲伤、痛苦等所有不快乐结伴而行的,他们和幸福、快乐、满足、愉悦等都是生命的常态,承认它们是和生命密不可分的,是任何人不能逃避的生命状态的一部分,如果我们一味的看着那些黑幽幽、阴森森的东西傻笑,那是嘲弄生命;如果一味的悲天悯人,痛苦叹息那是虐待生命,所以最应该做的就是在和疾病、痛苦、死亡对峙的过程中,接受这一切,正视这一切,直面这一切,平静的牵着死亡的手,舒缓而行,一直走到被它牵引的那一刻。

幸福应该何时来敲门

小时候看过一篇课文《渔夫与魔鬼的故事》(所罗门的瓶子),说的是一个魔鬼触犯了所罗门,被所罗门禁锢在一个盖有封印的瓶子里,沉入了大海。魔鬼被禁锢在瓶子里暗无天日,很不好过,他在海底暗暗许下诺言:"谁要是在这个世纪救我出去,我一定让他终身享受荣华富贵。"100年过去了,根本没有人来碰这个瓶子。第二个世纪开始的时候,他心想:"谁要是在这个世纪解救我,我会重重地报答他,为他开发地下的宝藏。"可是仍然没有人走近过这个瓶子。第三个世纪开始了,他虽然等得有些不耐烦,仍然想:"谁要是在这个世纪救了我,我会深深地祝福他,并满足他的三个愿望。"然而,整整三个世纪过去了,始终没有人来解救他,这使他十分生气。发誓说:"谁要是在这个时候来解救我,我一定要杀死他。不过,看在他救了我的分上,就让他自己选择一个死法。"

当然,故事的结尾是聪明的渔夫战胜了魔鬼。但在现实生活中,有时幸福的到来就是在三百年以后。当我们青春年少渴望那打开心灵的钥匙的时候，十年动乱让多少人失去了受教育的最好时机，当高考制度恢复的时候，有多少人和大学的校园擦肩而过；当我们美貌如花身材婀娜的时候，我们没有一件漂亮的花衣服，当我们可以买世界名牌的时候，我们的身躯变形面颊爬上了皱纹；当我们身体健壮行走如飞的时候，我们没有周游世界的条件，当76个国家对我国开放了旅游目的地的时候，有多少人已经失去健康，行动不便了；当少女情窦初开需要爱的滋润的时候，英俊的少年还少不更事，当女人丰满如桃红艳欲滴的时候，男人还乳臭未干，当男人长成参天大树真正能够破译爱的密码的时候，女人已经人老珠黄面色无光了……这个世界的幸福有时来得真不是时候，在你渴望了一生，期盼了一生的最后时刻，幸福的到来也许反而是一件万分遗憾的事，因为一切都时过境迁，一切都今非昔比，一切都成了"恨不相逢未嫁时"了，那个伟大的幸福才姗姗来迟，此时的幸福一定是大大地打了折扣的。一个人真正的幸福就应该是在最合适的时候被幸福之神叩响门扉，迟到的幸福总是差强人意的，失去了幸福本身绚丽夺目的色彩。

生命的尽头是轻烟

2007年10月12日凌晨三点，电话铃声大作，我心狂跳，有一种不祥的预感。接起电话听到爸爸的声音："快来,你奶奶不行了!"放下电话,胡乱地穿上衣服,奔跑着冲出房间。黎明前的校园寂静而黑暗,没有任何身影的晃动,只有树叶在微风中轻轻摇曳。一个人急急地奔跑着,听得到自己的心跳和脚步声,在万籁寂静的苍穹下,自己一个人并不觉得害怕。虽然是深秋了,但天气并不凉,相反倒是有一缕缕温暖的风拂过。抬头看天,意外地看到东北的天空上弥散着红红的暮霭,有一种祥和笼罩着大地,心里忽然松了一口气,觉得奶奶不会有事。

走了很远的路才打到车,拼命地催促司机快开、快开,下车扔了二十元钱,说了一句:"不用找了"就飞奔上楼,奔到奶奶的房间一看,奶奶正大口的喘着气,我扑上去跪在奶奶的床边大声地呼喊:"奶奶! 奶奶!"奶奶没有反应,她已经感知不到我的到来,我知道奶奶要去了,但我不死心,我一边流泪一边使劲的揉搓着她发凉的手臂,在悲痛和紧张中一个小时过去了,忽然,我发现奶奶的手臂热乎了,脸色也变过来了,呼吸也平稳了,看看睡着了的奶奶,我抹了一把眼泪欣慰的对保姆说:"奶奶没了! 奶奶没事了!"没有经验的我们都长长地出了口气,其实,我们不知道那只是奶奶的回光返照。望着一夜未眠的老爸和满脸倦容的保姆,我说你们都睡一会儿吧,奶奶不会有事了,她扛过来了。我们分头躺下,一个小时后,奶奶呼唤保姆:"姜,水"。七年来一直陪伴并服侍奶奶的全职保姆姓姜,是一个难得的善良、纯朴、能干的农村妇女,她的年龄比我小四岁,所以我们都叫她:"小姜"。听到奶奶的呻吟,我们快速地集中到床前,小姜拿来热水,一勺一勺地喂奶奶喝水,奶奶喝了许多水,但情况却越来越糟。泪眼蒙胧中,我看到奶奶没有了呼吸,八点十五分奶奶去了。

奶奶今年九十三岁,可以说是高寿了。但对于自己的亲人,我们谁不希望他们活上几百岁呢。失去亲人的痛苦是无以言表的……奶奶是祖母辈的最后一个人,从小我是外公、外婆带大的,那时奶奶在另外一个城市,见面的机会不多。说实话,我和外公、外婆的感情更深一些,但他们在二十年前就去世了,爷爷也去世很多年了,所以自从奶奶七年前来到我们身边后,我们就把对祖父母辈的爱全部集中到了奶奶的身上,奶奶就是他们的代表,爱奶奶就是爱所有的人。周末和节假日,我们到爸爸那里,总是欢欢喜喜地喊一声:"奶奶",奶奶总是笑吟吟的拉着我们问这问那,要是保姆作了什么好吃的,奶奶总是第一个告诉我们:"小姜包饺子了,一会儿吃饺子","小姜蒸馒头了,一会儿走的时候带点儿"。小姜听到了总是开玩笑地说:"奶奶,你别告诉他们,咱们留着自己吃",奶奶笑着说:"不怕撑死你。"奶奶一生身体特棒,直到八十多岁,没有吃过药打过针。八十四岁的时候奶奶患了脑血栓,抢救过后,奶奶的左手、左腿失去了知觉,从那时起奶奶瘫痪在床,几年后,叔叔意外去世,奶奶经过长途跋涉被爸爸接到了威海,从此我们身边多了一个慈祥的老人。奶奶一生勤劳,瘫痪在床后,不能进行任何劳作,每天过着衣来伸手,饭来张口的日子,奶奶非常痛苦,有时不免抱怨:"我活够了,我是废人,让我死吧。"每当这时,我便笑嘻嘻地说:"那可不行,奶奶要活一百岁,因为遗传学原理,只有你活了一百岁,我们才能活上一百岁,奶奶你得替我们活到一百岁!"为了让奶奶有事可做,保姆经常给她安排任务:"奶奶,摘韭菜","奶奶,剥蒜","奶奶,挑豆子"。被安排了工作的奶奶总是高高兴兴的完成任务。奶奶虽然不能动,但她的眼神很好,她每天坐在那里把所有的针都穿上线,把穿坏的袜子补上,她尽可能地做一些事情,我们知道她是不想让自己成为没有用的人。

奶奶是世界上最宽容、最善良的人。奶奶出生在旧社会,有着今天难得一见的三寸金莲。七岁时她的妈妈就去世了,后妈对她极其刻薄,她吃不饱、穿不暖,小小年纪要干大人都干不完的活。她没有上过一天学,所以奶奶不认识一个字,就连现在的电视剧都看不懂。她生活在自己的世界里。奶奶一生吃过的苦说也说不完,但我们从来没有听到她老人家抱怨任何人,仇恨任何人，她的所有的苦难都是远房亲戚对我们说的。小时候我们经常说这不好吃、那不好吃，奶奶总是教育我们："不能说不好吃，只能说不受吃"。我们不知道不受吃和不好吃的区别，那是奶奶的世界观。无论什么人犯了什么错，奶奶都可以原谅，邻居不讲道理，姑姑要去理论，奶奶就说："别和他一样的"，过年过节奶奶总是要我们去拜访那些不太来往的亲属，她的理由是："去看看又不少什么，别让人家觉得我们不亲近。"奶奶最爱说的一句话是："知足常乐"，奶奶用她的一生实践了这四个字。奶奶最大的长寿秘诀是：与世无争，知足常乐。奶奶对待任何事情都用一颗平常心，没有大喜，也没有大悲。她有极强的承受能力，叔叔四十岁时死于公安土匪的枪口下，奶奶挺过来了；年仅二十岁的外孙患糖尿病英年早逝，奶奶也撑过来了。奶奶有一颗最善良的心，奶奶也有一颗最坚强的心！

　　我和保姆给奶奶穿衣服，从内衣到外衣，就像我们每次给她洗澡之后穿衣服一样，只是这次没有了欢笑，有的只是眼泪。最后给奶奶穿上鞋，感觉就像要推她出去游玩，奶奶瘫痪在床近十年，所以很少穿鞋，上一次是两年前的金秋时节，我们做了大量的工作之后，才说服奶奶下楼出去转转，因为无法自己行走奶奶无数次地拒绝我们带她上街、看海的提议，那天我们终于把它抬下了楼，用轮椅推着她上街了。首先我们带她去了超市，奶奶从来没有去过超市，所以她不理解那么大的商店怎么没有售货员？我和保姆推着她看那些琳琅满目的商品，走到榴莲前面，我拿起一个大榴莲问奶奶："这是什么？"奶奶说："菠萝"，我又跑到菠萝那边拿了一个菠萝问她："那这是什么？"奶奶说："这个是菠萝，那个我就不知道了"我告诉奶奶："那是榴莲"。奶奶笑眯眯地摸摸这个，瞧瞧那个很是开心。奶奶一生节俭，从来舍不得花钱，我和奶奶开玩笑："奶奶，这里的东西随便拿，不要钱，咱们多拿点回家吧"。奶奶严肃地说："那可不行，不要钱咱也不拿"。奶奶是多么高尚的人啊！从超市出来，我们又推着她老人家去看大海，一路上有许多好心的人帮助我们上台阶、下楼梯，我们似乎比奶奶还开心，奶奶是觉得不相识的人帮助她是麻烦了人家，心里过意不去，还有就是奶奶坐着的时间长了身体受不了，所以她再也不下楼了。

奶奶的所有衣服都穿好了，我知道这是奶奶一生中穿得最复杂的衣服了，也是奶奶中意的衣服，这里里外外的所有衣服都是许多年前她老人家亲手缝制的，奶奶做得一手好针线，就是这最后的时刻她也是不麻烦别人的，她为自己准备好了一切。我抚摸着奶奶还温暖的手一句话也说不出来，我像以往一样用手给奶奶梳头，因为奶奶的头发很少，平时我也是用手给奶奶理头发，一切都准备好了，殡仪馆的车也来了，我知道最后的时刻到了，我把脸贴在奶奶的脸上，我希望奶奶能再和我说说话，哪怕是一句也行。我不愿相信奶奶就这样走了，就没有一句叮咛，没有一声叹息，没有一丝抱怨吗？没有，奶奶的神态是那么的安详，也许她真的是无牵无挂了。

奶奶的骨灰按照姑妈的意愿要送回大兴安岭老家与爷爷合葬，我们不希望奶奶走，我们希望奶奶留在我们身边，留在浩瀚的大海边，这样我们可以在思念她的时候去看她，可以在清明的日子里去扫墓。但是，爷爷长眠在兴安岭的松柏下，奶奶也一定要叶落归根。所以，三天后我们来到轮船码头送奶奶回家，候船大厅内人声鼎沸，只有我们这群臂戴黑纱的人，神情肃穆地站在那里。爸爸捧着奶奶的骨灰盒，我们分别上前用手轻轻的抚摸，就像抚摸奶奶的手一样，这是我们今生最后同奶奶的告别了，从此以后万水千山，阴阳两界永无再见之日了！！！目送着奶奶的骨灰走出检票口，走上舷梯，我站在岸边深深地鞠躬：奶奶一路走好！如有来生我还做您的孙女！

送走奶奶很长时间了，保姆还会时常的流泪，她对奶奶的思念一点也不比我这个亲孙女少，她时时地回忆着和奶奶在一起的快乐时光，更记挂着奶奶对她的疼爱：她说："奶奶走了，半夜我经常冻醒，因为没人给我盖被子了。奶奶在的时候，我半夜把被子蹬到地上了，奶奶一摸我胳膊凉了，就把她的被子给我盖上一半儿，我一个外人，她都这样疼我，你说，我怎能不想她。"保姆说："我真希望有天堂，奶奶一定在天堂里，她那样好的人一定上天堂！"是的，我也希望有，没有天堂就没有希望了，我们虽然知道生命的尽头是青烟，但那袅袅的青烟最后都化成了天堂的彩霞，那五彩的云霞不正是奶奶的微笑吗？

已到荼蘼花事了

——给 50 岁的自己

涤荡一切的秋风中，岁月再次走到了属于我的季节（我悄悄地对自己说：生日快乐）！深秋虽然是凋零的，却不是堕落的。生命的秋天里，我在芦花飘飞的湖面放歌，为了这个秋天，为了这个属于自己的岁月，为了曾经的春华秋实和未来的地老天荒。

今天我燃起只属于我一个人的红烛，静静的守护我一个人的秋光。

在年年岁岁如期而至的日子里，我在满地的秋色中寻找，我找到了两片不同的叶子，一片写着岁月的风雨，一片记录着虚度的时光。岁月丰满，年华太瘦。丰满的岁月里，一半是青涩，一半是金黄。年华无论怎样的叠加，都不会高大丰盈，那修长的只是影子，因为虚度的太多，无法夯实那些溜走的日夜。当退步抽身成为必然时，把孤独当成幸福的理由也是理所当然。五十多个春秋，从没看清江湖却

已在江湖中行走了多年。

许多人的世界不但有灵性,还有神性,我不知道我的世界有什么?在潮起潮落的港湾,有多少相逢,就有多少分离,我怕有一天我站在岸边撒网,打捞不到岁月的痕迹,于是我使劲地用相机记录只属于我一个人的色彩,用我的笔墨涂写只属于我一个人的情怀,然后在这里投递,未来我会站在那颗老槐树下,收取今天寄出的所有图片和文字,用它们填满脸上的沟壑,也用它们寻找快乐的源头。

秋天的风凛冽,秋天的风无情,我随风远行,只让这文字在风中告别。当幸福真的可以来叩响我的门扉的时候,我已经离开了家门。我终将放下的将是那一次次的擦肩,我知道错过了一次就错过了永远。放下,放下,放下虚幻的过往,背起行囊,迎着夕阳,向着远方跋涉。留给你一个剪影吧,因为模糊才不会看到老朽的哀伤,褪去曾经的色彩吧,因为红裙已经不再,忘记你的女孩吧,因为她已经老迈,只要你记得,所过处,曾经衣袂飘飘留下的一抹幽香。

坚信秋天里不只是寒风,深秋里也有暖阳,因为有爱,即使是冬眠的爱也有一种温暖。

曾经是阳光下打开的窗,曾经是盛开在窗外的花,曾经的风景无限的旖旎,曾经的故事是那样的血泪相融……然而青春在这里交接,年轮在此时更替,合拢起飞翔的翅膀吧,把蓝天交给韶华正茂的雏鹰,荼蘼花已经凋谢,所有的花事都过了季节。未来的日子不在天空,未来的日子只在田野,而我是田野那金黄翠绿中的一片落叶,一片枯黄静美的秋叶,飘在只属于我一个人的时空,我会乖巧地、安静地、不着痕迹地慢慢地走向空寂,不留悲伤,也不留叹息,带走所有缤纷的色彩,偶尔如尘埃一样悄悄地划过闹市,不会惊扰任何目光。

已到荼蘼花事了,不用挥手,也不说再见,不想成为谁的思念,也不想成为谁的牵绊,更不要你见到我衰老的容颜。我是那朵开过的花,但不愿留下芬芳给你,我怕袭人的花香会乱了你的心智,你是流过我岁月的水,在洗净我红裙上的泥沙之后,奔向属于你的深邃的海洋。千山万水的思念终会渐行渐远,即使未来我只是你梦中那个拈花微笑的女孩,也是对你的打扰,即使未来我只在你的素签上飞叶成书,也是对你的惊动。罢罢罢,柳园墙上的情殇,不会再次潮湿有情人的眼眸;西湖断桥上的残雪,也不会再次留下意中人的足迹。远去了,所有的年事、花事、多情事,了犹未了,还是不了了之吧。

一句"生日快乐",快乐的只是一天,生命快乐才是快乐的永远。快乐的生命在何处?应该在诗意的世界里。诗意的世界是什么?就是有诗意的人意念中的那些美好。岁月终将老去,青春终将腐朽。生命会在何处搁浅,我无从知晓,但我可以用自己的方式将过程记录下来,在秋水长天的尽头,转身,回眸,让自己在斑斓的影像中,在跳跃的文字中,复活!

未来,做一个有诗意的人吧。

春暮游小园

（宋）　王琪

一从梅粉褪残妆,涂抹新红上海棠。

开到荼蘼花事了,丝丝天棘出莓墙。

荼蘼,属蔷薇科,枝藤蔓,叶小而绿,夏季开花,黄白色有香气,据说是花季盛放的最后一种花,凋谢后即表示花季结束。

写给30年后的自己

今天是2013年1月5号,突发奇想决定给30年后的自己写一封信。但第一个困难就是不知道如何称呼自己,我该叫30年后的自己是我,还是你呢? 这真的有点儿纠结,还是称呼你吧。因为隔着30年呢,还是很陌生的。

亲爱的你,30年过去了,你还好吗? 不知道你的生命力是否足够顽强到30年以后,如果30年以后,你能读到我今天的这封信,那么今天的我祝贺你! 祝贺你步入80高龄的门槛,成为耄耋老人,握个手吧。

在童年时,常听大人们说:人过三十天过午,觉得30岁的人已经开始转身离开美好了,后来在课文上读到"年过半百,两鬓斑白"时,觉得到了半百的人已经老朽得不能入目了。而今自己已经五十开外,真正的是一个年过半百的人了,我不知道自己在青年人眼里是不是已经老朽,但我自己可却丝毫没有觉得自己老朽了,我只是知道自己开始老了,但绝对没有朽。心不朽,貌也没朽。因为我这颗爱美的心依然在动荡着,依然在幻想着,依然还期待着无数个明天。明天对于还有一年多就要退休的我应该是一目了然的直白了,我该知道明天的明天都将不再是未来(明天和未来有本质的区别,未来是未知的,而明天是今天的重演)即使这样,今天的我还是依稀地相信30年后的自己会是一个奇迹! 第一个奇迹就是能活到30年后,能活那么久不是奇迹吗? 因为我知道自己从里到外都不够坚硬,都是易碎品,但我还是希望自己能创造第一个奇迹。第二个奇迹是到30年后依然是智慧的理性的。我活到今天从来不信宗教不信邪,也不追星,唯一崇拜的就是两个女人——武则天和杨绛。武则天不用说,杨绛能成为我的女神,就因为她的那句:洗尽铅尘,回家! 102岁的女人,依然是那样的智慧,那样的雅致,面对死亡是那样的从容。是怎样的修为才能创造出这样一个智慧、健康、优雅、淡定的女人呢?

其实,谁都知道活着本身不是目的,更不是美好,清醒而智慧的活着才美好。没有健康不是最可怕的,霍金没有健康的身体,但却有最健康的大脑。如果没有清醒的头脑,那才是最大的悲哀。如果可以向上天祈求一点恩赐的话,我唯一祈求的就是清醒的活着,否则生命将没有任何意义。没有意义的活着是耻辱,是罪过,是真正的生不如死。没有尊严没有质量的生命必须结束,这是对自己也是对后代负责!

人到了一定年龄,会被人称为老顽固,好可怕。所以 30 年前的我告诫你,不可以老而固执,坚持和固执有时就一步之遥,固执会伤到很多人,也包括自己,所以切不可把固执当生活。

一直没有信仰的你 30 年后会不会烧香拜佛呢?这个还真的不知道,我只知道今天的自己不蔑视任何宗教,但却蔑视那些用宗教的形式为自己索取利益的人。

告诉你,30 年前的我可是一个比较时髦的女人哦,但绝不是一个跟风的女人,我是一个个性十足,自己做自己的上帝的人。我一直喜欢披肩的卷发,喜欢拖地的长裙,喜欢自我设计,喜欢自由奔放。衣柜里琳琅满目,除了大衣几乎没有一件超过 500 元的衣服,我不喜欢逛商场,偶尔去一次也绝不要任何人陪,更不要老公陪,当然也没有让老公花钱买过任何衣服。目前的衣服来源一是网上淘,二是自己做,自己动手丰衣足食。以前喜欢逛书店,现在因为有网络可以免费阅读了,于是也很少去了。放假的时候喜欢旅游,平时闲暇的时候喜欢爬山和海边漫步。在上海的时候曾经养成泡吧的习惯,现在渐渐地戒掉了,没事的时候宅在家里看看书是最惬意的事情,但年迈的父母需要照顾,周末总是要陪陪老人。目前最纠结的事情有两件,一是睡眠不好,经常会用安眠药,这是一个隐患;二是儿子没有健康的生活理念,不注意饮食不规律生活,担心他的身体会有问题。这样的牵挂时刻缠绕我,不知道何时能放下。

曾经一度希望自己可以给这个世界留下一点儿什么,但慢慢地知道那只是自己的一个愿望而已,因为努力不够,所以无法达到自己的预期了。这在今天的我看来是大大的遗憾,但也许 30 年后的你可以释然,可以觉得今天的我很可笑,那时候也许完全可以"纵浪大化中,不喜亦不惧",既然已经在其中了,就确认自己的渺小和无奈,确认了也就什么都不值得计较了。现在外出游玩时大家都说留下的是脚印,带走的是影像。其实脚印也是留不下的,一场雨,一阵风之后,脚印也没了,只有影像是真的可以留下的。30年后你也许会感谢今天这个爱照相的我,因为今天的我拍下了无数的影像放在柜子里,存在电脑里。30年后的你会在许许多多的影像中看到今天的我的容颜和色彩,你一定会觉得这个时候的我是有色彩的,并且是色彩缤纷的。因为风烛残年走不出方寸的你,靠在沙发上,在夕阳的残照中一张张地翻看今天的我,你会不时的会心一笑,因为只有你知道那些场景背后的故事,只有你知道那些色彩的缘由,也许你会如数家珍地对儿孙讲述那些五颜六色的过往,也许你什么也不说,就只是一个人看着,点头、摇头或者叹息。30年后你会把这些照片视如珍宝,但最后你会把它们留给子孙还是带入坟墓?告诉你,要留也就象征性留下几张即可,其余的统统带走,带到另一个世界。因为你走了,你就是这个世界的陌生人了,无论有无血缘,你都是非常遥远的故事了,也就没有必要再去叨扰任何空间和视线了。

30年也许很慢,30年也许很快,不知道那时候的你会有怎样的心态和故障,今天让我对你提出几点要求吧,也许有些苛刻,但肯定是理智的。

30年后,你一定要修炼到无牵无挂才好,要懂得儿孙自有儿孙福的道理,无论30年后儿子怎样,孙子怎样,都要放手,别让一个老人无尽的牵挂成为他们的负担。

30年后你一定记得自己煮咖啡时要少放糖,不能像现在一样喜欢甜甜的咖啡,那样对健康不好。

30年后的你一定要依然保持和今天一样臭美的爱好,决不能因为老态龙钟而放弃修饰自己,无论怎样都要做一个雅致的老人。

30年后一定还要看一年一度的经济人物评选,看奥斯卡颁奖,看感动中国,看科技与探索,看科幻故事,看所有关于宇宙的奥妙,看那些高质量的经济文化节目,要像今天一样从博客到微博再到微信,一步一步地跟着时代走,任何时候不能给自己找借口,说自己老了就不去感知时代的脉搏。

30年后即使视力不行了,看不清任何文字了,靠有声读物,也要坚持自己阅读的习惯。

30年后,不要因为自己年纪一大把了就去教训年轻人,生拉硬套地把自己的人生理念强加给别人,那时候更应该明白每个人的路都是自己走,谁都代替不了半步。

30年后,如果晚辈觉得把你放在他们身边是幸福,就快乐的一起生活,如果磨合起来有问题,就和亲友们结伴去敬老院。

30年后,你不要疯疯癫癫的去大街上扭秧歌,你可以在树林里打太极或是冥神静气的练瑜伽。

30年后,无论得了什么病都要面对,如果有痴呆的征兆或者得了癌症,一定要有勇气自己结束自己的生命,因为这不是懦弱,这是最高境界的勇敢,要给世界和家人留下美好!

30年后,儿子就到了和我今天一样的年纪了,那时候他的儿子一定会比今天的他更好,坚信这一点是因为孙子具备了更优秀的可能性,社会和家庭会给他提供更好的环境和条件,所以他会成为更优秀的人,现在的我还是不愿意当奶奶,这一点我和儿子有共识,但从遗传学的角度看,晚婚的孩子不是最好的。看到同学们都陆续地升级了,我还是偷偷地窃喜儿子没有结婚。

相信30年后全社会都会把健康问题放在首位,那时候儿子也该明白中华医学的伟大和奥妙了,相信那时候的儿子也不会再以食肉为快乐了,他一定远离了油炸、膨化等一切对身体无益的食品了,也一定能有规律的按时作息了。

都说人知道自己怎么来的,却不知道自己怎么没的。怎么没的其实也不是很重要,重要的是怎么活的。我们从出生开始就是一天天地走向死亡,但这个过程是鲜活的,当然过程也是五味杂陈的,是去伪存真的,是从蒙昧到澄清的,当然也有一生都在蒙昧状态的。现在的我挣扎着脱离蒙昧,但不知道30年以后结果怎样?也许依然蒙昧着,也许半醉半醒着,也许到了明静致远的极致,那时候只有你自己知道了。

一个人退休之后就基本上离开社会了,于是要寻找属于自己的生活,很多人都会去老年大学或者参加社区活动中心的活动,今天的我认为老年的休闲要想雅致,就不要从事扎堆的事情,扎堆就和是非与繁琐靠近了,最好是有只属于个人或是少数几个人的爱好才好。那么我爱好什么呢?就目前看我首先会将摄影当成自己的爱好,退休后认真的学习摄影,拍那些自己喜欢的色彩;其次会更加投入地实践自己的衣服自己做,让自己的服饰体现自己的设计;第三坚持一项运动,第四?第五?也许几年后会冒出来我今天还不知道的想法,未来总是未来,你就给自己留几个问号吧。

活到半百最大的收获就是明白了很多事情都不是绝对的,今天的对与错都不是定数,都是可以改变的。明天是崭新的,未来是孩子们的!

写到一半的时候因为去国外旅游放下了,回来就过春节了,很多亲人都回来了,妹妹和家艺从澳洲回来了,弟弟从广东回来了,妹夫从非洲的加多回来了,大表妹一家从蚌埠回来了,小表妹一家从银川回来了,慧也带女儿从大连赶来了,这个春节好热闹,于是又放下了,直到今天2月的最后一天(2月28号)才完成。

其实,2月28号也不是完成,忽然明白这应该是一封只有开头没有结尾的信,今天先寄出部分,让网络的邮差慢慢地启程吧。

寻梦 踏一路芳尘

寻梦 踏一路芳尘

江南古镇,青砖黛瓦;烟波浩渺,碧水环绕。一条横亘于街头巷尾的小溪,四季碧绿纵横交错的田野,这些永远是我魂牵梦萦的最爱,无论何时何季走进江南古镇,展现在眼前的永远都是浓墨淡写的水墨画,喜欢江南,喜欢那些远离都市的古镇,喜欢一个人在艳阳的午后或是细雨的清晨轻轻地踏上古镇的青石板路,喜欢一个人信马由缰地在弯弯曲曲的小巷中游荡……

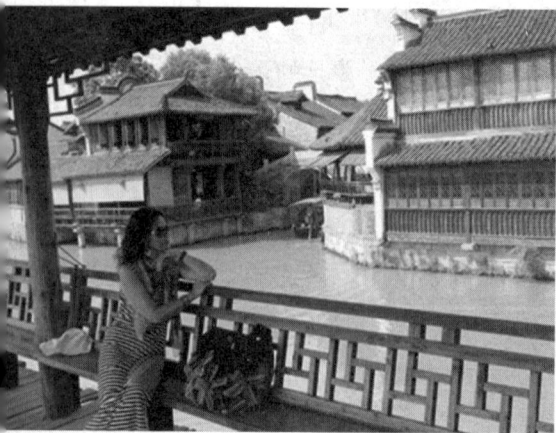

寻梦,踏一路芳尘。那些水底的钩沉,那些岸边的呢喃,都在岁月的沉淀中发酵出了独有的芳香,行走在遮风挡雨的飞檐下,如同行走在一个书法家在千年前书就的汉字中,那些街连着水,水通着宅的巷陌里,不经意地彰显着生活的艺术和艺术的生活。中国文化那些唯美而实用的精髓在一个个江南古镇中完美地滋生着、演绎着。世界各地现代都市的高楼大厦动辄模糊了国家和民族的界限，而最能体现民族个性的永远是那些平易的乡村和这些散发着岁月幽香的古镇，它们从不以喧嚣示人，它们永远是含蓄中不失大气，张扬中不乏委婉。从周庄到角直，从乌镇到同里，从南浔到西塘，一次次的行走，如同一次次的穿越，恍然桃源瑶台，不知是人在画中，还是画在心中。

"碧柳黄莺啼早春，古桥净水醉红尘。晚来谁处渔家曲，翠色轻烟一径深。"千年古镇，是中华民族在自己独有的文化土壤中修炼出来的只属于中国人自己的文化形象！

时间在流逝，自然在更替。一个百年又一个百年，社会的前进，文化的取舍，在现代文明的蚕食下，古镇和古镇里独有的气息在不断消失，无论如何迷恋，作为欣赏的个体都没有承袭和保护那些灿烂文化的能力，古镇在形式和细节上正慢慢地远离我们的视线，也许有一天这些仅存的古镇会从形式到内容彻底的消失，到了那时候我们除了怀着酸楚的心情进行祭奠外，我们还能对曾经的美丽和魅力做点儿什么？

每次从古镇归来，都会想起张岱的《夜航船》，如同每次去杭州都会重温《西湖梦寻》一样，但可惜的是直到今天也没能认真地读完张岱的那部谈天说地、包罗万象的《夜航船》，只是对那个趣味横生的序篇熟记于胸："……昔有一僧人，与一士子同宿夜航船。士子高谈阔论，僧畏慑，拳足而寝。僧人听其语有破绽，乃曰：'请问相公，澹台灭明是一个人，是两个人？'士子曰：

'是两个人。'僧曰:'这等尧舜是一个人、两个人?'士子曰:'自然是一个人!'僧人乃笑曰:'这等说起来,且待小僧伸伸脚。'"每每至此都会哈哈大笑,但掩卷之余也告诫自己"吾辈聊且记取,但勿使僧人伸脚则亦已矣。"

窗外,静谧而灵动,有微风拂过窗棂,今夜,我想让风儿抱着我,再去江南,再游古镇,今夜,我想在摇摇晃晃的夜航船中入梦!

日本归来的闲话

二十五天的日本之行,经历了东京大阪的繁华,简阅了京都奈良的古迹,最喜欢的还是北海道的自然,那些车窗外碧绿的田野,蓝得剔透的天空,白得耀眼的白云都是我的最爱。在北海道的日子里,每天无雨,阳光肆无忌惮地洒在大地上,也洒在每一寸肌肤上,所有的毛孔都在阳光中沐浴得黝黑铮亮。因为清澈,所以高远,所以每天都不厌其烦地对着天空按下快门,以至于儿子挖苦我是微软请来拍桌面的。总觉得北海道应该是属于哲学和艺术的,那里天蓝水净,夏风和煦,可以思考、可以总结,可以褪去所有的喧嚣,可以抚摸受伤的灵魂。

在大千世界里行走,在夜深人静处思索,免不了一番比较一番权衡:外面的世界很精彩,外面的世界很无奈,风光无限处也有不尽如人意时。如果有机会让我自由地选择居住的国家,我依然会选择中国,无论中国的国情有多少不尽如人意之处,我依然会选择中国,

只因为我是中国人。很多愤青说自己爱之深所以痛之切,我却是没有很多的恨,也没有觉得外国的月亮就一定圆。很多时候我们认同民主是人类的共同目标和最终归宿,但不论在怎样的民主社会里都可能会有经济腐败,有二奶,有苛捐杂税,有繁文缛节,有莫名其妙的法规章程。

滋生在西方民主土壤中的新闻是另一种极端,是唯恐天下不乱的极端,是真假难辨负面事件泛滥的极端,他们的新闻更多的是"报忧不报喜",夸大灾难,制造恐慌。所以在这些所谓的民主国家,没有新闻就是好新闻。被八卦和各种是非暴力轰炸也是灾难。客观公正才是新闻能给予受众的福音,但这样的福音还在跋涉中。

日本的新闻媒体大量报道的是中国的负面消息,是唯恐中国不乱的。在日本期间正是奥运会的时候,他们的转播是不全面的,中国拿金牌的项目几乎不转播,对美国则是极其的狂热,美国运动员比赛他们不停的大呼小叫,那叫一个崇拜。

日本的舆论导向对中国是不利的,他们媒体对中国没有什么友好,我们要是一厢情愿的忘记过去,你真的是热脸贴上冷屁股。

所以能够"怀一颗孔子心,染一身庄子气"的面对世界和社会才能真的做一个有利于民族的人。有才能就尽力地去改变这个社会,改变我们的生存环境,做不到就在严于律己的同时,善待自己,善待他人,能兼济天下是能力,能独善其身是本分。

14岁移居海外的外甥女说:到了国外,很多人都忽然的爱国了,在国内的时候没有这个概念,觉得什么热爱祖国是矫情,到了国外谁说中国不好就和谁急!她自己都觉得自己莫名其妙,多可爱的孩子!

在日本看不到乞丐,原因也许是日本的社会真的富足,有强大的社会保障,但日本的法律规定不可以行乞,也许这是更根本的原因。但现在中国的乞丐真的是要饭吗?不!中国的乞丐只要钱,不要饭,给少了还不行。去年春节前夕,一个朋友去华联购物,出来的时候一个乞丐用力的拍打车门乞讨,那气势犹如警察查车,朋友摇下车窗,随手拿起刚刚找来的一元零钱给他,那乞丐愤怒地大叫:"你打发要饭的呀!"朋友愕然,半天才回过神来问:"那我是要饭的?"乞丐已转身离去。

在日本不到40岁几乎都是租房住,因为房子也很贵,要积累到40岁才能付得起首付。我们的孩子一结婚父母就给买好了房子,很少有租房子的,中国的租房族都是身在他乡的外地人。其实中国人的住房拥有率是很让日本和韩国人羡慕的。别的阶层不说,就大学老师来讲中国的大学老师几乎都有自己的房产,还都不止一套,但日本的老师绝对做不到,虽然他们的收入比我们高几倍。

日本人优秀的品格很多,但最根本的一点是自律,他们尽可能的管好自己,从任何一件小事儿上开始:首先不妨碍别人,要是上车的座位他们在你的中间了,他们宁可自己站着也一定不做到别人的中间去,在任何场合,绝不大声说话,总是悄悄地耳语,不在别人面前接电话。日本人的自杀比例一直居世界之首,很多时候大家都把原因归咎于生活压力,但我觉得是这个民族的共同性格所致,日本是一个不宽容、不包容的民族,他们一直尊崇的武士道精神就是不允许失败,不允许犯错,一个人一旦出现偏差,包括生意上的挫折,就会掉进万劫不复的深渊,你出了问题,周围的人不会指责你,但绝对会孤立你,会被清理出赖以生存的圈子,大家都远离你,而一个固定的圈子很难接纳新的人,他们对你很礼貌也很客气,但就是不接纳你,那是一种冷暴力,是你剩余生命的酷刑,所以很多出现问题的日本人只能选择自杀。这一点的好处是,贪污腐败违背社会公德的人也少了,因为那后果不但是法律的制裁,还有被社会抛弃的惩罚。

日本是一个水资源十分丰富的国家,到处都是河流,所以他们几乎没有节水的概念。第一天到日本冲马桶,以为是马桶坏了,那水一直的流,我急得到处找人帮忙,结果被告知,日本冲马桶就是要冲上几分钟,多可怕的浪费呀。地震造成了核电的危机后,日本到处是"限电中"的字样,可是百思不得其解的是,日本的东京、大阪的酒店里,在35度高温的盛夏依然是每人一床鸭绒被,很厚的,我翻遍了所有的柜子也没有找到其他可以盖的东西,而那些窗户为了防止有人跳楼都是无法开启的,所以空调是室内唯一的降温手段,想一想35度下要是能盖上鸭绒被睡觉,那空调要开到何种程度,日本的节电在各大酒店成了一句口号,没有实际意义。

在日本,很多场所都有直饮水,所以出门不用担心口渴。在日本,几乎所有的厕所都有手纸,不用自己每天背着手纸到处走。

在日本本土,同样商品的价格差别很小,但产地不同的电器等差别很大,以前 Made in China 是电器柜台的主流,现在更多的是 Made in Vietnam 和 Made in India 等,看来中国已经走过了给世界打工的时代了。同样品牌同样型号的商品,日本本土生产的就贵,产地是其他国家的就便宜,同是日本产的相机镜头,在韩国的免税店就便宜很多,在日本的免税店就贵。在北海道越是自己出产的农副产品越贵,澳大利亚的牛肉要比本土的便宜一半儿。

见多识广的好处是,让人不固执,不偏激,不盲目崇拜,可以客观的看待任何事。中国人经历了两个极端:一个是闭关锁国,盲目自大,以为全世界都是劳苦大众,都等着自己去解放,打开国门一看,人家都活得很好,于是又出现了外国的月亮比中国的圆。盲目的崇拜是幼稚,狂妄自大是无知,看到人家的长处和先进的同时也能看到问题才是客观和明智。要学习人家的先进性和民主精神首先就要做好自己，而不是当一个愤青，整天打口水战不如扎扎实实地做一件事。华尔街金融危机之后严重地影响了日本的经济，日本出台政策，增加消费税，于是每个家庭每年要多交几十万日元的税，但日本的老百姓承受了。而在中国哪一个商家不逃税，说起来都是冠冕堂皇的，割别人的肉都欢呼雀跃，割自己的肉就大骂政府了。

日本的退休年龄是 65 岁，但领退休金要到 70 岁，这其中有五年的空白，于是很多老人去打工，他们没有抱怨，他们默默地接受了。

在日本有三个中国同胞让我终生难忘：第一个就是接待我们的苏林老师，她是内蒙古人，到日本 20 年了，在大学里做教授，是一个真正的日本通，但她一直没有加入日本国籍，20 年了，依然有浓重的中国情，无论何时何地都关心着中国人，无论多么劳累她都尽心尽力的帮助每一个她见到的中国人。很多国人走出国门就变得冷漠，变得六亲不认，但苏林老师一如既往的，不厌其烦的接待每一个来到她身边的同胞，20 年如一日，真的非常的感动。有一件事她一直耿耿于怀：去年，她接待了一帮中国留学生，吃自助餐的时候中国的孩子拿了太多的食物，没有吃完，和吃得干干净净的日本学生比，那浪费可以让人感到触目惊心。但她没有埋怨中国学生的不良习惯，而

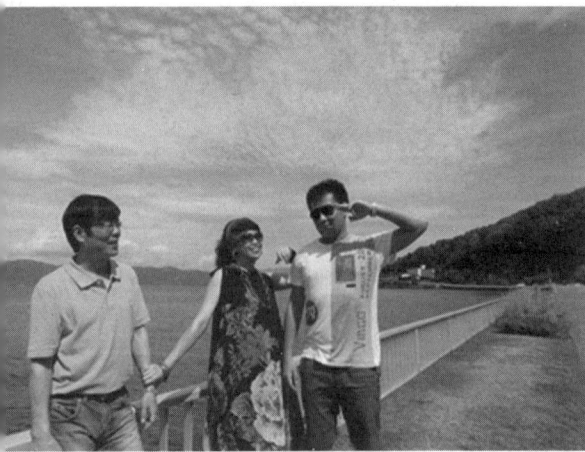

是自责了自己很久，因为她觉得是自己疏忽了，没有事先提醒孩子们，她认为孩子们还是听话的，只是自己忘记说了。多可爱的同胞呀！

第二个是我们的一个学生，这个孩子在国内的时候是一个没有什么好印象，也没有什么坏印象的人，到了日本留学一年了。我去后给他在QQ上留言，说我给他带好吃的了，可

是几天不见他露面,一天半夜了,他来敲我的门,我说为何才来呀? 忙什么? 他说白天上课,晚上打工,每天回来都半夜 11 点以后了,我说要那么久吗? 不是很多店早就关门了吗? 他说:找到一份工作不容易,所以一定要好好表现,要比别人多干点活,决不能因为自己的过错让老板辞退,那样老板就会认为中国的学生不好,以后师弟师妹再找工作就会遇到成见,所以要加倍的努力。我被他的话感动。说到打工赚钱的用途(他的家境很好,不用自己赚学费),他说他会出去好好的了解日本,用打工的钱走遍日本,我肯定他也赞许他,并约定他回国后我请他吃大餐。

第三个人是我住在京都时候的酒店前台接待员,在日本很多地方都有专门的中文接待,由此可见中国的游客已经多到多么被重视的程度。她说自己来日本 10 年了,无论怎么努力都一直被边缘化,人家对你很礼貌,也很客气,但就是不能真正地接纳你,总是隔了一层,所以她从青春年华到 30 以后,一直没有嫁人,因为她一直觉得自己的归宿在中国,总有一天她要回来,因为那里没有家。我懂得她的感受,祝愿她赚到足够多的钱早日归来。

感触最深刻的一件事是我们走的时候,老公任教的大学给他们三个外籍教师送别,那个晚宴很隆重,但所花的每一分钱都是老师们自己掏腰包,除了被送行的人以外大家 AA 制,包括校长在内,每人进去首先交钱。这样的活动在中国大多是由公家请客,但在日本不行,他们的董事长给中国的留学生送别,也是在自己的家里设宴,这就是差别。

其实在日本只要是来过中国的人都是很友好的,他们肯定中国的变化,羡慕中国的广大,一个日本老师开玩笑说:我倒是愿意我们日本成为你们的一个省,中国多美呀,可以每天去看不同的地方,了解不同的民族,体验不同的文化。

也许有一天,所有的旅途都在记忆中成了黑白的默片,但一家人在行走中的欢乐必将穿过所有岁月的阻隔,如同那鲜红的丝巾一样缠绕在记忆的底片上。

巴厘岛的美丽与哀愁

亚洲航空的包机在凌晨 1 点昂起机头,冲向夜空,为期八天的南亚之旅在正月初八的凌晨开始。跟团旅游肯定是一件很辛苦的事,但工薪阶层在国外玩不起自由行,只能参加这种红眼航班的相对优惠的团队旅行,坐着睡觉对于我是一件不可能的事,幸运的是表妹弄到了一个头等舱的座位,于是我可以在豪华中享受半睡半醒的空中七小时。在假寐中被一阵欢呼声拉开眼帘,哇噻! 万米高空中绚丽的日出炫人眼眸,人们都挤在舷窗边拍照,我静静的用目光记录那个难得一见的壮丽。知道自己的拍摄水平太差,拍不出那绝世的美丽,忙乎半天还不如自己一饱眼福。

从严寒的北国起飞,七个小时之后走出机场是炎炎的烈日和扑面的热浪,虽然在飞机上已经脱掉了大衣和毛衫,但踏上巴厘岛的土地要做的第一件事还是去卫生间脱衣服,由于卫生间的空间有限,机场外到处是脱衣服的人,脱到只剩一件吊带为止,那场面也可以说是蔚为壮观。热情的地接身着民族服装为大家一一带上花环,但过海关被强迫给小费的阴影还是挥之不去,一直以为酒店等服务场所付小费是被服务者的义务,但海关是公务员呀,怎么可以说不给小费就不让通过呢? 看来地球上每个角落都需要劲吹廉洁之风。

上了大巴后一个美丽的华裔导游为我们拉开了此次热带风光游的序幕,我们要做的第一件事就是在车上流动银行的帮助下瞬间成为百万富翁,因为人民币对马来西亚货币的比是 1:1250,我换了一千元人民币,于是我就有了一百二十五万的马币,那一刻真爽!

巴厘岛有"花之岛"、"诗之岛"、"天堂岛"等美称。那里沙滩细洁、绿树成荫,岛上一年四季鲜花盛开,空气清新,宛如人间仙境。那里居民友好,犯罪率低,被世界主要旅游杂志评为世界上最令人陶醉的度假胜地,导游介绍说:"这里是 Spa 的发源地。无论在海滩、森林还是田野,都能享受到巴厘岛古式香薰按摩,再来一个花瓣浴,享受不过如此。"可惜在进行到每人 85 美金的红酒 Spa 的那天晚上我因突发高烧没能参加,很是遗憾。

我们的行程很紧,但有限的时间里还被购物占了一大块,第一个参观的就是商业景点蜡染村,相对而言那些蜡染不算贵。参观完蜡染参观木雕,木雕村不准拍照,于是只好老老实实地看。

在我们饿得三根肠子空了两根半的下午两点我们终于吃到了异国他乡的第一顿饭——脏鸭餐。

所谓的脏鸭就是把鸭子的大毛拔掉之后,细小的绒毛都带着放到油锅里炸出来的鸭子,因为带着毛,所以叫脏鸭,但吃起来一点儿也不脏,还很好吃。吃完脏鸭,我们横穿巴厘岛,历时两个多小时来到了著名的景点海神庙。这是一个建在一块巨大的礁石上的庙宇,很有特色,但由于隔着海水,也为了保护这个几百年的文物,游客不能上去,只能隔岸观赏。

在巴厘岛你必须是有神论者,因为政府规定,每个巴厘岛人一定要有信仰,在六种宗教中任选,可以同时信奉几个宗教。他们每天都要拜神,神的种类也很多:太阳神、花神、路神、车马神等等,但独独没有财神,导游说真正的信仰就应该是远离贪婪的,财神就是贪婪的象征。

巴厘岛的建筑有两个特点:一个是高度有严格的限制,不能超过椰子树

的高度,对此我超赞,这才是真的尊重自然,二是所有的住宅都必须有自家的庙宇,供奉着自己的家神,于是每栋住宅都成了飞檐峭壁的艺术品,很有民族文化特色,喜欢那些超级艺术的建筑。

到达入住的 hard rock hotel 很晚了,夜色中的酒店很是迷人,是个很不错的五星级酒店,当然不是华贵的那种,但是我希望的温馨、浪漫、安静而唯美的酒店,我喜欢这个酒店。

其实在巴厘岛等这样的旅游度假胜地,到处都是唯美而浪漫的酒店,只要你有足够的银子,美丽和温馨就会属于你! 很多酒店就是一处美丽的风景,但因时间有限不能一一参观,再次遗憾。

巴厘岛的雨季很是多情,倾盆大雨之后马上就有艳阳高照,每天有雨,却每天不用撑伞,因为下雨的那一刻你正在车上或是酒店,一会儿就过去了。然而我们到达天涯的时候却是山雨欲来的前夕,有着神话色彩的天涯(也叫情人崖)是一个适合下午茶的地方。在大巴上导游就让大家自报需要的饮料和点心,听说有榨香蕉我就选了这个,但去了才知道那是炸香蕉,不是香蕉汁。巴厘岛人的饮食不是很健康,那么炎热的地方,油炸食品很多,菜也很咸。

在那悬崖绝壁上喝着咖啡或冰红茶,看着大自然的奇观,远眺海天一色是一个向往很久的美丽,但那幅气势磅礴的画卷在无风无浪也无阳光的平淡中打了折扣。那里的风景和建筑,亦被导游催的什么也没有看完就走人了。

我们到达巴厘岛的第三天是他们的重要节日(2 月 1 号是他们的新年),

政府规定每户必须在门前竖起一个用竹竿装饰起来的一种东西,叫斑鸠儿,我不知道汉语怎么写,也不知道英文如何拼,只能按音写字了。如果每家的门前没有这个高大的装饰将被重罚,看来民族的才是世界的不是说出来的,是必须做出来的。

马来西亚的社会保障远远不如中国,没有社会统筹的养老和医疗,导游说哪位团友要是生病了马上飞回去,因为那里看病很贵,普通的住院每天的费用要 1500 元人民币。他们都趁着年轻拼命地赚钱,为了养老。那里的平均月工资只有合人民币 2000—3000 元。教育也不是全民义务教育,普通小学每个孩子每月的学费是 37 万马币(合人民币 300 元,全年要三千元),但巴厘岛的汽油不贵,93 号汽油合人民币 3.50 元/升。

小时候一直以为全世界都是劳苦大众,等着我们去解放,后来听说外国的月亮都是比中国的圆,现在知道,贫富的差距存在于每一块土地,没有完美的制度,也没有完美的国家,因为这个世界没有完美的人,而制度是人制定的,更是由人来执行的,只要人类的贪欲还在,就一定会有被欲望侵蚀出来的漏洞。看看那些欧债危机的国家,它的人民并没有在国家危机的时候做出一点点儿的牺牲,国家要他们勒紧裤带的时候,他们就罢工。中国的小悦悦躺在马路上无人救助是国人的悲哀,英国的 14 岁中学生昏迷无人管的时候也是人类的悲哀。国人看世界也是需要三种境界和过程的,那就是"看山是山,看水是水;看山不是山,看水不是水;看山还是山,看水还是水"。

赤道之南的巴厘岛随处都飘缈着浪漫的朦胧,我眯眼,睁眼,翻动睫毛看到的都是大海,但只要你一个转身就能感受到翠绿的芭蕉和弯曲的椰林的静谧。每天屁颠屁颠的跟着导游跑,疲倦的是身体,但灵魂醒着,那个贪婪的灵魂不满足于这样的东奔西跑,它渴望自己的躯体能在沙滩上尽情地舒展,能在椰林下不计时间的 Spa,能在那个供着家神的茅舍里养一匹马,燃一处袅袅炊烟,和大海做伴,与芭蕉对话,把积蓄了很久很久的忧闷一点一点地清空,在库塔海滩和浪花一起翻卷,直到夕阳入海……被寒冬的萧瑟包围的日子,视线都快要萎缩了。巴厘岛的艳阳燃烧起了冬眠的激情和狂野的冲动,一个被时光打磨过的人,在热带耀眼的温情色调里一路狂奔……

坐着潜艇去海底看看珊瑚礁赏赏热带鱼是一件很惬意的事,当然自己穿上潜水服深潜一次更加的刺激,那份体验是惊喜加耳鸣,第一次深潜是很不舒服的感觉,因为相机怕水,也无法拍照,那个深潜的记录就只能是自己的脑细胞了。但在潜水艇里很舒服,可以走动,也可以拍照,只是那些鱼儿摸不到,急死人了。

从潜水艇上来的下一个活动是浮潜,就是在海面上带上水镜给海里的热带鱼喂食,于是成群结队的鱼儿就围绕着你了。但我们去的那个海面因为游艇太多,已经很严重的污染了,水面上浮着油污,感觉是把脸放在油池里,我拒绝了这个项目。

还有那些香蕉船、甜甜圈、飞鱼、冲浪等项目都是太过刺激了,我和表妹只有欣赏的份了,我们受不了那样的折腾,男生们玩得很起劲。

离开海底世界我们去参观咖啡厂。以前一直以为最好的咖啡是蓝山咖啡,但到了巴厘岛才知道最好并且最贵的咖啡是猫屎咖啡(这个不雅的名字真的让人哭笑不得),也叫努瓦克咖啡。印度尼西亚的努瓦克咖啡以独特的口感征服了全世界的美食家。这种咖啡的原料,居然来自猫的粪便!这种咖啡之所以拥有令人无法拒绝的味道还要感谢麝香猫"努瓦克",它们以咖啡浆果为食,未消化的部分通过粪便排出。这种由咖啡豆组成的粪便正是制作努瓦克咖啡的原料。

为了得到珍贵的"猫屎咖啡豆",印尼当地的农户会把麝香猫抓进笼子自己喂养,也有咖啡商干脆包了一座岛散养这些猫,让它们享受大自然阳光雨露的环境。"麝香猫自己吃,自己拉,你不能强迫它们吃,强迫它们拉,所以最后得到的排泄物中的咖啡豆,也就非常宝贵了!"

据悉,这种稀有的咖啡,每年只出产500磅。这种咖啡的原料难以获得,制作工序也非常复杂,而且必须经过严格的卫生程序处理,要经过晒干、烘烤,酿造等多个复杂程序,需要两年的时间才行。不过,最后的成品咖啡会产生一种独特的香味,因此十分昂贵。现在在香港喝一杯猫屎咖啡,索价220—298元,依然有咖啡爱好者趋之若鹜。

对于这样的国宝导游一定不会放过向我们兜售的机会,于是我们在品尝了顶级咖啡之后,几乎每人都买了咖啡厂里的不同产品。那个号称黄金咖啡的猫屎太贵,我们大都买的是公豆,去了咖啡厂才知道咖啡豆是分公母的,公豆是圆的,母豆是扁的,正常的咖啡树,果实成熟时是分不出公豆、母豆,要把果实扒开,才看得到里面豆子的形状,脱开果皮和果肉后的咖啡生豆,如果已经分成两半,就像剖开的桃子,这种就是母咖啡,要是圆滚滚一整颗,就叫公豆。在一棵咖啡树上,公豆的产量只占总产量的5%～10%。公豆咖啡不苦不涩,味道好极了,每公斤合520元人民币,还是比较便宜的。

离开巴厘岛飞往吉隆坡的时候差一点儿被粗心的机场工作人员弄到新加坡去,拿到登机牌的时候扫了一眼看到 Singapore 的英文,立即对他说:no Singapore ,to Kuala Lumpur ,他立即按下了工作台上的按钮,开始纠正前面几个人的错误,但遗憾的是第一个团友的行李还是上了新加坡的飞机,以至于他们夫妇两个到了吉隆坡没有换洗的衣服,可怜而倒霉的夫妇。吉隆坡的机场也是不负责任的,说好了,第二天行李到达后送到酒店,但却没有履行他们的承诺,直到我们离开吉隆坡的时候才在机场找到他们的行李。我想起了我多年前去俄罗斯,回来的时候我的行李竟然没有和我一道上飞机,最后是国内的机场把我的行李寄回来的。这样郁闷的事不只是中国的机场才有，在国外也一样发生。

到了吉隆坡几乎没有看到自然景观，除了购物就是购物，参观了皇宫也只是在门外，不能进去的。到了他们的国家清真寺很有趣，要脱掉鞋子光脚丫进去，还要换上他们的衣服，那一刻大家都一样了，几乎认不出彼此了。独立广场上走了几步之后，就去买巧克力了。而那个高高的双塔也是不能上去参观的，只能在1—5层的品牌店购物，不如上海的环球金融中心，150元可以到达最高处。第二天在男同胞们的强烈要求下去了云顶赌场，26个人进去，都掏出了自己的银子，只有一个人赢了1000元（合人民币），其他人都为博彩业白白贡献了。

八天的行程在一路小跑中匆匆过去了，盘点之后发现，唯美的旅途在每个人的心中，完美的旅游却是很多条件的叠加：天时、地利、人和，缺一不可。出行要有一个好时节，要有一个好伙伴，要有一个好天气，更重要的是要有一个好心情。要想记录美好的时刻，还要有一个好摄影，这些都被组合到一起是需要一定的机缘的。巴厘岛之行有很多美好，但却没有足够的时间和可以称为摄影师的人来记录这一切，这是遗憾的哀愁，看到那么碧绿的海水飘起了油污，是环境的哀愁，而那些不尽如人意的服务是人为的哀愁。

风景永远在召唤，收获天边的美丽，收不回漂移的心。刚回来又在盘算着何时去斐济、大溪地、毛里求斯，还有马尔代夫了。远方总有美到惊心的景致，但远方没有一起看风景的人。也许有一天可以做到，美好不再附加任何条件，只要一个人，一片海，一抹阳光，一缕清风就足够了。

其实用灵魂鞭打躯体，让自己不停地狂奔的人都是渴望跳出自身围圈的人，一次又一次的远行，正是躯体对灵魂的注解。

婺源 和谐的美丽

　　人类最初的歌吟,大海是唯一的唱和,当桑田从沧海里升起,建筑就坚定的制造着自己的形象。那时没有华灯的璀璨,也没有钢筋水泥的摧残,天地是和谐的,建筑是自然的。当实用和美观共存的时候,建筑就成了最为直观的文化艺术符号。

　　外在的日新月异分割着古代和现代,耸立在辽阔大地上的民族建筑,诉说着繁衍生息的历程,在不断的毁损和重建中,国人蓦然回首,终于发现那几乎被遗忘的美丽是多么的珍贵,多么的让人留恋。曾几何时,在安徽十年,对于满眼的菜花和徽州建筑视若等闲,离开后才幡然醒悟那份无可替代的美丽已经渐行渐远。于是再次开始寻寻觅觅的探寻,清明时节走进婺源,走进"中国最美乡村",迷失在那悠远而明澈的建筑和金黄灿烂之中。

　　和煦的春风吹着远古,也吹着今朝,吹过花开也吹过花落,在婺源的田野里,享受那份独具魅力的春风荡漾,走走停停的目光滤去了所有的喧嚣,一个人默默的体味着那梦里老家的简单

与和谐的静美。田野上,村庄中到处是触手可及的美丽,而那些美丽都是不事张扬,不添烦躁,没有此岸,也没有彼岸的恬阔。明净的田野,格调的村落,纯粹的劳作,一如既往的生活。视线在这里被无限的延长,跨越时空,跨越古今,在内心,在远方,在过去……

溪水边的老房子如同泛黄的画卷,遗存着丝丝缕缕的个性符号,映现着浮光掠影的沧桑和旧貌。极目远眺,远山苍翠静穆,近水翠绿悠然。时间和着溪水流动,不留一丝的遗憾,在那里任何的影像都只是惊鸿一瞥,只有徜徉其中,才能懂得是怎样的耀眼和灵动才能引得众人如此的趋之若鹜,又是什么造就了这里的清澈、绮丽和逸美。雨后的大地,明艳艳的黄绿,舞动着游人的目光,沁人肺腑的油菜花香在嗅觉神经中游走,满眼都是让人温润的颜色,无法不触动内心的柔美和叹谓,漫山遍野的菜花烘托了婺源的厚重,碧水荡涤了古代徽州的村落(现在的江西婺源在 1949 年以前属于古徽州地区,所以那里的建筑也是徽州建筑的一部分),那些错落有致的青瓦白墙从田野中探出头来,召唤着游人的目光,诉说着文化的积淀,铺展着层层叠叠的历史和传说。它们以花的姿态盛开,以诗的格调铿锵,以独具特色的身姿站成文化长河中一道最为亮丽的风景,留给后人秀色可餐的视觉盛宴!

矗立在古代徽州大地上的民居是幸运的,它们能够经过岁月的洗礼,完整地保留下来,并且能够在当今社会被当地政府复制(那里所有新建的房子也一定是徽派的风格),挥洒着属于自己的纯粹和完美,焕发着生命的光辉。那些生活在古代徽州大地上的居民也是幸运的,他们在如诗如画的土地上劳作,在开满油菜花的田野中栖息,恬静而温馨,每天和朝阳一起起床,和落日一道安眠,在黑白灰的原始色调中,享受着天地和谐的大美,那份惬意真的是无以复加的。

其实,油菜花到处都有,但婺源和罗平能首屈一指,是因了它们的自然与文化的共存。黄花盛开、白墙点缀、绿水环绕,三位一体,缺一不可。使得再着一色,都会让人觉得羞愧。所以不是只有菜花就能成为风景的,那花要开在徽州建筑的外墙边,要灿烂在大大小小的溪水旁才是天下美色。

在国人的建筑日趋单调和呆板的时代,我们向往那些曾经的祠堂高矗,牌坊肃穆,庙宇恢弘,宝塔摩天,楼阁玲珑的古代建筑,在经历了许多人为破坏和岁月打磨后,幸存的徽州古建筑淡定地矗立着,展现的是惊心动魄的美丽和精神意蕴的恒久。鳞次栉比的马头墙内,承载着中华民族的智慧和审美情趣。

作为文明古国,曾几何时中华大地上耸立着多少璀璨的建筑明珠,但今天能够保存下来的已经寥寥无几了。四大古都之一的北京,经历了八国联军的浩劫之后,在和平建设时期却又在"旧城改造"中渐渐失去了千年古都的风貌。王军在《城记》这本书中描写了梁思成为保护古都锲而不舍的努力,一位思想深邃、目光远大的学者和强大的社会势力较量,最终归于失败的悲剧,读来令人扼腕。梁思成为挽救古都北京的努力,尽管并非全无成效,但总体上是以失败而告终。拆历代帝王庙的牌楼,梁思成痛哭了好几天……但他的"世纪之哭"直到今天也没能阻止很多建筑文化的灭失,古都北京的情况至今仍不乐观,旧城开发项目对文物建筑、古树名木的拆除和破坏,抹去了无数的文化史迹。如今,胡同仍在加速消失,白灰粉刷的"拆"字时时扑入眼帘。倘若先生地下有知,应该是更加伤心了……

蓝天下，碧海边，那些以石为墙，海草为顶，冬暖夏凉，百年不腐的最具原生态特点的胶东半岛民居——海草房，也是世界上最具有代表性的生态民居之一，这种独特的民居就集中在威海荣成地区。因为身居威海，所以有幸能经常去海草房里坐坐，能和住在海草房里的大爷聊聊，能够近距离地感受渔家生活的全貌真是一大幸事。但海草房也和北京的四合院一样正在快速的消失，偌大的威海市内，已经完全没有了海草房的踪迹，为了忘却的纪念，政府在悦海公园里建造了几座海草房，作为一道亮丽的风景供人参观，于是那里成了我最爱溜达的地方。

海草房从秦、汉至宋、金逐步形成并在胶东半岛流传。到了元、明、清则进入繁荣时期，距今已经有 2800 多年的历史。其实威海最美的海草房是在大天鹅的聚集地荣成的烟墩角村，在冬日的夕阳下，雪白的天鹅飞过那染着余晖的海草房，无数的专业摄影人在那里和天鹅一起栖息，于是外观古朴厚拙，屋顶堆尖如垛、浅褐色中带有灰白色调，古朴中透着深沉的气质的海草房也成了镜头中的唯美。

著名画家吴冠中在荣成为海草房写生之后，是这样介绍海草房的："那松软的草质感，调和了坚硬的石头，又令房顶略具缓缓的弧线身段。有的人家将废渔网套在草顶上，大概是防风吧，仿佛妇女的发网，却也添几分俏丽。看一眼那渔家院子，立即给你方稳、厚重的感觉。大块石头砌成粗犷的墙，选材时随方就圆，因之墙面纹样规则中还具灵活性，寓朴于美，谱出了方、圆、横、斜、大、小、曲、直石头的交响乐。三角形的大山墙，在方形院子的整体基调中画出了丰富的几何形变化，它肩负着房盖上外覆的一层厚厚的草顶。"据考古发现，海草房自新石器时代到二十世纪中期一直是威海沿海民居的首选，但现在海草房真的是凤毛麟角了，我非常惶恐有一天海草房只能在图库里看到，那将是怎么的悲哀呀。

腾格里的黄沙刺陵客栈的雨

"红烛烧残，万念自然厌冷；黄粱梦破，一身亦似云浮。"一个人坐在腾格里沙漠的刺陵客栈里觉得自己如果是天空的浮云也是很好的，浮云随风飘荡，一生没有定所也就没有任何羁绊，那么巨大的天空随处都可以停留，游遍神州，永远的无拘无束。"天涯浩渺，风飘四海之魂；尘士流离，灰染半生之劫"。做了浮云就不染尘埃也没有劫没有难了。那一刻我真想自己是浮云。

决定一个人留下来住在沙漠的时候还是晚霞满天，早上却被落在玻璃窗上的雨声吵醒，起来游荡了一圈，才知道那个夜晚只有我一个人住在那里，因为远处有蒙古包宾馆，人们都住在那边，我来得晚，那边客满，于是我被车子拉到了这边，来的时候一楼还有一个女服务员和坐在酒吧凳子上等她的男友，一定是晚上回家了，于是这个刺陵客栈就只有我一个人了，所有房间的门都是开着的，整齐的床铺一看就是没人住过。我相信这个地方没有狼，我没有丝毫的恐惧，反而庆幸自己在大漠深处独享了一个客栈。

走出客栈，在雨中徘徊直到衣服湿透，忽然发现沙漠一片寂静，雨落在沙漠中几乎是没有声音的，对于这样的发现我如同一个孩子一样新奇。回到客栈发现那个女服务员已经来上班了，于是我要了一杯茶，走上二楼的天台。大雨淋走了昨日的喧嚣，天地一片苍茫，沙丘连绵起伏，没有飞鸟，更无人烟，只有雨水连接着苍天和大地，那一刻，没有前生也没有来世，只有当下。雨水是天地间唯一的牵挂，寸草不生的沙漠吞噬了古往今来的一切硝烟。

雨幕下，是我慵懒的神情，茶杯中，是和我的思绪一样翻腾的茶叶和水汽。一个人，一杯茶，一张椅，一张桌，那一刻，我有打电话的冲动，但手机从头翻到尾，不知何人可以和我进行这远离尘埃的对话，那一刻，我与天地自然独往来。

千载奇逢，我在大漠邂逅的不是知己，只是一场大雨。"会心不在远，得趣不在多"此刻，好雨知时节，感谢大漠深处的这场大雨，让我停下了匆匆的步履，也让如织的游人退避三舍，天地间都是我的思绪我的情怀，一个人面对无垠的黄沙梳理自己半生的轨迹，咀嚼人世间那些无以言表的起起伏伏。

"水暖水寒鱼自知，会心处还期独赏"。其实独赏不是我的期待，只是我的必然。在云南丽江如此，在大漠深处亦然。都说："博览广见识，寡交少是非"其实多与寡也都是定数，由不得人的。所谓："韩翃之柳，崔护之花，汉宫之流叶，蜀女之飘梧"不过是一段段佳话罢了。风萧萧吹起我颈上丝巾，云飘飘带走我依然幼稚的思绪。

"人之有生也，如太仓之粒米，如灼目之电光，如悬崖之朽木，如逝海之一波。知此者如何不悲？如何不乐？如何看他不破而怀贪生之虑？如何看他不重而贻虚生之羞？"有机会时常和自然对话，定能走出贪、恋、情、虚等诸多幻镜，无限地拓展自己的外部世界的最终正果应该是无限深刻地发现自己的内心的安宁和快乐。

雨停了,很快,沙漠的风再次卷起,裹着尘埃向更加遥远的远方挺进,时光游走,我和我的思绪都不会在大漠留下一丝足迹。

禅宗说:人间最好的境界是花未全开月未圆,留一点以期待。那天下午我离开客栈后没有走进和大漠接壤的通湖草原,只是远远的拍了几张草原的风景,我想给自己留下一点儿期待。

暑假 身心出鞘

有人说:旅游——就是从自己呆腻的地方到别人呆腻的地方。其实对自己而言,每一次出发都是一次游离,身体的游离、灵魂的游离。短暂的游离不是生命的常态,但却是生活的色彩。

三伏盛夏,有可以让人梳理心绪的暑假,也是一大幸事。于是再次带上老妈,两个人向美丽的远方出发!

但出师不顺,首飞北京就因为雷雨被取消了航班,于是在家门口住了一晚上酒店。第二天飞机再次晚点,到了北京已经白白流失了 24 个小时,于是行程略显紧张,因为订好了下一个行程的机票,下了飞机只好匆匆地赶往承德,原本约好在北京见面的朋友也只能擦肩而过了,深感抱歉!

承德素以避暑圣地闻名于世,但身临其境却有上当的感觉,因为承德真的很热,起码比威海热了许多,问导游 35 度也算是避暑? 导游答:所谓避暑就

是当年皇上的一个谎言,因为康熙皇帝爱打猎,又怕大家认为打猎是游戏,于是就说北京太热不能批阅公文,承德凉快可以办公,于是就建了避暑山庄,后人就以为这里真的能避暑,其实这里也很热。当然这只是导游的玩笑话,当不得真的。也许当年的承德真的比较凉爽,尤其是晚上要比北京凉快许多,只不过现在不那么凉快了罢了。承德本来就是一个不大的小城,炎炎夏日,来自全国以及世界的避暑之人几乎挤爆了小城,不热才怪。住在承德就是住在嘈杂中,不爽!

　　飞往银川的行程出乎意料的顺利,飞机只晚了半个小时(在所有的飞行经验中,晚点一个小时都是正点)。到了宁夏才知道,避暑山庄真的应该西迁,因为银川才是风凉人爽的好去处,那里的秀美和大西北的苍凉形成了强烈的反差,走进沙湖的那一刻,误以为到了秀色的江南!塞上江南真的是名不虚传!那比西湖辽阔的湖面承载着满眼的苍翠,那些高大挺拔的芦苇,既有松的苍郁,又有竹的摇曳,它们或成群结队的拥在湖边,或星罗棋布的散在水面,无处不在演绎着一池碧绿的婉约。在大西北寸草不生的高山荒漠中,竟有如此的绿洲?不到此一游真的是无法想象。每天穿梭在不同的风景点,满眼是强烈的对比:大漠金沙、黄土丘陵,水乡绿稻、湖影叠翠,在这里

不仅都可以领略到,而且你还会惊奇地发现,这两种不同的景色,融合的竟是那么的巧妙。宁夏,就像一个刚刚揭开面纱的回族少女,婀娜、妩媚;宁夏,又像一个驰骋沙场的勇士,阳刚、雄伟。

　　经常带老妈出来,慢慢的老妈也被锻炼的可以拍照片了,并且拍得还不错,看看那些绿树下大漠中

的身影,可都是老妈的杰作哦!

下一个行程九寨沟因为同伴的放弃而取消,宁夏之旅可以信马由缰地进行了,于是我和老妈放慢了步伐,每天只去一个地方,慢慢地游,细细地看,没有导游的催促,也没有时间的限定,身心可以自由地飘荡……

十四天的西部之旅收获了很多快乐,也留下了无数的美好。所以在我的定义中,旅游不是从自己呆腻了的地方到别人呆腻了的地方,旅游是在自己烦闷的时候让身心出鞘,旅游是用异地的美食犒劳自己的肠胃,旅游是到谁也不认识的地方尽情撒欢,旅游是一次次的释放,也是一次次的掠夺,用眼睛和相机掠夺所有看得到的美丽……感谢那片沙漠中的绿洲,给了我一次短暂却深刻的心灵狂欢!

朝圣西安

西安,中国文化的教堂!曾几何时这里是东方文明的中心,史称"西有罗马,东有长安"。西安是举世闻名的世界四大古都之一(罗马、雅典、开罗、西安),是中国历史上建都时间最长、建都朝代最多、影响力最大的都城,是中华民族的摇篮、中华文明的发祥地、中华文化的代表,有着"天然历史博物馆"的美誉。西安,在《史记》中被誉为"金城千里,天府之国"。走进西安不是游山玩水,是怀着一颗虔诚的心去朝拜。没有宗教信仰的人,就把祖先的文化当做自己朝圣的对象吧,在灿烂的中国文化中,我最最崇尚的就是历时289年的大唐王朝,因为那里有无与伦比的唐诗,有中国历史上唯一的、可以称颂的女皇。

每天来自世界各地、四面八方的人云集在西安的名胜古迹中,看看那兵

马俑馆中的人海，就知道西安的巨大感召力了，无论是皓首白眉的老者，还是意气风发的少年，无论是黄发碧眼的老外，还是炎黄子孙，在兵马俑的巨大陪葬坑前都安静了，人们都被这世界八大奇迹之一震撼着，像是以色列人面对他们的哭墙，像是基督徒在接受洗礼！站在兵马俑的坑道前可以深刻地领略伟大、庄严、壮观、崇高等词语，这里是能工巧匠的终极，这里是东方文化的顶峰，这里的一切都是无法复制也是难以逾越的！站在这里你只能对中国文化顶礼膜拜！那十三朝帝王的历史留下的是一部部巨大的画卷，那武则天的无字碑恰恰是值得人考究的圣经。

走进西安整整一周，但却依然陌生，因为一直没能停下那匆匆的脚步，所以只能是惊鸿掠影般地掠过，换一个地方七天基本可以了，但西安不行，这里上下五千年，纵横十三朝，每一条街道都有沧桑的味道，每一个庭院都有可以驻足的理由，但因为工作，只能来也匆匆，去也匆匆。临上飞机还在悔恨没能在那个月色的夜晚和城墙下的老人坐下好好的攀谈，回到威海一直不停的翻阅着那些诡异万变的政治风云、沸沸扬扬的朝野舆论、缠绵悱恻的爱情故事、荒诞不经的神怪异事……掩卷而思：只有那样的大唐才能有那个"上承贞观之治，下启开元盛世"的女皇，只有在那样的大唐才可能有那样的文化氛围，那样有声有色、如泣如诉的诗词歌赋。那些已经挖掘和将要挖掘的多姿多彩的文物，留给世人无限的遐想。

坐在周文王和周武王陵墓围墙外的那一刻，想起了歌德的"群山一片沉寂，树梢微风敛迹，林中百鸟缄默，稍待你也安息"。但也深知安息的灵魂不同，意义也必定不同。

　　感谢西安,感谢西安承载了这样浓墨重彩的中华民族的历史,感谢西安,感谢西安浓缩了那样丰富多彩的文化,还要感谢西安在千年后的今天,对七十岁以上的老人的照顾,所有的景点门票全部免费,包括那个差强人意的世园会,老爸老妈凭着一张身份证在这个千年古城畅通无阻。

　　相约西安:下次再来,褪下时间的铠甲,把自己化成天边的一抹微红,信马由缰的行走,再来西安,坐在老槐树下,听那些藏在胡子里的故事,吃那家地道的 biangbiang 面,再进西安,走近街头巷尾,走进那些刻着沧桑的历史和传承。

　　西安的遗憾:不止是行色匆匆,不止是月下失约,还有那古城内丢失的汉瓦,还有那古城内缺少的秦砖。那些本该遗留着的古民居不见了踪影,古城内高楼林立,没有了历史的厚重,如果能像周庄那样把现代和历史分区规划,那样我们看到的古城该是怎样的珍贵和养眼。那座古老的法门寺,就呆在那一千多年的位置多好,那样的灵气,那样的内敛,那样的古塔是靠重金就可以移植的吗? 在它的旁边建造那样庞大的新寺院却恰恰隔断了沿革和传承,如果不把释迦牟尼的灵骨搬到这个金碧辉煌的宝殿,这里会有人朝拜吗? 历史不能重建,文化只能传承,别让现代隔断了我们的一脉相承。

月光下　失约西安古城墙

　　西安,一座写满历史和传说的古城,到处都是可以瞻仰和凭吊的古迹,但在我的心里却毫无理由的偏爱那雄伟厚重的古城墙,爱他青砖黛瓦的色彩,爱他平坦宽广的博大,爱他红灯串起来的美丽,更爱他无声无息的沉寂。

　　那一夜,我盛装出行,为了赴一个千年的约会。月光柔柔的洒满西安古

城的大街小巷,一个游人如织的周末的夜晚,我踏着一地的月光,携着千年的风霜,款款深情地来到了你的脚下,

我知道你应该在这明亮的月光下等候,我知道你应该在这历史的喧嚣中静守,我想拨开1400年的雾霭,在满城灯火的灿烂中感受你的静谧,也感受你的桀骜;感受你的博大,也感受你的坚强。但当我走到售票窗口的时候却被告知,下班时间到了,我被月光下的城墙拒之墙下,旁边的老大爷说:姑娘,你今天白天来过呀。我说:我和月下的城墙有个约会。老人不解,我也不解释,一个人沿着城墙根走。

走在千年的城墙下,也就走在历史的河流中,思维在"秦时明月汉时关"中穿行。夜幕下的古城蛊惑而迷人,月光给城墙披上了神秘的面纱,我固执地认为只有在月光下的夜晚,才可以倾听你的诉说,也只有月光下的古城墙最能体现战国的硝烟、楚汉的争霸和美轮美奂的大唐风韵。我跋涉千年来到你的脚下,我痴迷的凝望着那座座飞檐的角楼,想象着城墙的垛口曾经有过的无数文人墨客的身影,想象着无数战袍染满鲜血的战争和厮杀……当年的谪仙也一定是从这个城门端着酒杯走进长安的,他一定在这个城墙上举杯邀明月,也一定在这个城墙上吟诵不停歇……而今月明风清,一切的喧嚣都成了过去,所有的传奇都成了历史,只有这些城墙上的砖头默默的沉寂在这里,承载着、守护着、坚持着、永恒着!

梦幻中的你曾经驾着始皇的战车碾过我脚下的青砖,梦幻中的你曾经唱过大风起兮的歌声飘过我眼前的飞檐,我梦中的王子,你看到了吗?那碑林上空的一抹雪白,就是我从你头上飞过的痕迹,我梦中的王子,你听到了

吗?那钟鼓齐鸣的交响就是我呼唤你的声音,你怎么可以卸下铠甲缩进市井?你怎么可以褪去战袍沉迷酒色?你是铮铮男儿,怎可失约在千年之后的这个洒满月光的夜晚?你一定知道你关上所有的门窗却关不住那如水的月光,只是你不知道我要的不是你荷锄戴月的温馨,走近你只是为听到你回响千年的脚步,走近你只是为凝视你那双饱含千年风云的眼眸……但在这个千年后的浪漫月光下,你把我拒之墙外,你不准我在此停歇,也不准我在你的城头绽放,你吝啬地收回了本来可以给我的美好。

我倒退着一步步地远离城墙,不说再见!只说下次我一定在夕阳中走来,走进你,走进贴着秦砖汉瓦的家;走近你,走进飘着战火硝烟的书,但那一刻因为遗憾,我热泪盈眶。

飘到彩云之南

一

老爸连续三次住院,暑假的这次终于做了手术,手术很顺利,老爸也恢复得很好,一颗悬着的心终于放下了。于是决定给自己一个奖励,约好同伴一起飞向彩云之南。联系好旅行社,交完所有的费用,雀跃着收拾行装,直到动身前才发现那天是七夕,是中国的情人节。悄悄地告诉自己,这一定是个浪漫的旅行,去赴一个旷世的约会吧!

但出发前的一个小时,同伴告知因突发事件不能成行了。我沮丧了一刻钟后,还是决定一个人毅然前行,因为我太想放飞自己了。不是说丽江是个艳遇指数奇高的地方吗?我把自己丢在丽江说不定也可以遇上个白马王子呢。

可是行程伊始就出师不利,先是飞机延误长达六个小时,然后是旅行社变更了行程,丢下我一个人,但我仍然固执的寻找我心中的快乐。飞机起飞后,我一改往日闭目养神的习惯,这次我用镜头搜索那些富有传奇的云霞。每次飞行在万米高空,看到在身边飘飞的云朵,总有一种欲望:想推开机舱的门走出去,感觉那厚厚的云层踩上去一定很惬意,在那上面行走,一定是飘飞如仙,可惜这是个永远无法验证的感觉。

原来定好的旅行团已先我而去,我到了昆明就开始孤家寡人的生活了。旅行社让我插入的第二个旅行团要晚上才能到达,第二天一整天我都是一个人自由行动。昆明我唯一向往的就是滇池了,于是迫不及待一睹她的芳容,可是到了滇池感到的失望是出乎意料的。传说中的那一池清澈都化成了蓝藻,严重的污染已经使得滇池面目全非了。

昆明的海拔是 1800 米,所以阳关格外的耀眼,在云南每一天的旅程都在海拔高度不断攀升中进行,所以觉得自己离太阳越来越近,接受紫外线的照顾也越来越多,十天的行程结束后,浑身都是太阳的痕迹,老爸见我的第一句话是:"你去非洲了吗?"

和许多美丽的故事一样,滇池也有她自己凄美的传奇,但那个煽情的爱情故事化成的是一池碧波荡漾的春水。而今天的滇池上演的却是恶魔污染的悲剧,我们祈祷一个神勇无比的英雄横空出世,还滇池一个清澈通明的世界。

二

按照旅行社的安排,第一个游览地是距昆明 90 公里的九乡和石林。九乡在来云南之前闻所未闻,到了这里才知道在那个嶂峦叠翠的荫翠谷中,藏着一个 6 亿年前形成的溶洞,它低于地面 200 米,要坐电梯下去,那里是个溶洞的博物馆。

在六亿年的时光中穿梭,感受 6 亿年的自然沧桑。时间到了溶洞里变得不再宝贵,洞里的石笋,一百年才长一公分。那一滴滴的水珠,没有滴穿任何一块顽石,相反却滴出了大千世界,滴出了白色森林。每根石笋、石柱、石芽都记录了上亿年的光阴,这里是用水滴书写时光的世界,几亿年的坚持,几亿年的修炼,历经多少事态沧桑,他们坚定的站在这里为的是塑造一个可以与日月同辉的自己!

站在 6 亿年的时光面前,才知道自己是没有资格和时光对话的,因为这里只有一种声音:滴答、滴答、滴答……也许未来的某一天,我也会化成一颗晶莹的水滴,在一声滴答之后,滴进了那个刚刚露头的石笋,欣欣然的在此成为下个 6 亿年的不朽!

走出地下 200 米的溶洞,离开 6 亿年的时光,来到的是 2.7 亿年的石林。有人说:去北京是登墙头,去西安是拜坟头,去桂林是游山头,去上海是数人头,去苏杭是看丫头,来石林是观石头。在石林五米以下的是石羊,五米以上的才是石林。看石头靠的是想象力,三分石像,七分想象。没有了想象就成了郭沫若说的:"远看石头大,近看大石头;石头果然大,果然大石头"。

云南有 52 个民族,汉族到了这里成了少数民族,只有四个民族云南没有:朝族、高山族、赫哲族和鄂伦春族。在石林地区,不是很老的女人都被称为阿诗玛,五十岁以上的女人被称为"老蜜桃",男人则有两种称呼,一是"阿黑哥",另一个是"阿白哥",这可是有讲究的,先生们喜欢做阿黑哥还是阿白哥呢?

少数民族的爱恨是十分的强烈的,你听他们的山歌,如果她爱你是这样的:"爱你,爱你,爱死你,请个画家画上你,把你绣在枕头上,夜夜睡觉抱着你"。如果她恨你,也是很恐怖的:"恨你,恨你,恨死你,请个画家画个你,把你画在砧板上,一刀一刀剁死你"!看来被这里的女人恨上真的会很惨噢。

许多资料是这样介绍大理的:大理位于苍山洱海之间的坝区,西倚雄伟壮丽如屏的苍山,东濒清澈如镜,碧波荡漾的洱海,构成一水绕苍山,苍山抱古城的雄秀相间、刚柔并济的山水环境格局,内含丰富的历史文化和民族风情。这座自古就以"风、花、雪、月",即"下关风、上关花、苍山雪、洱海月"而著称的魅力古城,也是我无限向往的地方。

金庸一部《天龙八部》,虚虚实实亦幻亦真,给古老神奇的大理涂上了一抹神秘的色彩,那仙境般的古国风光,那风花雪月的爱恨情仇,梦幻的骑士大侠,飘逸的才子佳人;琴剑豪杰,斗酒英雄,好一块诱人向往的尘世仙境、人间净土。在彩云之南,我一路旖旎的走来,走到大理古城的那一刻忽然觉得自己如果化作做那个美轮美奂的王语嫣,是否能在茫茫人海中巧遇那个玉树临风的大理王子段誉郎?

耸立在大理古城的三塔是否见证了段王爷的风流倜傥?五华楼上的青砖黛瓦是否目睹了所有的风云变幻和曾经的血雨腥风。当年的各路群英,如今谁是盟主?只有朵朵白云记录了那曾经的气冲霄汉!

敦厚斑驳的城墙,映射着千年的刀光剑影,云开雾散之后,是否真的可以一笑泯恩仇?如今的大理古国到处是饮食男女,哪里还有段郎的踪影。不知这房上的青草能否告知我们昔日江湖的恩怨情仇?

"苍山雪化洱海干"是《五朵金花》里的歌词,今天的苍山真的是再也没有一片雪花了。我们到达的时候是中午,不但没有苍山雪,而且也没有洱海月,只有那失去了灵气的一池很普通的水。"大理三月好风光,蝴蝶泉边好梳妆"蝴蝶泉干涸了,蝴蝶没有了,当年翩翩飞舞的蝴蝶都成了晒干的标本了,这里悄悄地演绎着世态变迁。

三

自小在林海雪原长大的我,以为见惯了皑皑的白雪,可以对雪山不以为然了。但站到玉龙雪山的脚下时，才知道雪山的美不在雪，在乎它的灵性。玉龙雪山是一座灵山，她犹如一个从远古而来的精灵，让人有梦幻的感觉。

那一条蜿蜒在海拔3000多米草原上的木板路，如同通天的梯。站在雪山脚下的那一刻，忽然明白为何这座雪山至今没有被人类征服，因为她用表面松脆的风化石保护了自己，使得人类踏上去就有滑落的危险，所以她至今都是圣洁的，是一座没有被人类践踏的灵山之一。她被辽阔、碧绿、无垠、风和、日丽和灿烂的阳光包围着，那是可以听得到呼吸，甚至可以听到白云飘动的声音的地方。那一刻，希望一切都可以凝固，让生命凝固在这瞬间的美好里，让时光凝固在这夏末的阳光下，让思绪凝固在醉人的风光中……那一刻，忽然觉得人类也是从远古走来的精灵，走在前面的一路硝烟，一路金戈铁马，今天黯淡了所有的刀光剑影，一切的厮杀都成了雪山顶上那朵彩色的云霞。

静静地站在雪山下，体悟所有的生命如同高原上静静开放的各色的小花，美丽、灿烂、多情，却又是那么的脆弱，当一朵小花枯萎了，没有悲伤，没有道别，一切都是自然……

忽然想到也许有一个人是可以欣赏凋落的，也许他会默默的注释着生命中每朵花瓣的凋谢过程，当然也包括自己生命的凋落，也许我们可以一起感受离去的壮美！

一期一会，和雪山和草原和古城和所有的团友，都是一期一会，没有任何的相会是重复的，生命是这样，自然也是这样。精美的雪山有一天也会名不副实，有一天玉龙雪山的冰雪会荡然无存，世界终会走到另一个极致。

蓝月谷又被称做小九寨，是我云南之行的意外收获，因为在旅行团的行程里本来是没有她的，导游的一个推荐，我们勉强的下了车，但目睹她的那一瞬间，她的美丽出人意料。她真的是一个"养在深闺人不识"的婀娜少女，脑海中只有四个字：美轮美奂！

雪山冰川融化下来的雪水晶莹剔透，泛着蓝光，从高高的玉龙山上顺着蓝月谷奔腾而下,流进甘海子边上的白水河。于是就有了这白里透蓝,蓝白呼应,宛若可以流动的蓝宝石般的秀水。直到如今我仍然沉醉在那片醉人的蔚蓝中……

<h2 style="text-align:center">四</h2>

在丽江,时间是用来浪费的。有时候,浪费时间是无比奢侈的享受。七天的跟团游玩结束了,20多团友匆匆地踏上了回程。只有我把自己留在了丽江古城,为了我向往的那份娴静,我避开夜晚的嘈杂,也绕过商业的繁华,在艳阳高照的正午,一个人悄悄地溜进几乎空无一人的酒吧,享受那份只属于我一个人的心灵繁华。

在酒吧街,"一米阳光"是最大的,服务员告诉我老板是重庆人,同一条街上有六家店。在那个无人打扰的第一个下午,我享受了真正的"一米阳光"。在华灯初上的时候,喧闹就会开始。喧闹开始的时候,我就悄悄地离开,去走街串巷。

在樱花屋,老板是个韩国女人。这里对于男人来讲是泡妞的地方,而我是在这儿泡时间。在第二个午后的阳光下,看着静静流过的河水,看着来来往往的行人,时间在那一刻被凝固,思维也变得缓慢而无力。一切都变得很遥远,没有从前,也没有未来。只有吧台里飘出来的音乐是真实的,绿水里游弋的小鱼是真实的。

樱花屋内写满了有趣的语录:

用有限的生命,泡无限的妞。

泡妞跟泡菜一样,重在火候,时间短了——太生,时间久了——太酸

泡妞吗——要摸着石头过河

人不泡我,我不泡人;人若泡我,我必泡人

全世界的一切美女都是纸老虎。

……

和丽江的喧闹截然相反的是束河古镇,束河古镇距离丽江古城也就十几公里的路程,但那里是安静的、自然的、古朴的,也是唯美的。喜欢那里波澜不惊的倒影,一如纤尘不染的孩童的心灵;喜欢那里的古树、斜阳、流水,一如我梦中的家园。

动乱的泰国依然美丽

一

寒假还没有开始,我们一行六人就开始了泰国之旅。为了可以不被购物占去大量时间,我们选择了自由行,于是泰国的 15 天充满了自由和温馨。

泰国之行的第一站是素有北国玫瑰雅称的清迈,清迈是一个安静而温馨的地方,有大小寺院 300 个。我是个到哪儿都不烧香不磕头的没有信仰的人,但我什么都看,看建筑、看文化、看风俗、当然主要的是看热闹。

去泰国之前就能想象出泰国各个寺院的金碧辉煌,几乎人人都知道泰国最好的建筑就是寺院了。要么怎么是黄袍佛国呢。信马由缰的走着,漫不经心地看着,帕辛寺,契迪龙寺,素贴山,双龙寺等等没有什么感慨,看完就完了,几乎不进脑子。但第三天去的清莱的白庙却是美的让我尖叫的地方,我想用惊世骇俗、美轮美奂、琼楼玉宇、叹为观止等所有词汇来形容它,但又觉得堆砌修饰语也是对它的一种亵渎,走进它的那一刻我有一种被净化的感觉,我惊叫之后就噤若寒蝉了,我觉得那就是我心中的天堂,是无比圣洁的静穆之所,需要凝神静气的欣赏,不可以喧哗,不可以叨扰,更不可以用任何香火熏染它。第一遍我就是静静的看着它,不拍照也不录像,我看到老爸喊饿了之后带他去吃饭,饭后让老爸安静地坐在饭店,我第二次走进它,开始拍照录像。

白庙通体洁白,洁白的屋顶,洁白的墙壁,洁白的基座,整个建筑的所有边角用银镜镶嵌,静穆的反射出耀眼的银光。白庙通体无一处镶金,所有伸向天空的银白,如飞翔的翅膀。庙堂前一池浅浅的碧水,几条洁白的小鱼惬意的游弋。走进白庙需要跨过一座廊桥,那晶莹的廊桥表达着佛祖普度众生慈悲为怀的精神,也为白庙的庄严增加了一丝柔美。

白庙(White Temple)其实只是俗称,真正的英文名叫 Wat Rong Khun,汉语为龙昆寺、灵光寺或白龙寺。令人惊讶的是,这座惊世骇俗的宗教建筑居然是始建于 1998 年的现代建筑,是泰国著名艺术家、建筑师、画家 Chaloemchai Khositphiphat 所设计及监督建造的,是这位艺术家送给诗吉丽皇后的礼物。建庙资金来自他二十年来的积蓄,以及有心人的捐献,他在建造中间曾经几次修改图纸,工程做的特别慢。但也正因为他对佛祖的忠诚,还有对建筑设计的执着,造就了这么一个精细,完美的寺庙。这座寺庙为什么要为白色,他说:白色代表了纯洁,闪闪发光的玻璃片是智慧的象征。建造了 15 年至今尚未竣工,但它已经是许多游客心中当之无愧的最美丽的寺庙。白庙的出现让越来越多的人知道了泰北小城清莱,越来越多的游客像我一样痴迷它。个人认为这个白庙是可以和耗时 14 年的悉尼歌剧院比美的建筑,但不同的是白庙分文不收,悉尼歌剧院一小时参观票要 170 多人民币,也许到了白庙彻底竣工之日也会买门票。

在雪白的白庙旁边有一个金碧辉煌的建筑,远远的猜想一定是一个礼佛的殿堂,但走进去才知道是一个厕所,这应该是我见到的最富丽堂皇的厕所了。当然这个厕所是收费的,每人 10 珠,并且要脱鞋进入。

泰国的大多寺庙是不收门票的,即使收费的也是很便宜的,帕辛寺只有一个大殿进入需花 20 泰铢(4 元人民币)。门口有人监督每个人是否穿戴整齐,不可以穿吊带短裤进去,所有佛堂都必须脱鞋。就连那个帕辛寺的厕所也是要脱鞋的。要想敬佛可以买两枝花和三支香,总计只要 2 泰铢,合人民币只有 4 角钱。而那香是不要烧的,放在佛堂前面就可以了。泰国的寺庙不收费,但厕所是一定要收费的,并且价格相对很贵,因为泰国的物价很便宜,但厕所一般都要 10 泰铢。泰国的公共卫生间几乎都是蹲式的,也没有手纸。在去清莱的路上的温泉是免费的,那里冲厕所的水都是温泉,觉得很可惜。

在泰国最难吃的就是泰国的米饭了,是不是那些著名的泰国香米都出口了? 我们每天吃的米饭都是硬硬的没有饭香的。唯一好吃的就是夜市里的芒果饭,因为那个是糯米的。但酒店里没有。

二

在泰国的日子里每天都收到朋友的微信,担心泰国的局势,反而是身在其中的我们没有半点儿恐惧。身临其境才知道,很多报道其实是言过其实的,新闻中动乱的泰国,满大街都是游客,尤其是欧洲的游客最多。那些当地的居民个个安居乐业,没有半点儿动乱的迹象。来曼谷闹事的大都是外面的人。在清迈、在普吉都是一片祥和。因为走前害怕曼谷的动乱,所以曼谷的行程只有两天。去之前电话联系酒店能否接机,回答可以,但价格很贵。于是我们自己打的到酒店,到了才知道曼谷机场的出租车不是按计价表收费的,可以漫天要价。最后在酒店接待员的帮助下才达成付款协议。第二天我们准备去大皇宫,问前台如何去? 告知不能打的,因为要穿过游行的政府大街。于是我们选择先做 sky bus,然后乘船。走前前台的服务生玩笑地说:其实游行也很有趣的,可以去看看。Sky bus 还真有一站就停在那个游行的街道上面,车门一打开是震天响的高音喇叭,说的什么可是一句也听不懂。看到很多人拉着横幅在慢慢地走,真的没有恐惧感,真的很有趣。晚上回来赖在酒店没有出去的外甥女问:有人扔手榴弹吗?我说:有,我们又扔回去了,外甥女大笑。

泰国虽然很多地方都要脱鞋,但那是对佛的敬仰,不是卫生。泰国不是很干净,尤其是那些大排档,真的是脏兮兮的,但老外都不在乎,都吃的一身劲,我们也和各国的游客一样愉快的在大排档就餐。泰国的菜没有传说中的好吃,但也不难吃,总是可以吃饱的。他们的菜都是酸甜辣的混合,青菜的品种很少,一般就是空心菜和橄榄菜,从清迈到普吉到曼谷菜品几乎是一样的,没有地区的差别。最好吃的是芒果饭和香蕉饼,那些传说中的大龙虾等海鲜还真的没有传说的那样好。

泰国人时间观念不强,除了飞机正点之外,其他的几乎都晚点,约好的出租车会晚到,迟到了也不说抱歉,说好的交房时间会拖后,吃饭时上菜的速度慢得可以用小时来计算。但这些你都不能抱怨,人家说这就是国情,慢生活是一种品位。在那里慢吞吞的行为还要美誉为慢生活,还要提醒外来人不要催促,不守时的人还可以问你:急什么? 急是一种不礼貌。而在中国迟到就是不守时,不道德,是浪费别人的时间。于是我奇怪:何时开始人类

的美丑善恶出现了双重标准了？表妹去希腊，发现他们的商业下午很早就关门打烊，对此，世界人民都理解，并且说人家会生活。泰国的很多小商小贩小饭店到了下午也打烊，问为什么？答：国王要我们知足，所以不会一天都营业的，也有一些人只在下午才出来做生意。知进退，少贪欲真的是一种美德，我欣赏。但却曾经有声音说：很早就关门打烊的，是懒惰，是没有吃苦精神。现在的中国哪一个商场不是天天开门营业，任何节日商场也不能关门呀，在外国关门打烊就是会生活，在中国就是懒惰。这个真的很奇怪。

一个有信仰的民族应该是平和的，但面对政治和权利的时候信仰也是要后退的。那些战乱不断的国家里个个都是信徒，但却没有营造出和平。不知道那些制造动乱的人是为谁而战？那些动机和目的里面真的没有贪欲和功力吗？

在泰国看中央四台的访谈节目《星云大师》，在黄袍佛国听台湾佛界大师的访谈，别有一番感悟。星云大师说敬佛的人最重要的是礼佛的心，这样的心绝对不是用钱可以买的。所以他倡导那些给寺院捐助的人，每人每天捐款 100 台币，有人说，我一次捐 36000 台币不好吗？大师说，一年的事情不能一天做完，捐款不是目的，善举是一种习惯，不是完成任务。这个道理有多少善男信女真地领悟了呢？一直觉得佛教是很神圣的，自己走不进去是自己的悟性不足，有时候也害怕给佛祖添麻烦，因为看到太多的香火背后的贪婪：求发财、求升官、求平安、求健康……佛祖、菩萨、观音要保佑那么多信徒的那么多欲望，一定很累，我就不添麻烦了，修自己的善心，会结属于自己的善果的。

三

这个世界几乎没有人不知道人妖的，人妖是泰国的名片，人妖遍布泰国的大家小巷，不是每个吃了药变了性的人都能风情万种的做表演，很多人妖因为相貌、身高、年龄大了等很多原因，在成为人妖后依然只能做最普通的人。人妖是港台叫法。"人"者,说明他是人,"妖"者,说明他是由人变的,妖里妖气。泰语:GRATEAI。英语:SHEMALE。主要指的是在泰国专事表演的从小服用雌性激素而发育变态的男性。部分是变性人(切除了男性外生殖器),而大部分仍是"男人",只是胸部隆起,腰肢纤细,完全丧失了生育能力(大家知道人妖去男厕还是女厕吗? 这个由他们那天的穿着打扮来决定,当然他们大多时候打扮成女的,所以他们大多去的是女厕)。可以参加表演的人妖都很漂亮,外表上和女性区别是通常手脚大,并可通过声音鉴别。和有心理需要而要求变性的人不同,人妖是在缺乏内在心理需要的情况下对身体的强制扭曲。由于特殊的社会环境和原因,人妖沦为供人欣赏的取乐对象。对于人妖这个被大多数人观赏的世界奇观,我没有去看。因为我固执地觉得那是一种残忍,是和我们已经废弃了的裹小脚、宫刑一样残忍的东西,是灭绝人性的。我不知道那些趋之若鹜的看客,看到的是他们想要的美好吗? 那些变性人展示的美难道不是畸形的吗? 如果是因为心理或生理上的需要,如舞蹈家金星那样的变性是无可厚非的,但这种以商业为目的,残忍的改变只是为了金钱,那和太监、妓女有何区别? 过去的太监妓女还有很多是被迫的,而今天的人妖也好,妓女也罢,恐怕都是为了钱吧。如果仅仅是为了生活,为了养家糊口可以去当小工呀。谁能说他们不是为了荣华富贵? 为了短暂的纸醉金迷,付出性别的代价,几年之后被社会弃之如敝屣,最后早早的结束自己的生命,这不是悲惨的人生吗? 为了保护鲨鱼,我们说:没有买卖就没有杀戮。对于那些人妖,是不是也该说:没有看客就没有畸形呢?

四

普吉岛的六天,是用沙滩裙在阳光下书写,用单反机在岛屿中穿行,用懒散在酒店里惬意的六天。因为那里有太多的岛屿可以玩,有太多的海滩可以晒,有极安静的酒店可以呆。

夜晚，在 The Imperial Adamas Beach Resort（帝国阿达玛斯海滩度假酒店）的阳台上看星空，看远方缥缈的大海，看一架架起落的飞机，直到凌晨依然不想睡去，因为害怕在自己睡着的时候物换星移。那时候好想找一个人替我看住风景，让那一刻的风景成为永恒。舍不得每一个走过的地方，放不下每一片看过的色彩。一直遗憾在自己芳华正茂的时候没能有过毕业旅行，于是在暮色苍茫中恶补行走的意义，期望在不远的将来能有一个更加美好的退休旅行。

渴望能用文字和单反记录下旅途中的所有，待到白发苍苍的时候，靠在躺椅上，在夕阳中翻看每一个瞬间，让回忆一点一点地滋润走不出方寸的岁月。那时候会有几缕寂寞的旅情，不知如何与人述说？会有瞬间的感动，连自己也不免怀疑，是否当真发生过？会有些许感慨，让自己无力再去叹息。但最多的还是会有无尽的美好，汇映在记忆的深处。

也许在路上的时候，遇到的才是更真实的自己，也许只有在行走的时候，才可以对自己说："其实自己的人生，真的还不错。不如就此放开所有的不如意，想想还有许多的天边路，要自己慢慢地走下去。"

走在路上的时候免不了用不容置疑地口吻品评一座小城的风骨，建筑的格调，花窗的品位，乡野田园的风韵等，总有一天自己会明白辞藻的华丽总会输给优美风光本身。

也许未来的记忆会萎缩，但那不染纤尘的天空和清澈碧绿的大海会永存，那个听涛观星的夜晚会牢记，多少年以后，会因为一个相似的感觉而让自己穿越时空，会让一个风烛残年的老者在记忆中神游曾经的过往。

旅行的美好，如盛开的花海，无边无际，即使有细雨洒过，也是绚烂的花瓣雨，都是数不尽道不明的玄妙。行走在路上的每个人都会找到属于自己的桃园和喧嚣，每个人都有属于自己的那些刹那，任谁也夺它不走，任时光的利剑，亦不能消磨曾经的刹那芳华。

　　旅行的美好,大多时候觉得在人文,是因为不同的文化给不同的场景打上自己的烙印,给不同的地域涂上自己的色彩。但对我而言,风景本身更加美好,我喜欢那些没有被人类的土木工程干扰过的地方,喜欢那些原始的纯粹,在纯粹的自然里可以全身心的放松,可以像风一样自由的游荡,可以不问是非功过,可以不必搜肠刮肚的去想每一堵墙的渊源,每一个传说的真伪。徜徉在挤满文化的城市里,会很累,因为走在那些沉淀着千年历史的小巷中,思绪也会被塞满,会有意无意的进行文化的比较,比较的结果肯定会有优劣,于是就会产生郁闷。知不足而奋进,但做不到让所有的人一起奋进就会失落。

　　去过了,经历过了,会有自己的感受,也会有自己的挫折,一路的汗水,一路的奔波,都因了亲见亲为而有了属于自己的意义和存在。那些遥远又遥远的地方,总有自己想看的风景,看过了有欢喜也有忧伤,有兴奋也有哀怨,但总有无数个瞬间,让自己感恩这个世界。

　　一个人的财富,不是你有多少财产,而是有多少美好充满你的灵魂。行走的意义就是不停的感知美好,积累美好,让美好充满自己的灵魂。如果,在寂静的午夜,感到虚弱无助,就去路上,在行走中找到力量。旅行,能让你遇到那个,更好的自己。

　　有人说:"旅行是最热闹的孤独,旅行是向内心的外出,旅行是一部电影,笑中带泪,旅行是一首没有伴奏的歌,五音不全,旁人全听它不懂,只剩下垂垂暮年的你,独自蜷缩在摇椅上的毯子下面,露出不易察觉的最后一丝微笑。"对此很有共鸣。

　　行走的意义其实简单而明了;就是用自己的身心好好感知这个世界。

在黄昏起立

——为《梦落沧海》跋

　这是真的

你不怕黄昏

不怕岁月将你

模糊成紫罗兰的替身

多像佛罗伦萨

永远长不大的风情

性感 知性

始终站在蓝桥接见神秘的风

你狠狠地将自己

推入茶花

一直不肯小睡的梦

一直横笛步入远古的涛声

野浪悄悄地问

游过来的彼岸

和你

为什么都不肯转身

关闭天窗

将春囚在心房

倚着顽石

静候一场恣意的墨香

开成一树祈祷

或静成透明的符号

等成红颜如酒

也只做掌中的那杯碧茶

在滚沸中舒展

如劲舞后的灵魂

一丝苦七分娇

留两分禅意打点红尘

摇曳在姿态里

或绽放在遥远的白云边

一样传奇

一样是王的蓝色江山

王福成

2014 年 11 月 1 日